환영의 방주

환영의 방주

임성순 소설

은행나무

차례

타이탄의 날

달고 쓴 금속의 맛이 혀끝을 맴돌았다. 장기 보존액 특유의 역한 달콤함이었다. 비상 배출 버튼을 누르자 보존액과 몸이 함께 쏟아져 내렸다. 몇 번의 헛구역질과 기침으로 폐 안에 남아 있는 보존액을 토해내자 마른 먼지 냄새가 밀려들어왔다. 하역장의 공기였다. 공기에선 공조기의 나노 필터가 만드는 인공의 향이 났다. 우리에게 아웃포스트는 늘 미각으로 먼저 와서 후각으로 남는다.

손을 더듬어 눈에 붙어 있는 테이프를 떼어냈다. 눈을 뜨자 조리개가 열린 렌즈 너머의 세상처럼 사물은 빛망울 진 채 이지러졌다. 눈을 몇 번 깜빡이자 세상의 윤곽선이 또렷해졌다. 하역용 오토마타는 열린 매스드라이버 속에서 컨테이너와 보급 물자들을 끄집어내고 있었다. 그러나 그 모습은 또다시 이마를 따라 흘러내린 보존액에 흐려졌다.

〈취급주의〉
아웃스페이스 유니온 : 긴급 파견 키트

손을 짚은 벽에는 스티커가 붙어 있었다. 다리는 후들거렸고 몸에 소름이 돋았다. 걸음마를 배우는 갓난아이처럼 발을 떼는 동안 보존액은 천천히 말라붙었다. 간이 샤워부스로 들어가 버튼을 누르자 따뜻한 물이 쏟아졌다. 양막같이 굳어가고 있던 보존액이 뜨거운 물에 떨어져 나왔다.

문을 열자 부스 옆에서 수건과 캐비닛이 튀어나왔다. 캐비닛 안에는 단조로운 검은 정장이 걸려 있었다. 밖에 있는 작업용 오토마타들은 긴급 파견 키트의 앞부분을 사정없이 질리네고 있었다.

모든 유효하지 않은 자원들은 즉시 재활용할 것

아웃포스트 자원관리 규정에 따라 파견 키트는 곧바로 분해되어 재활용될 터였다. 절단된 철판에는 아직 보험사 로고가 선명했다.

눈을 두 번 깜빡이자 망막에 위치 정보가 증강현실로 나타났다. 선명한 초록색 라인이 모노레일 탑승구를 향해 빛났다. 무빙워크가 깔린 통로를 따라 하역장 밖으로 나서는 동안 창 너머로 주황색 하늘이 보였다. 차고 창백한 붉은 태양이 남쪽의 하늘을 따라 유령처럼 빛났다. 지평선을 따라서 붉다 못해 검은 적황색의 먼지구름이 밀려오고 있었다. 폴리프로필렌으로 이뤄진 거대한 적란운은 사방으로 정전기를 방전하고 있었다.

전광판에서는 친숙한 시그널과 함께 홀로그램이 떠올랐다.

뉴 베니스에 오신 걸 환영합니다

뉴 베니스는 크라켄해 연안에 있는 해안도시다. 도시에 이런 이름이 붙은 것은 이탈리아를 닮은 텐타클반도 끝에 건설된 도시이기 때문이다. 도시는 프로젝트에서 우주선 건조에 필요한 유기화합물 생산을 담당하고 있었다. 한때의 영화를 말해주듯, 이곳의 자동화 공장은 아웃포스트에 건설된 도시들 중에서도 세 번째로 컸다. 하지만 그 영화의 역사는 이 별만큼이나 차갑고 텅 빈 것이 되어버렸다. 뉴 베니스가 멈춘 것은 아니다. 자동화 공장들은 여전히 유기화합물들을 생산하고 있고, 작업용 오토마타들은 쉬지 않고 알고리즘을 따라 움직인다. 오직 이 도시를 번성하게 했던 프로젝트만이 멈춰버렸을 뿐이다. 이아페투스 궤도에는 그때 만들던 방주가 여전히 있다. 공정의 마지막

단계에서 멈춰버린 채로.

가끔 아웃포스트를 떠돌다 보면 이런 의문이 떠오른다.

프로젝트 헤르메스가 실현됐다면 인류는 정말 한 단계 진보했을까?

방주는 답이 없다. 그저 이아페투스 상공을 천천히 공전하고 있을 뿐이다.

메탄의 비가 모노레일의 창문을 두드렸다. 창문에 쌓여 있던 적황색 먼지가 씻겨나가며 뉴 베니스의 모습이 한눈에 들어왔다. 그 유명한 타이탄의 크라켄해와 붉은 사막을 보고 싶었지만 시야에 들어오는 것은 말끔한 외관을 한 자동화 공장들뿐이었다. 모노레일 양쪽에 위치한 자동화 공장들은 여전히 훌륭한 상태를 유지하고 있었다. 작업용 오토마타는 모든 것을 늘 새것처럼 관리하니까. 다만 모노레일이 향하고 있는 곳은 달랐다. 그것은 아무리 좋게 묘사해도 실패한 설치미술이나 쓰레기장에 버려진 배관들처럼 보였다.

이제는 문화 유적이 된 파리의 퐁피두센터를 연상시키는 뉴 베니스 거주구는 표준 거주 모듈 O형을 되는대로 쌓아놓은 형태였다. 표준 모듈은 아웃포스트 건설 시기에 만들어진 우주선 동체 모형이자 착륙 후의 거주구 건설 모듈로, 국제적인 설계 형식들 중 하나이다. 항성 간 비행 중에는 우주선 동체로 사용되다가 아웃포스트에서 건축을 위한 자원으로 재활용하자는 개념으로 태양계 진출 시기에 다양한 표준 모델들이 만들어졌다. O형은 그중 가장 많이 생산되었던 원통형 모델로 토성, 목성 위성처럼 외행성의 아웃포스트 건설에 주로 활용되었다. 가격이 비쌌지만 연결이 자유롭고 내장재가 충실해 극한 환경에서도 생존을 보장했으니까. 뿐만 아니라 생존 유지 장치가 내장된 설계 탓에 구조나 지원을 약속할 수 없는 외행성에서 일정 수준의 안전을 보장했다. 그 결과, 총 4차에 걸친 뉴 베니스 선단을 이루는 우주선들은 주로 O형 모듈로 만들어져 있었다.

3차 이주는 앞선 두 차례의 이민보다 네 배나 많은 사람들이 이주해왔다. UN에서 프로젝트 헤르메스란 이름의 외우주 진출 계획을 결의한 것이다. 자동화 공장을 유지하기 위한 최소 인원만이 상주하기 위해 설계되었던 도시에서 갑작스러운 인구 증가는 재난과 다름없었다. 3차 선단의 보급선이었던 마라호가 유로파에서 얼음에 좌초되어버리면서 급조된 이민 계획조차 어긋나버렸다. O형 모듈이 자급자족이 가능하게 설계되었다 해도 그것은 생존을 위해 필요한 최소한의 산소와 물뿐이었다. 거창한 계획이나 미적, 혹은 기능적인 설계 따윈 이제 중요하지 않았다. 그저 궤도 위에 있는 모듈들을 최대한 빨리 재진입시켜 연결해야 했다. O형 거주 모듈은 공학적으로 가장 안정된 형태 중 하나였던 덕분에 닥치는 대로 쌓아도 무너지지 않았다. 그렇게 흉물스러운 도시가 탄생했다. 우리가 찾아본 기록에 따르면 이곳 사람들은 이 추한 모습을 사랑했다고 한다. 도시가 외형보다 생명을 더 중요하게 여겼다는 증거였으니까.

모노레일이 멈췄다. 운행이 멈춘 모노레일은 차고지로 홀로 들어갔다. 홀로그램에서 새로운 아웃포스트 이주민을 모집한다는 광고가 흘러나왔다. 10여 년 전 부도가 난 우주 개발사였다. 공조기가 재가동되는 소리가 희미하게 들렸다. 통로를 따라 불이 켜졌다. 무덤이 잠에서 깨어나고 있었다.

지구에 있는 베니스처럼 이곳의 길 역시 미로 같았다. 길은 갑자기 꺾이거나 휘고 끊기기를 반복했다. 한때 감압실이었던 이중 강철 격문이 내부 통로마다 있었다. 몇몇 문들은 알 수 없는 이유로 잠겨 있었고, 그렇게 닫힌 문을 마주하면 왔던 길을 거슬러 돌아가야 했다. 닫힌 문들 너머에는 격실창이 있었고, 창 너머에는 모듈이 건너왔던 우주만큼이나 새까만 어둠만이 있었다. 이곳은 강철의 미로이자 아웃포스트의 르네상스가 만들어낸 거대한 카타콤이었다.

"진짜로 찾아왔군."

고객은 믿어지지 않는다는 표정으로 말했다. 그의 옆에서는 생명유지 장치가 초록색 불빛을 깜빡였다.

"아웃스페이스 유니온 보험사는 고객과의 약속을 최우선으로 합니다."

미소를 지었다. 고객들에게 신뢰와 안정을 준다 교육받은 그

미소였다.

"그래서. 무얼 원하는데?"

가면 같은 표정을 하고 있었지만 고객의 입술은 떨리고 있었다. 태블릿을 들어 그에게 보였다. 화면에는 빼곡한 약관이 적혀 있었다.

"확인해보시겠습니까? 반세기 전에 직접 서명하신 계약서입니다."

그는 떨리는 손으로 태블릿을 받아 들었다.

"가장 하단에 보시면 새 문서가 있습니다. 이민이 시작될 때 계약했던 내용을 이행하겠다는 확인서입니다. 당신의 사후 이곳에 대한 일체의 권리를 저희 보험사에 양도하겠다는 서류죠."

"여기에 서명하라는 건가?"

"네."

"하지 않으면?"

"정부에서는 사후 당신의 사망 사실을 지구의 홈페이지에 공지할 겁니다. 5년간 공지된 이후 이의를 제기하는 사람이 없다면 당신이 출발할 때 했던 계약 내용에 의거하여 이곳의 소유권은 저희에게로 이전됩니다. 공시 기간을 제외하면 달라질 게 없습니다."

고객은 잠시 말이 없었다. 뼈밖에 없는 팔뚝을 따라 핏줄이 도드라졌다.

"37년! 37년 만에 나타나서 고작 한다는 말이 서류에 서명하라는 건가?"

침묵했다. 협상은 어떤 호흡에 어떤 리듬으로 이야기를 꺼내느냐가 거의 전부라 해도 과언이 아니다. 노인의 표정이 변했다. 우리는 입을 열었다.

"뉴 베니스와 유로파 사이의 정기선이 끊어진 건 저희도 유감으로 생각하고 있습니다. 당신이 더 잘 알겠지만 그건 피치 못할 상황이었습니다. 아서 클라크시에서 벌어진 내전을 일개 보험사가 어쩔 수 있었던 건 아니니까요. 그리고 목성과 토성에 위치한 아웃포스트에 대한 지원이 끊어진 것 역시 어쩔 수 없었습니다. 행성 간 연락망을 이루던 네트워크 위성들이 전쟁으로 요격된 탓에 지구에서 다시 통신망을 복구하는 데 6년이나 걸렸습니다. 지구에선 최선을 다한 겁니다. 아웃포스트를 버리라는 정치적 압박이 심했습니다. 뿐만 아니라 마리우스에서 벌어진 일로 로켓 외에는 궤도에 물자를 올릴 방법이 없었거든요. 솔직히 국제연합의 지원은 제3자 입장에서 보기에도 도의적으로 해야 할 의무 이상을 했다고 봅니다. 이곳 분들에게는 그것으로는 부족했겠지만 말이죠."

"개소리! 정기선이 오지 않고 통신이 끊겼어도 여기선 매스 드라이버로 계속 물자들을 화성으로 쏘아 보냈다고! 당신들이…… 당신들이 돈 때문에 자동화 공장을 그따위로 만들었으니까."

"네. 화성에서도 마찬가지로 계속 보급 물자들을 보냈습니다. 하지만 중계지인 목성에서 보급이 끊겼을 뿐이죠. 사실 여기에서 보내는 메탄이나 유기화합물들은 외우주로 나간다고 상정했을 때 가치가 있는 거지 화성에서는 그 정도 가치가 없다는 걸 더 잘 아시지 않습니까. 이런 말을 해서 유감입니다만 프로젝트 헤르메스가 중단된 이후 뉴 베니스의 가치는 사라져버린 겁니다. 지구, 화성 모두에게 말이죠."

"그런 곳을 왜? 당신네 보험사는 5년만 기다리면 되는 일에 여기까지 당신을 보내 서명을 받으려 하는 거지?"

적당히 둘러댈 수도 있었다. 하지만 협상은 결국 신뢰가 중요했다.

"비밀을 지켜주신다면 말해드리죠."

그는 고개를 끄덕였다.

"확정된 건 아니지만…… 프로젝트 헤르메스가 부활할 거라고 회사는 예상하고 있는 모양입니다. 여러 경로를 통해 다시 타당성 조사가 진행 중이라는 이야기가 있습니다."

"정말인가? 외우주로 인간을 이주시킨다고?"

노인의 눈이 반짝였다. 그럴 수밖에. 뉴 베니스에 자원한 이들의 3분의 2 이상은 외우주로 향하는 우주선에 탑승할 승선원 선발 과정에서 유리한 고지를 확보하기 위해 온 사람들이었다. 외우주 탐사선 제작에 참여한 이들과 아웃포스트에 일정 기간 이상 거주한 이들은 외우주로 향하는 방주 탑승 선발 과정에서 가산점이 부여됐다.

노인은 고개를 숙였다. 그리고 어깨를 들썩였다.

"왜 이제 와서야……."

노인의 목소리는 울음으로 흐려졌다.

외우주로 나가는 우주선 건설을 위해 국제적인 공조가 결정되었을 때 세계는 열광했다. 기초적인 연구기지 정도가 건설되어 있던 목성과 토성의 위성들에서도 장밋빛 청사진들이 쏟아졌다. 외우주를 향해 가는 우주선은 토성이나 목성의 위성에서 그곳의 자원들로 건설될 예정이었다. 목성과 토성의 위성들에 신도시 계획들이 세워졌다.

왜 인간은 타이탄에서 살 수 없는가.

과학자라면 이 질문에 복잡한 답을 할 것이다. 너무나 먼 지구와의 거리, 토성이 뿜어내는 방사선, 4분의 1밖에 되지 않는 중력, 인간이 결코 호흡할 수 없는 대기…….

실은 이 모두 부차적인 문제일 뿐이다. 먼 거리는 시간을 들여 우주선을 타면 되고, 방사선은 차폐할 수 있으며, 낮은 중력은 강도 높은 운동으로 어느 정도 극복할 수 있다. 이산화탄소는 나노 필터로 제거하고 산소는 타이탄의 지하수를 전기분해하면 된다. 문제는 이런 것들에 돈이 든다는 것이다.

인간이 타이탄에 거주할 수 없는 이유는 돈 때문이다. 이상적으로는 타이탄의 자원을 팔아 필요한 물품을 사들인다면 그 교역을 통해 비용을 상쇄하고 지속 가능한 경제모델을 만들 수도 있다. 다만 지구를 향한 물류비용이 너무 커서 어떤 교역도 가치가 없을 뿐이다. 이곳에는 지구인들이 수만 년을 써도 남을 만큼의 메탄 바다가 있고 폴리프로필렌이 함유된 대기가 있다. 그러나 매스드라이버에 가득 실어 지구를 향해 쏘아 보낸다 해도 도착하면 지구에서 생산해낸 메탄이나 폴리프로필렌에 비해서 십수 배에서 수백 배까지 비쌀 수밖에 없다. 매스드라이버로 연료비를 최소화해도 궤도 관제와 회수, 재진입에 드는 비용만으로 자원의 가치가 사라지는 것이다.

하지만 토성에서 거대한 외우주 탐사선을 만든다면 이야기가 달랐다. 타이탄의 자원을 지구에 보낼 가치가 없는 것과 같은 이유로 지구에서 무언가 가져다 외우주를 항해할 우주선을 만드는 일은 경제성이 없다. 지구에서 1킬로그램의 철을 우주로 내보내기 위해서는 시속 4만 킬로미터의 속도가 필요하고, 실린 화물의 수백 배 연료가 필요하다. 물론 테더*를 이용해 지구의 자전의 원심력을 투석기처럼 쏜다면 로켓의 10분의 1의 연료로 충분했다. 하지만 그 경우에도 정치적인 문제가 있었다. 어떤 유권자가 자국의 자원을 퍼다가 우주 공간에 띄우는 걸 좋

---

* 정지궤도에서 자전하는 거대한 트레뷰셋. 줄을 성층권까지 내려서 그 줄에 우주왕복선을 걸고, 궤도를 자전하는 모멘트를 이용해 단숨에 우주까지 왕복선을 쏘아 올리는 방식. 스카이훅으로도 알려져 있다.

아하겠는가. 그것이 작은 위성 정도라면 그럴 수 있다고 이해하겠지만 수천 명이 수백 년간 여행할 초거대 우주선이라면 정치적 문제가 될 수 있었다.

그래서 아웃포스트가 세워졌다. 중력이 지구보다 훨씬 작은 토성이나 목성의 위성들이라면 비용과 자원, 우주개발에 적대적인 유권자들 모두 문제가 되지 않는다. 매스드라이버 하나만 건설하면 궤도까지 자원들을 올릴 수 있고, 위성 간에 서로 교류도 할 수 있으니까. 그런 이유로 유로파, 가니메데, 타이탄, 엔셀라두스 등의 위성들에 무인 공장, 광산 등과 함께 도시가 건설되었다. 이 아웃포스트들은 외우주 시대를 열어갈 인류의 최전선이자 태양계 밖으로 향하는 마지막 관문이 될 예정이었다.

노인은 산소호흡기를 코에 댄 채 심호흡만을 했다. 경화된 폐조직은 충분히 산소를 공급하지 못했고 노인의 입술은 파랗게 변해 있었다.

"어떻게 된 건지 알아야겠어. 왜 37년이나 지나서!"

"다시 사업 타당성에 대한 조사를 했고, 경제성이 있다는 결론이 나왔습니다."

"그게 그냥 가능할 리가 없잖아. 아웃포스트는 뿔뿔이 흩어졌고, 유로파에선 내전이 벌어졌고……."

"전쟁은 끝났습니다. 20년 전에."

"누가 이겼지? 외행성 무역 연합? 복합 추진체 생산 조합? 전쟁이 끝났다면 왜 통신은 재개되지 않았는데? 목성-토성 간 정기선이 다시 운행되지 않은 건데? 왜 우릴 이곳에 버려둔 채……."

노인이 빠르게 말을 이어가자 다시 숨이 가빠왔다.

"누가 이겼느냐는 중요하지 않습니다. 중요한 건 다시 시작할 여건이 갖춰졌다는 거죠."

"그게 가능할 리 없어. 각 위성들에 있는 탄광이나 생산 공장들도 소유권이……."

노인의 눈이 반짝였다.

"그거야. 그래서 날 찾아온 거군. 지구에선 우리가 죽길 기다린 거야. 아웃포스트의 모든 이주민이. 그래야 프로젝트를 부활할 수 있을 테니까. 우리가 죽으면 이곳의 모든 소유권은 다시 보험사와 투자사로 돌아갈 테니까."

그는 형형한 눈빛으로 이렇게 말했다. 자신들을 버려둔 지구를 향한 분노가 노인에게 생기를 불어넣는 것 같았다.

"부정은 하지 않겠습니다. 당신은 이 뉴 베니스의 마지막 생존자고 당신이 죽으면 이곳 무인 공장의 운영권은 투자 조합에게 회수되니까요."

"쓰레기 같은 놈들! 당장 꺼져! 내 눈에 흙이 들어가기 전에 너희들에게 이곳을 넘기진 않을 거야! 내 변호사에게 연락해서……."

"첫째, 어떻든 당신의 사후 5년이 지나면 이곳은 회사의 소유가 됩니다. 둘째, 당신의 변호사는 지구에 더는 없습니다. 당신들, 아웃포스트 이주민들을 대변하던 법무법인은 10년 전 폐업했습니다. 법정대리인을 찾는다면 다시 알아봐야 할 겁니다. 셋째, 이곳에서 일어난 일을 알고 있습니다. 그러므로 당신이 회사에 화를 내는 건 이해할 수 없군요. 당신들은 그럴 수 없는 거 아닙니까."

노인의 표정이 굳었다.

"그…… 그게 무슨 소리야?"

"필터 말입니다."

노인은 팔을 뻗어 태블릿을 집어 들었다. 그리고 치켜들었다. 하지만 그의 손은 태블릿의 무게를 지탱하지 못했다. 태블릿은 그대로 바닥에 떨어졌다.

"이! 이! 버러지 같은 새끼! 필터는 사유재산이라고."

"그래서 저희도 사유재산에 대한 정당한 소유권을 행사하는 겁니다."

궤도에 있던 테더의 끈이 끊어져 추락하는 사고만 없었더라면 프로젝트는 중단되지 않았을지 모른다. 불만이 있긴 했다. 인류의 거주지역을 확대하기 위해 수많은 무인 광산과 공장이 지어져야 했고 그 비용과 자원은 지구에서 나올 수밖에 없었으니까. 하지만 반대 의견은 인류의 도약이라는 명분 앞에서 일단 수면 아래 잠들어 있었다.

브라질의 마니우스에서 지구-화성 간 왕복선의 테더 끈이 끊어지며 연결 추가 추락했다. 도심은 불타올랐고 5만 명이나 되는 사상자가 발생했다. 당장 화성을 향하던 왕복선 운항이 불가능했고 화성에 진출한 기업들의 주가가 폭락했다. 그러나 그런 단기적인 문제들은 이후에 벌어진 사건들에 비하면 한없이 사소한 것이었다.

주가 폭락은 다시 화성 도시들의 금융 위기로 이어졌다. 때마침 카이퍼 벨트 자원 회사들의 어음 만기와 맞물려 회사채 발행에 실패했고 이는 연쇄 부도로 이어졌다. 이 도미노가 결정타였다. 아웃포스트의 자원들은 지구권에서는 경제성이 없었기에 광산이나 채굴권은 담보가 되지 못했다. 아웃포스트 기업들은 지구의 채권자들에게 자신들의 수익모델을 증명해야 했다. 우주에서 가장 확실한 수익모델은 우주선들의 추진체 연료였다. 물은 수소와 산소로 분리되어 거주민들에게는 호흡을 위한 필수 자원이 되고 그 자체 역시 로켓의 연료이기도 했으니까. 외행성 무역 연합과 복합 추진체 생산 조합이 유로파의 아서 클라크시 염수 채취권을 놓고 무력충돌을 일으킨 것은 어쩌면 당연한 결과였으리라. 이후 역사가들에게 '아서 클라크 전쟁' 혹은 '유로파 분쟁'이라 불리게 되는 기업전쟁의 시작이었다.

UN협정에 의거 아웃포스트 내에는 군이 주둔할 수 없었고, 자경단이 파트타임으로 질서를 유지하고 있었다. 이들의 무장이 고스란히 전쟁에 동원되었다. 유로파 설원에서 레일 건의 탄

자들이 인간의 육체를 꿰뚫었고 피는 얼어붙어 설원 위에 붉은 구슬들로 흩뿌려졌다. 이들의 충돌을 막기 위해서는 화성에서 공권력이 출동해야 했지만, 화성은 당장 자신들의 금융 위기도 통제하지 못하고 있었다.

아서 클라크시는 외행성계에서 산소와 수소 공급의 8할을 차지하고 있었다. 전쟁으로 모든 외행성계 셔틀은 발이 묶였다. 물론 추진체를 사용하지 않는 매스드라이버가 아웃포스트 간의 교역 대부분을 차지했으므로 이것이 물류 정지로까지는 이어지지 않아야 정상이었다. 하지만 셔틀이 멈춰버린 상황에서 위성들은 신용만으로 거래해야 했는데, 그 신용이라는 것이 카이퍼 벨트 자원 회사들의 연쇄 부도로 가장 먼저 박살 난 것이었다. 사람들은 불확실한 쪽보다 확실한 것을 선택했다.

바로 고립이었다.

"조건이 있네."

노인은 산소호흡기를 단 채 전동 보행형 휠체어에 기댄 듯 누워 있었다.

"뭡니까?"

"날 데리고 가줘."

"어디로요?"

"어디든, 죽기 전에 이 지긋지긋한 곳을 떠나고 싶어."

가니메데에서의 일이 떠올랐다. 그곳의 마지막 생존자도 우리에게 같은 말을 했었다.

"무얼 줄 수 있죠?"

"모든 것."

"뉴 베니스는 당신이 사망하면 어차피 회사 소유가 됩니다. 거래를 잘 못하시는군요."

"그거 말고 더 있다네."

전동 휠체어를 타고 앞장선 그를 따라 모듈의 안쪽으로 들어갔다. 격벽을 철거해 거대한 창고처럼 만든 거대한 방이었다. 노인은 자부심 가득한 미소를 지었다. 방 안에는 필터로 가득 차 있었다.

표준 거주 모듈 공용 필터 EN-213QR

모델명이 적힌 상자들이 차곡차곡 쌓여 끝이 보이지 않았다.

"저거 하나가 이곳에선 같은 무게의 다이아몬드보다 비싸다는 건 아나?"

"이곳 밖에서는 생각하시는 그런 가치가 아닙니다."

"지구라면 필요 없겠지. 그치만 화성이라면……."

"화성은 이미 돔형 도시로 바뀌었습니다. 필터가 필요한 모듈형 거주구는 없어요."

"토성의 다른 위성 도시들도 많잖아. 그곳들에선 거주 모듈을……."

"그 도시들은 이미 무인화되었습니다. 뉴 베니스가 마지막이죠."

노인의 표정이 다급해졌다.

"아니. 섣불리 판단하지 말게. 자네 말대로 프로젝트 헤르메스가 재개되면 이곳에도 다시 인간들이……."

"새 방주에서 인간은 수정란 형태로 동결된 채 선적됩니다. 필터 따윈 필요하지 않습니다."

노인의 손이 팔을 잡았다. 떨리고 있었다.

"살려주게! 나도 인간으로서 살 권리가 있지 않은가!"

"뭐라 하셔도 소용없습니다. 돌아갈 방법이 없으니까요."

"자네가 타고 온 게 있을 테고 돌아가야 할 거 아니야?"

"가지 않습니다. 몸은 말이죠. 전 매스드라이버를 타고 이곳으로 왔습니다."

"어떻게? 죽을 텐데?"

매스드라이버의 속도를 조절할 수 없다. 발사 가속도가 너무 빨라서 그 충격으로 호흡이 불가능했고 신체 조직을 파괴할 수 있다. 때문에 살아 있는 생명체를 탑승시키는 것은 금지였다.

"그렇죠. 그래서 살아 있지 않은 상태로 왔습니다."

"뭐?"

"팩토리에서 생산된 육체를 장기 보존액에 넣은 채 완충용 컨테이너에 밀봉해 몸만 보내는 겁니다. 의식이 없고, 생명 활동도 없는 그야말로 고깃덩이를 보존액에 넣어 보내는 탓에 매스드라이버의 가속도는 문제가 되지 않습니다."

노인은 믿어지지 않는 모양이었다. 이해할 수 있었다. 그가 지구를 떠나던 무렵에는 아직 불가능한 기술이었으니까.

"생명 활동은 이곳에 도착한 후 시작됩니다. 도착 즉시 신체의 순환계가 작동하고 위성 중계로 지구에서 의식을 송신해 다운로드하는 거죠. 일을 마치면 이곳의 기억만을 다시 지구로 송신하고 육체는 폐기됩니다. 업로드가 끝나면 이 몸은 식물 플랜트의 새로운 퇴비가 되는 거죠."

노인은 잡은 손을 놓았다. 그리고 휠체어를 뒤로 물렸다.

"그러니까…… 너는 로봇……인 거야? 내가 로봇 따위에게 이런 수모를……."

노인은 얼굴에 드러난 경멸을 감추지 않았다.

"아니요. 인간의 보다 진화한 종이죠. 우주에 맞도록."

"너희…… 같은 놈들이 지구를 지배하고 있는 건가? 사람은?"

"인간들은 여전히 잘 살고 있습니다. 지구에서는요. 우리는 우주에서 진행되는 일을 담당하고 있을 뿐입니다. 화성과 달에는 인간이 아직 남아 있지만 10년 내에 지구와 달 외의 우주에서 더는 인간이 생활하지 않을 겁니다."

"왜?"

"마니우스 추락사건 이후 과학자들은 인간이 있는 모습 그대로 우주에 가려는 게 얼마나 비효율적이고 어리석은지 깨달았습니다. 인간은 우주에 적합하지 않다는 사회적 합의에 도달했죠."

"그래서 인간성을 포기한 건가? 어리석게……."

"인간성 포기요? 아니요. 우리에겐 인간성이 있습니다. 없다면 당신에게 조금 더 친절할 수 있었을 테니까요. 우리가 만들어진 건 아웃포스트 때문입니다. 당신 같은 자들이 벌인 일 때문에요."

"우리가 뭘!"

"그 필터들 말입니다. 당신들은 이곳의 일을 감출 수 있다 믿었겠지만 자동화 공장의 물류 기록과 시민들의 건강기록은 자동으로 지구로 전송됩니다. 그것만으로도 무슨 일이 벌어졌는지 알아내는 건 어렵지 않죠."

노인의 얼굴이 구겨졌다.

초창기 아웃포스트들은 고립에서 장시간 버티는 것을 상정하고 만들어졌다. 사고로 지구나 화성과의 연락이 끊겼을 경우 다시 연결이 재개되기까지 얼마의 시간이 걸릴지 알 수 없었으니까. 하지만 프로젝트 헤르메스 이후 그러한 자립성은 더는 중요하지 않았다. 도시마다 매스드라이버가 건설되었고 각 위성의 자동화 공장이 생산하는 물자들을 교역하는 일종의 궤도 공급망이 완성된 것이다. 시스템이 작동하는 한 문제될 것은 없었다. 적어도 만들 때만 해도 그런 예상을 했었다.

전쟁이 벌어지자 일어날 리 없는 일이 일어났고 도시들은 각자의 한계에 부딪혔다.

뉴 베니스는 그것이 필터였다.

O형 거주 모듈은 1년에 한 번 이산화탄소 농도를 낮추는 필터를 교체하도록 설계되어 있었다. 밀폐된 공간에서 이산화탄소 농도가 1퍼센트가 넘으면 사람은 무력해지고 3퍼센트가 넘으면 사망할 수 있다. 이런 일을 막기 위해서 거주 모듈에는 다공성 나노 물질로 된 자기조립 단분자막 필터가 있었다. 이것들은 1년간 모듈 내에서 이산화탄소 농도를 낮춰주었다. 1년은 짧다면 짧은 시간이었지만 문제가 될 것은 없었다. 대부분의 도시에서 비축량이 충분했으니까.

뉴 베니스에는 눈치 빠른 사람들이 있었다. 그들은 마니우스 추락사건 직후 전 재산을 털어 필터를 사 모았다. 일단 필터들을 소수의 큰손들이 독점하자 가격은 끝을 모르고 치솟았다. 전쟁이 시작되고 유로파와의 정기선이 끊기자 상황은 더욱 악화됐다. 필터의 가격은 이미 뉴 베니스 거주민의 1년 평균 연봉을 뛰어넘었던 것이다. 아웃포스트 도시들 간의 매스드라이버를 사용한 교역 중단이 알려지자 시장은 패닉에 빠졌다. 거주 모듈 두 개를 팔아야 필터 하나를 살 수 있을 만큼 가격은 치솟았다. 필터 수명이 다한, 새 필터를 사지 못한 가난한 사람들의 거주 모듈이 시장에 헐값으로 쏟아졌던 것이다. 그렇게 집을 잃고 쫓겨난 이들은 모노레일 역이나 매스드라이버 하역장에서 노숙했다. 단지 숨쉬기 위해, 단지 살아 있기 위해 사람들은 공공장소를 떠돌았다. 박스나 텐트로 임시 거주지를 만들었지만 아침이면 오토마타들이 그들의 숙소를 말끔하게 철거해버렸다. 도시는 여전히 깨끗했고 아무 문제가 없어 보였다. 오히려 경제 지표상의 수치들은 낙관적이었다. 어쨌든 필터값은 계속 오르고 있었고 바꿔 말하자면 필터를 가진 사람들의 자산가치가 상승하고 있다는 뜻이었으니까. 빈 거주 모듈에서 이산화탄소에 질식한 채 발견되는 자살자들이 잠깐 사람들의 관심을 끌었지만 이내 잊혔다. 아서 클라크시에서 벌어진 타인들의 불행이 끝나면 모든 문제는 해결될 것만 같았으니까.

필터를 독점한 이들은 1가구당 하나로 배정되었던 거주 모듈을 세 개, 네 개 확장해서 붙여 쓰기 시작했다. 3, 4차 이민 시절 흉물스럽게 결합시켰던 미로 같은 거주 모듈들은 한 집으로 터서 쓰기 좋다는 이유로 이 시기 부자들에게 각광받았다. 가장 부유했던 이는 20개도 넘는 거주 모듈을 연결한 대저택이자 거대한 미로에서 살았다.

하지만 보이지 않는 곳에서 서서히, 그리고 분명히 뉴 베니스는 붕괴하고 있었다. 필터의 가격이 천정부지로 치솟은 이후 뉴 베니스에서는 단 한 명의 신생아도 탄생하지 않았다. 아이를 위한 공간을 배정할 수 없었던 것이다. 뿐만 아니라 자영업자들의 매출 감소가 뚜렷했다. 필터를 사기 위해 전 재산을 쏟아붓고 있는 상황에서 다른 곳에 돈을 쓸 여유가 없었으니까. 필터를 사두면 가격이 오르는데 어느 누가 멍청하게 다른 걸 소비해서 낭비를 한단 말인가. 자영업자들이 먼저 몰락했다. 파산한 사람들은 다시금 길거리로 나왔고 경기는 더욱 위축되었다. 다음은 월급 생활자들의 차례였다. 거주구역은 텅 비어 슬럼화됐다. 부자를 털거나 필터를 훔쳐가는 범죄자들에 대한 소문에 부자들은 경호원을 고용하거나 무장했다. 거주구역 내에 경계가 쳐졌고, 부자들의 모듈은 통로를 봉쇄해 가난한 이들과 구역을 분리했다. 그것이 어둠뿐인 막힌 문들의 정체였다.

임계점은 갑자기 찾아왔다. 행정구역과 거주구역을 잇는 모노레일 안에서 시작된 필터를 배급하라는 시위는 결국 상업구역에서 방화와 폭동으로 이어졌고, 관리자들은 화재와 폭동을 진압한다는 이유로 공공구역에서 일제 감압을 실시했다.

"지구에서 출발할 때 뉴 베니스의 인구통계를 확인했습니다. 파견될 곳의 제반 자료를 다 확인하는 게 저희 일의 일부거든요. 인구의 75퍼센트가 단 세 시간 만에 모두 사망했더군요. 선외 활동복을 입은 십수 명의 사람들이 반나절을 더 버텼지만 거기까지가 한계였고요."

"어쩔 수 없었어. 폭도들에게 잡혀 그대로 죽으라고? 아니면 내 생때같은 돈으로 산 필터들을 모두 빼앗기라고? 그놈들은 강도고 살인자였어! 내가 이곳에서 죽도록 고생하며 모은 전부를 빼앗으려 한 폭도들이었어!"

"아니요. 당신 이웃이었습니다. 그들은 그저 살고 싶을 뿐이었고요."

"아니! 그때 필터를 나눠줬다면 이미 죽었어. 봐! 너도 이제야 나타났잖아. 37년 만이라고! 우리가 원해서 그런 줄 알아? 지구에 있는 놈들이 우릴 버렸기 때문에 어쩔 수 없었어. 살기 위해서! 살기 위해서 말이야!"

"감압은 유로파에서 전쟁이 벌어지고 정기선이 끊어진 지 11개월 만에 벌어진 일입니다. 화성에서는 유로파의 분쟁을 종식시키기 위해 평화 유지군이 파병됐고, 작전을 펼칠 예정이었습니다. 군사작전이기에 유로파를 점령하기 전까지 당신들에게 계획을 알려줄 수 없었을 뿐이죠. 그런데 평화 유지군이 채 카이퍼 벨트를 통과하기도 전에 당신들이 그 사달을 벌인 겁니다."

"어쩔 수 없었어. 다들 겁에 질려서……."

"아니요. 그 공포를 이용해 당신의 욕망을 채우려 했던 겁니다. 그저 돈 때문이었습니다."

"그게 뭐가 나빠서! 미리 사두지 않았던 놈들이 나쁜 거지. 나는 미래를 예측한 거야. 그걸로 수익을 거뒀을 뿐이라고. 네 말대로 군이 도착해 필터를 보냈다면 난 파산했겠지. 그 리스크를 감수하며 투자를 하고 수익을 거둔 거야. 그게 뭐가 잘못이라고."

"맞습니다. 그렇기에 회사의 처사가 부당하다 말해서는 안 됩니다. 적어도 당신은 말이죠. 그러니 서명을 하시죠."

노인의 손이 떨렸다.

"아, 그리고 봉쇄 전 뉴 베니스에 비축됐던 필터의 개수는 가구당 40개 분량이었죠. 잊고 있었겠지만 여기는 외우주 항해를 준비하기 위한 허브였습니다. 아무도 죽지 않을 수 있었어요.
아무도."

지난 세기, 과학자들은 어떤 우주적 재난에 대비해, 멸종을
피하기 위해 우주로 나가야 한다 말했다. 그들은 핵전쟁, 지구
온난화, 소행성 추락, 자기장 이상, 온갖 종말의 시나리오를 예
로 들었다. 우주로의 진출은 또 인류라는 종의 진화를 위한 것
이며 인간이 유아기를 벗어나는 일이라며.

어떤 측면에서 그들은 옳았다. 우리가 태어났으니까.

인간의 개체성을 받아들이긴 힘들 거야. 그 개체성을 없애기
위해 만든 게 자네들이니까.

일인칭으로 말하는 법을 처음 배울 때 교육 담당자는 이렇게
말했다. 일인칭의 주어는 끝까지 입에 붙지 않았다. 우리의 기
억은 결코 혼자의 것이 아니었고, 육체의 사망은 죽음이 아니었
으니까. 그러나 우리가 기억하게 될 경험들의 공유는 결코 유쾌
하다 할 수 없었다. 우리가 해야 할 첫 번째 일은 아웃포스트에
종언을 고하는 것이었고, 그 도시들에는 각자의 필터가 있었다.
어떤 곳은 원자로였고, 어떤 곳은 식량이었다. 우리는 수많은
다른 뉴 베니스를 향해 떠났고, 다른 얼굴들이 만들어낸 비슷하
지만 다른 파국을 보고 또 보았다. 그것은 구 인류들이 신 인류

들에게 해줄 수 있는 가장 확실하고 참혹한 교육이었다.

권태를 잊게 해줄 영화 몇 편을 조건으로 노인은 서명했다. 문을 닫고 나왔다. 거주 모듈의 이중 감압문이 등 뒤에서 쉬익 하고 닫히는 소리를 냈다. 복도를 따라 걸어갔다. 걸어갈수록 미로와 같은 뉴 베니스 골목이 등 뒤에서 천천히 노인을 집어삼 켰다. 마지막 생존자는 그렇게 다시 타이탄에 남겨졌다. 그 대 단한 필터들과 함께.

고개를 들었다. 타이탄의 붉은 태양은 여전히 같은 하늘에서 차갑게 빛났다. 서쪽 하늘에서는 이아페투스를 공전하는 방주 가 빛을 받아 샛별처럼 반짝였다. 이제 돌아갈 시간이었다.

들림 받은 자들

중요한 건 그러니까 '이유'입니다.

당신이, 그리고 내가 존재하는 이유. 존재의 이유 말입니다.
혹자는 말합니다.

그딴 건 없다고요.

네.

그렇게 회의적으로 생각할 수 있어요.

머리 좋은 사람들은 말합니다. 그건 각자가 만드는 거라고,
그게 인생이라고.

정말 그럴까요?

어떻게 생각하십니까? 여러분도 동의하세요? 우리가 이유
없이 세상에 던져져 목적 없이 살아간다는 그들의 말을 믿으십

니까? 눈먼 지혜를 철학이라 말하며 여러분의 삶이 거대한 허무 앞에서 대책 없이 쓸려갈 것이라고 말하는 그 궤변가들의 주장을…… 믿으십니까?

그들을 책망하진 마세요. 시대 때문입니다. 이제 끝에 다다랐습니다. 불의 시대가 왔습니다. 그리고 불의 끝은 새로운 시작입니다. 잿더미에서 불사조가 부활하듯 새로운 시대가 올 겁니다. 지금처럼 지구란 별에 갇힌 감금된 시대가 아니라 전 우주로 펼쳐져나가는 은하계 전체에 꽃을 피우는 새로운 시대로 말이죠. 그리고 우리는 바로 그 새로운 시대를 위한 장작입니다.

믿음 없는 자들! 확신 없는 자들! 거짓 지식으로 무장한 자들!
그들이 여러분에게 독사 같은 혀로 거짓된 믿음을, 거짓 약속을, 거짓된 학문을 심어주고 있습니다.
주식, 코인, 부동산, 그리고 돈! 돈!! 돈!!

탐욕에 눈이 멀어 명백히 보이는 징조에서 눈을 돌리고 있습니다. 그들은 당신들에게서 진정한 소명을 잊게 하기 위해 노력하고 있습니다. 그들은 한낱 사라질 것들에 사로잡혀 망각해버린 것입니다.
세상 모든 것에는 존재의 이유가 있다는 것을. 들판의 꽃잎 하나에도 존재 이유가 있다는 것을.

정의를 말하지만 증오밖에 모르는 독을 품은 자들, 윤리를 말하지만 진정 옳은 것이 무엇인지 모르는 자들, 선을 말하지만 누구에게 향해야 하는 선인지도 모르는 자들, 그런 자들이 세상을 향해 목소리를 높이고 있습니다.

하지만 정말 그들이 이길까요?

아닙니다! 오는 새벽을 막을 수 없듯, 새 시대를 막을 수는 없습니다. 그 일이 일어나는 것은 수천 년 전부터 예정되어 있었기 때문입니다.

저도 여러분과 같았습니다.

여러분들처럼 광야에 서서 아무 의미도 모른 채 삶을 허비했습니다. 순간의 쾌락에 빠져 목적을 잃고 방황했습니다. 잘못된 길을 좇아 미망에 휘둘렸습니다. 어둠 속에서 한 치의 배움이 지식의 전부인 양 착각하며 맹신했습니다.

하지만, 이제는 알고 있습니다. 무엇이 옳고 무엇이 그른지, 무엇이 거짓이고, 참인지!

우리가 세상에 온 진짜 이유가 무엇인지!

세상은 제게 말합니다. 너는 미쳤다고! 정상이 아니라고!

여러분께 묻습니다. 정말 그렇습니까?

유엔 다양성 위원회에 따르면 하루에 150종의 동물이 멸종

되고 있습니다.

10분에 하나꼴로 한 종이, 어떤 것과도 다르며 독립적이고, 특별했던 생명체의 무리가 이 세상에서 지워지고 있는 겁니다. 그 많은 생명체들이 갑자기 사라집니다. 이게 이 시대에 처음 일어난 일일까요?

아닙니다. 수천만 년 전부터 반복되어왔던 사건입니다. 대멸종이라 불리는 사건들. 하늘에서 불덩어리가 떨어지고, 바다가 끓어오르고, 시베리아가 용암으로 뒤덮이고, 바다가 염산으로 변했던 시절 일어났던 일입니다. 그 일이 다시 일어나고 있는 겁니다. 과학자들은 말합니다. 지금 일어나는 멸종의 원인은 불덩어리도, 운석도, 혜성도, 화산도 아닌 바로,

인간이라고.

이걸 우연이라 할 수 있습니까? 이걸 당연하게 받아들여야 할까요?

아니요!

이건 모두 계시입니다. 의미가 있는 겁니다. 세상에 인과 없이, 의미 없이 일어나는 일이 없는 것처럼 이것도 원인과 목적과 이유가 있습니다.

그들은 말합니다.

지구를 구하기 위해서는 육식을 멈춰야 한다고. 화석연료를 사용하지 말아야 한다고, 전기차를 타고 분리수거를 하자고. 대체에너지를 사용하고 온실가스 총량제를 하면 지구 온도를 낮출 수 있다고.

그러면 지구가 구해집니까? 그러면 정말 멸종이 멈출까요? 그러면 뜨거워지는 이 불의 시대를 멈춰 세울 수 있을까요?

그것은 기만입니다.

개구리가 뜨거운 물에 천천히 익어가는 동안 아직은 괜찮다고 말하는 거짓말일 뿐입니다.

지난 10년간 그 많은 온실효과에 대한 대책들, 법안들, 정책들, 약속들에도 온실가스 배출 비율은 전혀 변하지 않았습니다. 친환경 기업들은 온실가스 이용권을 팔고, 화석연료 기업들은 그만큼의 온실가스를 더 배출했거든요. 에너지 사용량은 늘어나고, 이산화탄소의 배출 총량도 증가했으며, 지구 기온은 그만큼 올라갔습니다. 그 많은 감축 계획들은 실은 표어들 뒤로, 이미지 아래 감춰진 거대한 기만이었던 겁니다. 온실가스를 막기 위해 전기차를 사라 말하며 새로운 자동차를 만들 용광로에 불을 지피고 있었던 겁니다.

이게 우연일까요?

성장에 대한 열망, 부에 대한 탐욕, 물신주의, 그리고 그것들의 배후에 있는 자본. 그것들이 변하지 않는 한, 그것은 멈추지 않습니다. 사람들은 말합니다. 지속 가능한 성장, 그리고 친환경 경제.

진실을 말해줄까요?

성장은 언제나 더 많은 에너지 사용을 전제합니다. 지속 가능한 성장 따위는 거짓말입니다. 심지어 자본주의가 없던 석기시대부터 지금까지 변하지 않는 인간 사회의 규칙입니다.

성장은 더 많은 에너지의 소비를 전제한다.

과학적으로 입증 가능하죠. 인간의 모든 활동은 주변 환경의 엔트로피를 증가시킨다는 걸 말이죠. 성장을 포기하지 않는 한 에너지 사용을 줄일 수 없습니다. 친환경 경제란 새로운 소비시장일 뿐입니다. 지구를 지킨다는 이미지를 팔아 거두는 또 다른 파괴일 뿐입니다. 비닐봉지를 없애자며 비닐봉지보다 생산하는 데 수십 배 더 많은 오염을 일으키는 에코백을 30개씩 사서 서랍에 쌓아놓는 걸 사람들은 친환경이라 말하는 격이죠.

그럼? 성장을 멈출 수 있을까요?

실상은 성장을 멈출 수는 없습니다. 이미 인간 사회는 그런 시스템으로 만들어져 있거든요. 자본주의 성장을 멈추는 순간 내부는 붕괴합니다. 대공황부터 서브프라임 모기지론까지, 자본주의가 성장을 멈추는 순간 어떤 일이 벌어지는지 아주 잘 보여줍니다. 우리는 지금 멈추면 모두 죽는 자동차에 올라탄 채 차가 멈추고 있다고 스스로에게 거짓말을 하며 가속 페달을 밟고 있습니다. 진실을 알게 되니 어떤 기분입니까? 두렵다고요? 걱정스럽다고요?

걱정할 필요 없습니다.

의미 없는 것은 없습니다. 이 모든 것은 거대한 계획의 일부이고, 그것이 제가 받았던 계시입니다. 그리고 그 진실을 제가 여러분께 알려드리겠습니다.

제가 계시를 받아 스코틀랜드에 갔을 때 일입니다.

그곳에서 예언자를, 선지자를 만났습니다. 예언자는 히스가 자라는 들판이 보이는 양조장 입구에 앉아 길을 내려다보고 있었습니다. 낡은 나무의자에 기댄 채 제가 다가오는 걸 똑바로 보고 있었죠. 가까이 다가가자 그분의 얼굴을 볼 수 있었습니다. 제가 미리 확인했던 그림 속에서 보았던 그 얼굴이 거기 그대로 있었습니다.

긴 매부리코에 세모난 얼굴, 그리고 둥근 턱 말이죠. 주름으로 푹 패인 눈두덩이 안에는 거의 수백 년은 된 듯한 탁한 눈동자가 있었습니다.

날 보러 온 거군.

네.

제가 답하자 그는 짧은 한숨을 쉬고 자리에서 일어났습니다. 그 순간 히스가 일제히 바람에 흔들렸습니다. 저는 계시 때의 감각이 다시 현현함을 느끼며 전율했습니다.

여러분은 그런 경험을 한 적 있습니까?

자신의 삶이 수백만 년, 수천만 년 전부터 실행된 거대한 계획의 일부이며, 그 계획의 대단원을 마무리할 막중한 책임이 있다는 걸 깨닫는, 그런 순간 말입니다. 그것이 수백 광년을 거슬러 이곳을 향하고 있는 궁극적인 약속이라는 걸 직감하고 경이롭지만 고통스럽고, 두려운 동시에 슬퍼지는 그런 감정을 느끼는 순간 말이죠.

저는 광야의 바람 속에서 바로 그 순간을 목도했습니다. 삶 전체에 낙뢰가 떨어지며 하나의 의미로 불타 숯 더미가 되어 무너지는 찰나를 경험했습니다.

저도 여러분과 다르지 않았습니다.

몇 년 전만 해도 여러분처럼 평범하게 직장을 다니고 평범하게 돈을 모아 평범한 행복을 꿈꾸고 있었습니다. 그 평범함이 무엇을 대가로 하고 있는지도 모르는 채. 평범한 삶을 살고 있었습니다.

물론 그 평범한 속에도 징후는 있었습니다. 매 순간 호흡하며 이산화탄소를 내뿜고, 매 순간 나도 모르게 에너지를 사용하고 있었죠. 그러면서도 그것들이 어떤 의미를 지니고 있는지 몰랐습니다. 바보처럼 말이죠.

그 시절 저는 배를 타고 있었습니다. 수출하는 기름을 실은 유조선을 타고 일본과 중국 일대를 돌아다니는 일을 했죠. 힘도 들었지만 나름 보람이 있었습니다. 우리나라에서 정제한 기름을 파는 수출 역군이었으니까요. 그날은 일본 도쿠야마라는 지역에 막 석유화학 제품들을 내리고 출항하고 있었습니다. 세토 내해에 해가 뉘엿뉘엿하게 저무는 그때, 기관장님이 용접기를 가져오라고 명령을 하시는 겁니다. 기름을 내리고 나면 원래 클리닝이라는 걸 합니다. 기름을 내린 탱크에 남아 있는 유증기를 빼주는 일이죠. 그런데 환기가 제대로 안 되는 겁니다. 환기구를 자동으로 여닫는 걸쇠가 부러져서였죠. 저는 클리닝을 하니까 용접을 하면 안 되는 거 아니냐고 물었고, 기관장님은 짜증을 냈습니다. 그 클리닝이 제대로 안 되서 지금 고치는 거 아니냐며 부러진 걸쇠 잇는 거야 용접으로 1분이면 끝나니까 옆에서 보기나 하라는 겁니다. 그래서 그렇게 했습니다.

지금 이 팔을 보시면 그날 어떤 일이 일어났는지 알 수 있을 겁니다. 기관장님은 현장에서 즉사했고, 인도네시아 선원 하나는 바다로 추락해 척추가 부러져 반신불수가 됐습니다. 물에 빠지지 않았냐고요? 유조선 높이에서 떨어지면 바닷물은 콘크리트처럼 단단합니다. 저 역시 떨어졌다면 지금 이렇게 있지는 못하겠죠. 저는 불길에 휩싸인 채 갑판 끝에 간신히 걸려서 살아남았습니다. 제가 의식을 잃기 전에 마지막으로 본 건 폭발로 구멍이 난 옆 탱크에서 기름이 바다로 번져가는 광경이었죠. 물론 기름이 있는 탱크는 두 개뿐이었기에 엄청난 기름이 쏟아져 나온 건 아닙니다. 그냥 붉은 하늘과 기름이 번져가는 바다가 마치 불탄 사진처럼 기억에 남았을 뿐이죠.

다시 눈을 떴을 때는 부산의 한 병원이었습니다. 그땐 이미 모든 게 끝나 있더군요. 사망한 기관장의 장례식도, 보험회사의 보험 처리도, 저도 몰랐던 제 사고에 대한 합의까지. 두 달 만에 깨어났거든요. 그러고도 20주가 걸렸습니다. 재활을 받고 퇴원할 때까지는 정말 고통스러웠습니다. 하지만 더 견딜 수 없었던 건 계속 꿈을 꿨다는 겁니다.

제 팔이 불타는 꿈을. 상상할 수 있습니까?

병원을 나왔을 때 저는 더는 회사를 다닐 수 없었습니다. 보이시죠? 이 팔.

네. 그런 겁니다.

하지만 전 원망하지 않았습니다. 그 누구도요. 그냥 사고였잖아요.

다만 견딜 수 없었습니다. 남들처럼 살 수 있었던 그 삶이 사소한 용접기의 불꽃에 끝날 수도 있다는 걸.

그땐 몰랐습니다. 그게 축복이었다는 걸 말이죠. 그 일이 없었다면 저 역시 여러분들처럼 살았을 겁니다. 일상에 매몰되어 가며, 인생의 본질적인 의미 따윈 의식조차 하지도 않으면서, 그저 그 사소한 행복이라는 걸 좇아 남들처럼 살았을 겁니다. 지금은 그 일을 감사하게 생각합니다. 그 사고가 저에게 소명을 일깨우는 시련이었다고. 제 눈을 트이게 하는 빛이었다고. 이 팔이 제가 불의 세례를 받은 증거라고 생각합니다.

병원에 있는 동안 사하구에 있는 한 조선소에서 제가 탔던 배가 스크랩 처리가 된다는 소릴 들었습니다. 스크랩 처리란 해체해서 고철로 판다는 뜻입니다. 저는 불편한 몸을 이끌고 그 조선소에 찾아갔습니다.

제가 갔을 때는 직원들도 모두 퇴근해 불이 꺼져 있더군요. 구멍 난 철조망 아래로 기어들어갔습니다. 건선거에 제가 탔던 그 배가 반쯤 뜯어 먹힌 고래처럼 초라하게 누워 있더군요. 저는 아래로 내려갔습니다.

배에 특별한 애착이 있었던 건 아닙니다. 그냥 그 사고가 일어났던 현장을 다시 보고 싶었을 뿐입니다. 평범한 사람, 평범한 행복, 평범한 일상이 그곳에서 모두 불타버렸잖아요.

배는 이미 해체되어가는 와중이라 갑판으로 올라갈 수도 없었고, 그저 건선거 아래서 해체되는 중인 배의 모습만 볼 수 있었습니다. 막상 가보니 대단한 감흥도, 절절한 비애도 없더군요. 제가 겪은 일은 수많은 재해 중 하나였고, 그 흔적마저 고철로 돌아가 어느 자동차 차체로, 새로운 배로, 어쩌면 못으로 다시 태어나 어딘가에 박힐 예정이었죠. 그 허무한 환원의 과정을 보며 그냥 이런 의문이 들더군요.

앞으로 어떻게 살아야 하나.

정말 막막했거든요. 직업도, 팔도, 자신감도 없었으니까요. 별생각 없이 내려와서 이따 건선거 위로 사다리를 타고 올라갈 때 이 팔이 불편하겠구나, 따위의 생각을 하고 있었습니다. 어쩌면 그곳에서 뭔가 다른 것을 기대하고 있었는지 모르겠습니다. 감정의 기복이랄지, 사고 당시의 회상이라던가, 혹은 어떤 트라우마 같은 것이라도, 뭐든, 뭐가 됐든, 내 인생은 이제 작살났으니 극적인 일이 일어나길 바랐는지 모르겠습니다. 하지만 건선거 안에서는 희미한 기름 냄새와 녹슨 철 냄새, 그리고 해체 중인 배 외에는 아무것도 없었습니다. 아무 일도 일어나지 않았고, 세계는 제게 일어난 일에 대해 한없이 무감할 뿐이었죠. 실망하지 않았다면 거짓말일 겁니다. 사람이 죽고, 직장을 잃고, 팔을 잃어도 세상엔 조그만 흔적 하나 남지 않았던 겁니다.

저는 등을 돌렸습니다. 건선거 위로 올라가는 사다리는 그늘 아래 있었기에 잘 보이지 않았습니다. 어둠 속에 더욱 시커먼 어둠이 고여 있는 격이었죠. 그래서 벽을 더듬으며 사다리를 찾았습니다. 그때! 주위가 갑자기 밝아지더군요. 저는 고개를 들었습니다. 머리 위에서 빛이 쏟아지고 있었습니다. 너무 밝아서 눈을 뜰 수 없을 정도였죠. 눈을 감았지만 눈꺼풀이 하얗게 될 정도로 강렬한 빛이었습니다. 눈이 아팠기에 저는 고개를 숙이고 눈을 손으로 가렸습니다. 그 손가락 틈으로도 빛이 새어 들어오는 게 느껴질 정도로 환한 빛이었죠. 저는 고함인지 비명인지 모를 소릴 질렀습니다.

정신을 차렸을 때 주위엔 아무도 없었습니다. 건선거는 다시 칠흑처럼 어두웠고, 어디선가 멀리 풀벌레 우는 소리가 들렸습니다. 머릿속엔 그저 한 단어가 떠올랐습니다. 아니 그것은 떠올랐다는 걸로는 부족합니다. 무언가가 제 뇌 속에 불로 지진 것처럼 새겨졌고, 그걸 인간의 언어로 바꾸면 이랬습니다.

'테라포밍'

고백하건데 당시 저는 그 단어가 무슨 뜻인지도 몰랐습니다. 그저 머리가 너무 뜨겁고 아팠고, 다른 건 생각할 수 없을 정도로 그 단어만 불타오르고 있었으니까요. 저는 뜻도 모를 그 단어를 중얼거리며 건선거 사다리를 타고 올라왔죠. 그리고 쓰러져 잠들었습니다.

다음 날 뉴스에 나오더군요.

부산 밤하늘에 의문의 빛기둥! UFO인가.

물론 제목은 낚시였습니다. 기상청이 밝힌 바에 따르면 부산 하늘에 떠 있던 의문의 빛기둥은 바다에서 조업 중인 오징어잡이 배 불빛에 구름이 반사되어 그런 거라고 하더군요. 아니. 말이 됩니까? 오징어잡이 배 빛기둥이 건선거 안까지 비춘다고요? 그렇게 환하게?

저는 테라포밍이란 단어를 찾아봤습니다. 우주 개척 중 지구 외의 다른 행성에 인간이 살 수 있도록 그 환경을 변화시켜 새로운 생태계와 자연을 구축하는 거라고 하더군요. 기름밥이나 먹으며 살아오던 놈이라 잘 이해가 되지 않았습니다. 그래서 유튜브에 들어갔더니 자세한 설명이 있는 영상이 나오더군요. 화성을 모델로. 어떻게 인간이 살 수 있게 바꾸는 건가 차근차근 보여줬습니다. 막상 보고 나니 어렵지 않은 개념이었습니다. 하지만 정말이지 알 수 없었습니다. 어째서, 정신을 차렸을 때 그 뜻도 모르는 단어가 떠올랐을까? 저는 이 모든 일에서 어떤 운명을 느꼈습니다. 건선거에 내려가기 전까지만 해도 저는 앞으로 어떻게 살아야 하나 막막했습니다. 하지만 건선거 밖으로 나섰을 때 제게는 하나의 화두가 던져진 것입니다.

그래요. 그건 확실히 이상한 화두였습니다. 지금부터 제가 공부한다 해도 결코 테라포밍을 할 수 있는 과학자가 될 수 없을 겁니다. 열심히 찾아보니 과학자들이 계산한 바에 따르면 화성을 테라포밍을 하는 데는 1500조 원의 돈과 500년 정도의 시간이 걸린다더군요. 제가 평생 아무리 성공한다 해도 그런 돈을 마련할 수도 없습니다. 그렇다면 그 빛기둥은 왜 제게 나타나 그 단어를 남긴 것일까요? 그것이 어떤 의미가 있을까요? 저는 그 답을 찾기 위해 몇 달간이나 방에 처박혀 공부하고 또 공부했습니다. 물론 제 머리는 좋지 않습니다. 좋았다면 금방 답을 찾았겠죠. 하지만 한 가지 확신은 있었습니다. 그날 제게 계시처럼 일어난 일이 정녕 예지였다면 또 하나의 기적이 운명처럼 찾아올 것이라는 걸 말이죠.

그리고 그 일은 일어났습니다. 믿어지지 않겠지만 실제로 일어났습니다.

계시는 집주인이 보낸 내용증명의 형태를 하고 있었습니다. 집세를 내지 않아서 보증금을 다 까먹었으니 어서 나가달라는 내용이었죠. 당연한 일입니다. 사고 후 구직도 하지 않고 몇 달간이나 테라포밍에만 매달렸으니까요. 그 편지를 받는데 손이 떨리더군요. 제가 찾고 있던 진실이, 그 등기를 받아 든 순간 깨달았습니다. 벼락을 맞은 것처럼, 총을 맞은 것처럼, 불을 맞은 것처럼, 저는 깨달음에 전율했습니다.

여기서 잠시,

제가 받은 계시가 어떤 것인지 이해하기 위해서는 테라포밍을 하는 과정을 알아야 합니다.

　일단 금성이나 화성에서 인류가 산다 가정했을 때 가장 큰
문제가 되는 것은 다름 아닌 온도와 호흡입니다. 그리고 그다음
이 물의 존재죠. 셋 중 하나라도 부적합하면 인간은 살 수 없거
든요. 온도가 너무 낮으면 대기에 온실효과를 일으키는 성분을
늘리고, 온도가 너무 높으면 궤도에 그늘막 같은 것을 만들어
태양열을 줄여야 합니다. 그리고 얼음으로 이뤄진 소행성을 추
락시키거나 극지의 물을 녹여 물을 만듭니다. 이 과정에서 대기
성분이 늘어나 기압은 자연스럽게 증가하는 겁니다. 그렇게 물
이 생기고 강우가 내리면 식물을 심을 차례죠. 처음엔 극지방에
이끼류를 심는 것으로 시작해서 지의류가 정착하면 토양에 양
분을 만들 수 있는 미생물을 살포하는 겁니다. 토양미생물 없이
는 어떤 식물도 자랄 수 없거든요. 이로써 땅에선 식물이 자랄
수 있게 되는 거죠. 그때까지 대기에 염화수소나, 네온, 암모니
아 같은 성분이 아직 남아 있을 수 있습니다. 이런 물질들을 자
연스럽게 지구의 대기처럼 환원시킬 수 있는 유전자조작 식물
들을 심어 농장을 만드는 겁니다. 그 뒤 이런 대기 전환이 성공
적이라 확인되면 그런 식으로 만들어진 콜로니에 소형 동물을
투입하는 겁니다. 콜로니는 작은 생태계가 되어야지요. 테라포
밍한 행성에는 아직 우리가 인지하지 못하는 위험이나 문제가
있을 수 있거든요. 그래서 생태계의 기반을 이룰 동물들을 미리
시험 삼아 투입하는 겁니다. 필요하다면 역시 유전자조작으로

설계된 동물들이죠. 그런 동물의 적응 여부를 관찰하며 인간이 살 수 있는지 판단하고, 문제가 없나고 확인되면 최종적으로 인류가 가는 겁니다. 그렇게 화성이나 금성에서도 인류가 살 수 있게 되는 거죠.

여기에서 중요한 건 각 단계가 딱 떨어지게 구분이 되는 건 아니라는 겁니다. 대기 조성과 기온을 높이는 작업은 효율성을 위해 동시에 진행되어야 합니다. 물이 구하기 쉬운 극지에선 이끼를 키우는 동시에 얼음으로 된 소행성을 계속 적도에 떨어뜨려 기온을 높이고 환경을 개선할 수 있죠. 그리고 그러한 과정은 생각보다 오래 걸리며 가장 중요한 것은 그런 생태계를 만들고 그 규모를 확장할 때마다 그것이 지속 가능한가를 확인하는 것입니다.

자, 이제 제가 무얼 깨달았는지 여러분도 아시겠죠.

아, 아직도 모르시겠다고요?

인간은 왜 지구상의 많은 생명체를 그토록 많이 멸종시키고 있을까요?

인간은 왜 온실가스를 배출해 지구를 뜨겁게 만들죠?

인간은 왜 스스로를 죽음으로 몰아넣는 형태로 대기를 변화시킬까요?

인간이 에너지를 사용하는 일은 왜 필연적으로 생태계의 파괴로 이어질까요?

인간의 모든 활동은 왜 엔트로피를 증가시키는 방향으로만 작용할까요?

자연을 이용하고 환경을 바꾸는 것은 인간의 본능입니다.

그리고 그 본능 중 다른 동물과 차별되는 것은 다름 아닌 주변의 환경을 바꿔 고도의 문명을 이룩하는 것이었습니다. 그 고도의 문명으로 무엇을 했습니까? 바로 자연을 파괴했습니다. 생명체를 멸종시키고 지구 환경을 어떠한 특정 방향으로 균일화시켰죠. 이런 행동에 목적이 없다는 게 말이 됩니까?

지구 역사를 통틀어 유례가 없을 정도로 빠른 속도로 일어나는 대멸종이 바로 그 증거입니다. 불로 이룬 살육의 정점이 바로 이 시대라 정의 내릴 수 있습니다. 지표 생물의 75퍼센트를 멸종시킨 거대한 운석의 충돌도 그 많은 생명체들을 죽이는 데 10만 년이나 걸렸습니다. 운석이 떨어지자마자 멸종이 일어난 게 아닙니다. 그 여파로 멸종이 일어나는 데는 거의 10만 년이나 걸린 거죠. 대멸종 중 가장 빠른 시간 안에 벌어진 운석 충돌이 이 정돕니다. 지금 우리는 고작 200년 만에 외계에서 찾아온 운석도 하지 못한 일을 하고 있죠. 지구 생명체의 96퍼센트를 멸종시킨, 100만 년 동안의 시베리아 대분화도 이루지 못한 일을 인간이 고작 200년 만에 하고 있는 겁니다.

단지 몇몇 산업을 탓하는 건 말이 안 됩니다. 낡은 디젤차를 탓하자는 것도 아닙니다. 경제는 성장해야 하고 성장을 위해서는 더 많은 에너지가 필요하고, 더 많은 에너지는 더 많은 파괴로 이어집니다. 대체에너지가 있다고요? 대체에너지야말로 아랫돌을 빼서 윗돌을 괴는 일이죠. 대체에너지를 쓰면 쓸수록 다른 곳에서는 그만큼의 화석연료를 사용할 권리를 얻으니까요. 그러니 에너지 사용 총량은 늘 늘어날 뿐이죠. 모든 에너지를 친환경 에너지로 전환할 수 있지 않냐고요? 친환경 에너지는 유동성이 큽니다. 바람이 불지 않는 해는 어떻게 하죠? 비가 유난히 많이 내린 해는 어떻게 합니까? 유난히 태풍이 많이 불거나 유난히 무더운 해 역시 친환경 에너지로는 제대로 에너지를 수급할 수 없습니다. 그러면 세계의 에너지 시장은 패닉에 빠지겠죠.

아, 미래를 위해 성장을 포기하자고요? 아니요. 그러면 경제는 붕괴할 겁니다. 경제가 붕괴하면 세계대전이 일어날 겁니다. 가난해지면 사람들은 외부에서 원인을 찾기 좋아하니까요. 남탓은 인간의 또 다른 본능이죠. 그럼 또 원자핵의 불로 스스로를 심판할 겁니다.

성장의 포기는 자살이나 다름없는 세상입니다. 우리가 사회를 그런 시스템으로 만들었으니까요.

왜 UFO는 절 찾아왔을까요?

전 깨달았습니다. 건선거에서 만났던 빛의 기둥은 퇴거를 알리는 사인이었던 겁니다.

인류가 환경을 오염해서 쫓아낸다고요?

아뇨. 아니에요. 이건 응징이 아닙니다. 숙명이죠.

그렇습니다.

인간의 존재 이유는 다름 아닌 지구를 테라포밍하는 것입니다.

지구 내의 기존 생명체를 멸절시키고 우리의 창조주들의 고향별과 같은 환경으로 지구를 바꾸는 겁니다.

우리가 그토록 지구 환경을 부적절하게 바꾸며, 다른 생명체를 죽이며 번성한 이유가 그 때문입니다. 우리의 존재 자체가 지구의 생명체들에게 내려진 일종의 내용증명이자, 퇴거 명령서였던 겁니다.

이제 모든 조각이 들어맞지 않습니까? 이 모든 것이 먼 우주에서 아주 오래전에 계획된 거대하고 위대한 사업이었다는 걸 이제 이해하시겠지요.

궤변이라고요?

아니요. 진짜 궤변은 이런 거짓말들입니다.

본질적인 것은 아무것도 바꾸지 않고 고작 발코니에 태양열 전지판을 하나 세워놓는 것 정도로 전기차를 타면 모든 게 괜찮아질 거라 말하는 것이 진짜 궤변이죠.

인류가 지구의 환경을 지키기 위해 노력하고 있다고요? 지금도 늦지 않았다고요?

그것이야말로 과학자들의 거짓말입니다.

지표면의 7할을 차지하고 있는 물은 온도가 천천히 오릅니다. 열용량도 훨씬 큰 대신에 한번 상승하기 시작하면 쉽게 멈추지 않습니다. 그렇기에 우리가 지표로 삼는 대기의 기온 상승보다 실제로는 온난화가 훨씬 진행됐다는 이야기입니다. 바다 온도가 올라가면 용존산소가 부족해집니다. 거기에 질소화합물이 더해지면 바다는 산소 생산을 멈추죠. 아마존이 지구에 산소를 공급한다고요? 아니요. 진짜는 바다입니다. 지구에 산소를 광합성하는 가장 큰 숲이 멈추는 겁니다. 그런데도 수질 오염에는 관심도 없고, 온도 상승도 괜찮다고, 아직 늦지 않았다고 말하고 있죠.

이걸 궤변이라고 하지 않으면 뭘 궤변이라 말합니까.

제가 이 일을 시작하고 많은 분들의 편지를 받았습니다. 다양한 언어로 쓰인 많은 메일을 받았고, 많은 분들이 제보를 주셨죠. 그들은 제 의견에 동의해주시기도 했고, 몇 가지 증거를 공유해주시기도 했습니다. 그리하여 저와 같은 체험을 하신 분들이 세상 곳곳에 숨어 있으며 이조차 하나의 위대한 의지의 일부라는 확신을 갖게 됐습니다.

물론 그림자 정부니, 렙틸리언이니, 일루미나티니, 대각성 지도니 하면서 저에게 연락하시는 분들도 있습니다. 저는 이분들을 눈뜨지 못한 자들이라고 봅니다. 세상이 무언가 문제라는 것을 느끼지만 진짜 원인이 무엇인지 보이지 않는 분들, 음모론이란 이름의 미망에 빠지는 분들 말이죠. 하지만 제가 이분들의 목소리에 귀를 기울이는 이유는 그 속에 진짜 징후와 징조가 섞여 있기 때문입니다.

제가 앞서 말했던 스코틀랜드에 갔던 것도 그 때문이죠. 제보 메일을 받고 직감했습니다. 아, 내가 이 땅에 처음 온 예언자는 아니구나. 선각자가, 선지자가 있구나. 나 혼자가 아니라는 사실이 얼마나 위안이 됐는지 아십니까? 그래서 저는 바로 비행기 티켓을 구매했습니다. 다음번엔 인터뷰 전체 영상도 공개하겠습니다. 지금은 간단하게 그와 나눴던 이야기를 소개하죠.

양조장에 있는 작은 테이블에서 우리는 이야기를 나눴습니다. 저는 인사를 나누고 이름을 물었죠. 노인은 자신의 이름을 기억하지 못했습니다. 그래서 저는 제가 알고 있는 그의 이름을 들려주었습니다. 그는 말했죠.

귀에 익은 걸 보면 그 이름으로 살던 시절도 있었던 모양이군.

사실 그와의 만남 그 자체는 그의 존재만큼이나 크게 인상적이진 않았습니다. 예언자는 너무 오랜 시간을 살았기에 기억이 오락가락했고, 인지는 흐릿했으며, 무엇보다 자신이 이룩한 일에 대해 회의적이었습니다.

그 책 이야기는 하지 말게. 그 책도 다른 책들처럼 태워야 했던 건데. 내가 죽음을 위장하기 전에 그것들을 모두 태웠던 건 실수를 깨달은 거야. 내가 틀렸다는 걸.

그는 이런 식으로 자신이 썼던 책들에 대해 횡설수설했죠. 저는 그에게 저와 같은 빛을 보았는지 물었습니다.

빛! 그 빛 말이군. 그러니까…… 아마 타운젠트 공작의 가족들과 헤어지고, 고향으로 돌아오는 길이었을 거야. 칼레에서 배를 탔지. 도버까지 가려면 다섯 시간쯤 걸렸거든. 그런데 파도가 높아서 다음 날 새벽까지 배는 출항하지 못했어. 다들 배에서 대기했지. 언제 출발할지 알 수 없었으니까. 그 무렵엔 도버해협을 건너기 위해 일주일씩 기다리는 일이 흔했지. 음 아무렴.
나는 아직 동이 트기도 전인 이른 새벽, 배에서 내렸어. 머리가 아팠기에 맑은 공기라도 쐬면서 생각을 가다듬고 싶었거든. 고향에 돌아가면 책을 쓸 생각이었으니까.
막 부두 끝에 도달했을 때, 수평선 저 너머로 흰 무언가가 눈에 들어왔어. 나는 그게 도버해협의 세븐시스터즈일 거라 생각했어. 이른 아침 먼동의 빛이 흰 절벽의 꼭대기에 닿으면 그렇게 빛나는 경우가 종종 있거든. 그런데 그 빛이 점점 내 쪽을 향해 다가오는 거야. '다가온다'라고 생각했을 때는 이미 환한 빛에 싸여 있었지. 눈이 아파 곧장 눈을 감았지만 금방이라도 눈이 멀 것 같았어. 나는 손으로 눈을 가렸지. 하지만 손바닥의 뼈가 비쳐 보이더군. 감은 눈 너머로. 그 정도로 밝은 빛이었어. 나는 〈사도행전〉 속에 나오던 사울의 눈이 멀었던 그 체험이 떠올랐어. 그래서 무릎을 꿇고 기도 드렸네. 하지만 목소리가 나오지 않았어. 혀가 움직이지 않았거든. 마치 입안까지 빛으로 가득 차는 듯했지. 이대로 눈이 머는 게 아닌가 싶어 몸이 떨렸네.

정신을 차렸을 때 이미 먼동이 밝아오고 있었어. 나는 울고 있었네. 눈물을 닦고 보니 눈은 시렸지만 다시 앞이 보였지. 그러자 두통이 사라지고 복잡하던 머릿속이 깔끔하게 정리됐어. 뭘 써야 할지 알겠더군. 바다는 잔잔했고, 배는 곧장 출항했어. 그래서 고향으로 돌아와 쓰기 시작한 거라네. 그 저주받을 책을 말이야.

그분은 자신의 최고의 업적을 저주받을 책이라 표현하더군요. 확실히 정신이 온전치 못한 것 같았습니다. 그 책이 있기에 성장 일변도의 세계가, 이 멈출 수 없는 테라포밍 시스템이 완성됐는데 말이죠. 하긴 그분처럼 오래 살면 총기가 흐려질 수도 있는 거죠. 저는 지금은 왜 이렇게 지내느냐고 물었습니다. 그분이 직접 자신의 모습을 드러내면 세상을 좀 더 변화시킬 수 있을 테니까요. 예언자는, 선지자는 웃었습니다.

　내가 정체를 밝힌다면 미친 노인네 취급을 받겠지. 300년 전 내가 죽지 않는 몸이 됐다고 했을 때도 똑같이 그랬으니까. 다들 내가 노망이 든 줄 알았지. 그래서 돈을 좀 썼어. 혼자 살지 않았다면 아마 죽음을 위장하기 쉽지 않았을 거야. 다 부질없는 짓이었지만.

　아닙니다. 《국부론》이야말로 시스템의 심장입니다. 그 책이 없었다면. 온도가 이렇게 극적으로 상승하지 않았을 겁니다.

　여기까지 말했을 때 그분은 들고 있던 잔을 던졌습니다.

　그 책은! 그 책은 내가 쓴 게 아니야! 나는 《도덕 감정론》을 썼다고! 그깟 돈 이야기는 여행을 마치고 돌아오는 길에 이상한 빛에 휘둘려 충동적으로 쓴 것뿐이야! 내가 한 일이 아니야. 내가 아니라고!

　맞습니다. 그의 말은 그분의 책이 정확히 저와 같은 소명을 받고 쓰여진 것이라는 증거였죠. 욕망의 추구가 발전과 성장의 증거가 된 후 인간은 본연의 기능, 지구온난화에 비로소 최선을 다하게 된 거죠.

저 역시 지금 느끼고 있습니다. 누군가 머릿속에서 대신 말해주고 있는 느낌. 내 것이 아닌 저 너머의 메시지를 대신 전달하는 느낌. 저, 먼 곳에서 들려오는 누군가의 목소리!

그 역시 저와 같은 예언자이자 사도이기에 그날 하늘에서 내려올 우리의 설계자들, 창조주들을 만날 은총을 얻으신 것입니다. 그렇기에 죽지 않고 지금도 살아 계신 것이겠죠.

여러분들도 이런 은총을 얻고 싶다고요?

걱정하지 마세요. 우리들은 축복받은 첫 세대, 선택받은 첫 인류입니다. 제가 장담합니다. 우리 세대가 끝나기 전, 어느 날 도둑처럼 창조주들이 찾아올 겁니다. 그날 오직 깨어 있는 자들만이 구원받을 수 있습니다. 저나 여러분처럼 말이죠.

제가 여러분께 원하는 것은 대단한 것이 아닙니다. 지금의 삶을 부정하라는 것도 아니고, 커다란 약속을 바라는 것도 아닙니다. 어려운 계명도 실천해야 할 의무도, 지워진 굴레도 없습니다.

더 원하세요. 더 많이 갈구하세요. 당신의 삶을 더 많은 것으로 충만하게 하세요. 깊이 호흡하고 당신이 욕망하는 것으로 당신의 주변을 변화시키세요. 그것이 우리가 만들어진 목적이며 궁극의 작동 원리입니다.

그리하여 대기를 이산화탄소로 더더욱 충만하게 하는 겁니다. 대기의 기온이 우리의 체온과 같아지는 그날까지 더욱더 호흡하시고 소비하시고 열정적으로 존재하세요. 그것만으로도 약속의 그날이 지금 오고 있습니다.

처음 시작할 때 존재의 이유, 목적에 대해 말했습니다. 이제 묻겠습니다.

태양계에서는 지구에만 유일하게 생명체가 존재하고 있습니다.

여러분은 그 의미에 대해 생각해본 적이 있습니까?

식물은 태양에너지를 탄화수소 화합물 형태로 지구에 누적합니다. 수천, 수만 년 동안 말이죠. 지각의 압력은 그것을 변화시키고 우리에게 과거가 남긴 선물을 줍니다. 바로 화석에너지란 이름의 힘이죠. 태양풍으로 사라졌을 엔트로피들이, 오직 지구만이 지각 아래 잠들어 있었던 거죠. 그리고 그렇게 누적한 에너지를 지금 우리가 소비하는 겁니다. 그렇기에 온난화가 가능한 것이지요. 우리가 하는 일은 단순히 지금 이 시대의 일이 아니라 과거의 지구와 지금의 지구 에너지를 통합하는 일입니다. 수억 년의 엔트로피를 폭발시키는 겁니다.

그렇습니다. 이것은 시간과 태양, 그리고 생태계의 고리가 만든 위대한 약속입니다. 그리고 그 약속의 정점에 있는 것이 우리들이고 약속의 실현이 여러분의 진정한 존재의 이유입니다.

눈을 감고 상상해보세요. 지구에 우리의 창조주들이 돌아오는 순간을.

정말 그런 순간이 오면 인간은 죽을 거라고요?

그 전에 멸종할지도 모른다고요?

닭들을 생각해보세요. 닭의 수명은 10년이지만 현실에서 육계는 고작 4주를 살 뿐입니다.

그런데 아무도 닭이 무의미한 존재라 생각하지 않잖아요. 존재의 의미는 생사로 결정되는 게 아니거든요. 존재의 이유는 그 목적에 부합하냐 그렇지 않냐, 그 목표를 달성하냐 그렇지 않냐에 있는 겁니다. 그것이 우리 세상의 작동 원리입니다.

그리고 죽는다 해도 끝이 아닙니다. 우리는 다른 차원의 존재로 다른 생태계로 그리고 우주적 존재로 거듭나는 겁니다. 애덤 스미스를 보세요. 그는 불사의 몸을 얻었습니다. 수명의 한계를 넘어섰다는 의미가 뭘까요? 우리가 성간을 오가며 별을 개척하는 별의 개척자가 될 수 있다는 뜻입니다.

여러분 이제 방황하지 마시고, 미혹되지 마세요.

되돌릴 수 있다 돌이킬 수 있다 말하는 거짓말을 믿지 마세요.

세상에는 멈출 수 없는 것이 있다는 걸 받아들이고 여러분의 삶을 최대한 불태우세요.

그것이 이 불의 시대의 끝에서 진정 우리를 우리답게 하는 길입니다.

우리의 존재 이유, 우리의 목적, 우리 자신에게 스스로 충실해지는 방법입니다.

　명심하세요.

　여러분 하나, 하나는 바로 이 시대의 불꽃입니다.

　다음번엔 스코틀랜드에서 나눴던 대화를 편집 없이 직접 보여드리겠습니다.

　그때까지 모두 건강히 잘 지내시고 그러면 '구독'과 '좋아요', '알림 설정'까지, 부탁드립니다.

　알림 설정까지 눌러야 애덤 스미스의 인터뷰 풀영상을 가장 먼저 보실 수 있습니다.

　그럼 이만!

히카리

블라디보스토크에서 출발해 유럽까지 오토바이를 타고 횡단할 예정이었다. 하지만 예정일 뿐 뭐가 필요한지, 어떤 준비를 하면 되는지, 정말 아무것도 몰랐다. 그러니 연습 삼아 일단 이웃 나라에 가기로 한 것이다. 다녀오면 뭐가 필요하고 어떻게 해야 할지 구체화할 수 있을 것이라는 막연한 생각에서 안이하게 떠난 여행이라고…… 일단 그렇게 해두기로 했다.

마이즈루에 온 것은 후쿠오카로 넘어와 히로시마, 오카야마, 고베, 교토를 거쳐 여행 일주일째였다. 캡슐 호텔에서 2박, 라이더 하우스에서 1박, 캠핑장에서 3박을 한 내 모습은 꽤나 형편없는 몰골을 하고 있었다. 재킷에는 주행 중 부딪혀 죽은 벌레들이 수백 마리쯤 달라붙어 있었고, 헬멧을 쓰고 있던 머리는 기름에 절어 착 달라붙어 있었다. 물티슈로 죽은 각다귀 무리를 떼어내며 생각했다.

죽음은 정말 사방에 무심하게 널려 있구나.

재킷 안쪽에서는 잘 발효된 시큼한 요구르트 냄새가 났다. 자정이 되면 홋카이도로 가는 페리를 탈 예정이었으므로, 어쨌든 사람 꼴 비슷한 모습을 갖출 필요가 있었다.

페리 선착장으로 들어가는 삼거리에는 코인 빨래방이 있었다. 나는 밀린 빨랫감과 투어용 라이더 재킷을 세탁기에 넣고는 공원 화장실로 갔다. 목욕탕을 찾을까도 했지만 타게 될 페리에 욕탕이 있다 했으므로 쓸데없이 돈을 쓰고 싶지 않았다. 텅 빈 공원 화장실에서 머리를 감고 등목 비슷한 걸 한 후 다시 옷을 걸쳤다. 그렇게 나와 공원 주차장에 세워놓은 오토바이 앞에서 수건으로 머리를 말렸다.

흰색 경차가 내 시선을 사로잡은 것은 그때였다. 그 경차는 좀처럼 보기 힘든 빈티지 모델이었다. 차를 구분하는 기준이 큰 차, 작은 차 정도인 내 눈에도 그 차는 특이해 보였다. 어린 시절 만화에서 보았던 차와 닮아 있었던 것이다. 일본은 만화왕국이라더니 만화에 나오는 차가 아직도 다니는구나.

그러나 차 안의 모습은 만화와는 거리가 먼, 너무나 현실적이다 못해 초현실적인 모습이었다. 차 뒷좌석에는 철제 프레임으로 적당히 짠 정리함 같은 것이 한쪽을 차지하고 있었고, 그 안에는 잡다한 물건들이 가득 든 반투명한 흰색 플라스틱 함들이 놓여 있었다. 반대편에는 여행용 캐리어와 보스턴백, 침낭, 그리고 커다란 전골냄비와 보따리 같은 것들이 대충 쌓여 있었는데 그 너머로 보이는 차의 1열과 2열 사이에는 빨랫줄이 드리워 있었다. 줄에는 아주 커다란 남자 속옷 한 벌과 여자 속옷이 걸려 있었고 빨래들 틈으로 차주의 모습이 얼핏 보였다. 뚱뚱함을 넘어 부풀어 오른 것처럼 보이는 거구의 남자였다. 너무 체구가 커서 어떻게 저 작은 차 안에 들어간 것인지 신기했다. 병에 넣은 범선 모형을 보고 있는 기분이었다. 차가 한쪽으로 푹 꺼진 것처럼 보였던 것도 그의 체중 때문이었으리라. 빈티지하고 귀여운 경차와 난잡한 실내, 그리고 거구의 차주까지 이 정도의 부조화가 이어지자 오히려 기이하다는 측면에서 조화롭게 느껴질 지경이었다. 그는 연신 살찐 손가락을 펼쳐가며 무언가를 조수석에 있는 사람에게 설명하고 있었다. 조수석에 있는 사람은 긴 머리의 여자로 보였는데 내 쪽에서 볼 수 있는 건 관리하기 힘들겠다 싶을 정도로 아주 긴, 붉은 기가 도는 갈색 머리뿐이었다. 조수석으로 고개를 돌릴 때마다 언뜻 보이는 남자의 미소로 미루어 무언가 다정하게 이야기를 하고 있는 것처럼 보였다.

여행 가는 커플인가? 좋겠네.

캠핑을 며칠씩 하다 보면 자연스럽게 너저분해지기 마련이다. 일본 전체를 경차로 횡단하며 여행 중인 것 같았다. 사람 꼴을 갖추려고 노력 중인 내가 다른 여행자의 모습을 보고 뭐라 할 입장은 아니니까. 빨래가 끝날 시간이었다. 나는 주차장에서 나와 아직 마르지도 않은 머리에 헬멧을 쓰고 빨래방으로 향했다.

건조기에 빨래를 넣고 밖으로 나오자 날이 어두워지고 있었다. 페리에 타려면 10시 반까지 선착장 주차장으로 오라고 했으니 아직 세 시간이나 남아 있었다. 페리 안 식사가 부실할 거라는 건 보지 않아도 뻔했다. 부산에서 시모노세키로 오는 페리를 탔을 때도 그랬으니까. 주차장 건너편에 라멘집이 보였지만 누렇게 변색된 라멘 사진이 붙어 있는 창문과 낡은 간판의 가게는 썩 끌리는 외형은 아니었다. 다시 오토바이에 올라탔다.

오토바이를 타고 한 바퀴 둘러본 마이즈루에 대한 소감은 한마디로 썰렁했다. 교토와 닿은 큰 항구였다는 역사가 말해주듯 한때 번화했던 도시였음은 분명했다. 몇 블록의 긴 상점가가 있었고 그 규모는 제법 컸다. 하지만 상점가의 8할이 셔터가 내려가 있었다. 일찍 닫은 게 아니라 그냥 영업을 안 하는 것 같았다. 녹슬다 못해 자물쇠 걸쇠 아래쪽이 부스러져 있는 모습은 꽤 오랫동안 가게 문을 열지 않았음을 말해주고 있었다. 그렇게 닫힌 가게들이 골목 끝까지 쭉 늘어서 있는 모습은 조문객이 오지 않는 장례식장을 연상시켰다. 한숨을 내쉬고 오토바이를 돌렸다. 인구가 노령화되며 도심이 공동화된 것인지 아니면 시즌

에만 여는 상점인지는 여행객인 내가 알 방법이 없었다. 다만 여행 내내 이런 식의 쇠락을 마주하는 건 어렵지 않았다.

도로를 따라 북쪽으로 달리자 바닷가를 따라 새로 지어진, 관광객을 대상으로 한 예쁜 가게들이 있었다. 하지만 그 상점이나 식당들 역시 이미 문을 닫았거나 닫고 있는 중이었다. 현지인들이 가는 식당이 어딘가에 있을 테지만 지나가는 여행객인 내가 알 수 있을 리 없었다. 결국 돌고 돌아 빨래방 주차장 맞은편의 라멘집 앞에 다시 섰다.

문을 열고 들어서자 안은 아저씨들로 가득했다. 검게 탄 얼굴로 목에 수건을 걸친 채 앉아 있는 하역 노동자들이었다. 오토바이 헬멧을 들고 들어온 낯선 사람을 신경 쓰는 사람은 아무도 없었다. 사람들은 라멘을 먹는 것도 잊은 채 카운터 끝에 있는 TV 화면에서 눈을 떼지 못하고 있었던 것이다. 나 역시 그들이 보고 있는 것을 보았다. 뉴스였다. 일본어는 몰랐지만 자막으로 나온 간단한 한자어들은 이랬다. 흉기, 행인, 습격, 사망, 치료, 사망. 화면의 내용과 단어들을 조합해 내용을 추론해보자면 51세의 남자가 흉기로 지나가던 행인을 2명을 죽이고 18명을 다치게 했다는 것 같았다. 헬기에서 찍은 것으로 보이는 화면에서는 푸른 방수포에 여러 사람이 누워 있었고, 그 주변으로 소방서 사람들과 안전모를 쓴 사람들이 모여 있었다. 사상자들의 명단이 쭉 나오는데 그 옆으로 표시된 나이에 5세와 8세도 보였다. 나는 뉴스를 보는 사람들의 표정을 살폈다. 하지만 부두에서 일하는 사내들의 얼굴은 하나같이 무표정했다. 다른 소식으로 뉴스가 바뀌자 TV를 보던 사람들은 주문에서 풀린 것처럼 일제히 다시 식사를 시작했다. 가게는 사내들이 떠드는 소리로 시끄러웠고 TV 소리도 소음에 가려져 들리지 않았다. 이 기묘할 정도로 빠른 전환에 어리둥절한 사이 점원이 다가왔다. 나는 손가락으로 사진을 코팅한 낡은 메뉴판을 짚어 주문을 했다. 하긴 TV 너머의 사건이란 이 정도겠지. 잠시 후 라멘이 나왔다. 튀긴 마늘과 차갑고 누린내가 나는 차슈가 얹어진 느끼하고 흔한 돈코츠라멘이었다.

다시 흰 경차와 마주친 건 페리를 타기 위해 터미널 앞에서 기다릴 때였다. 공원 벤치에 누워 잠깐 눈을 붙이고 늦게 온 탓에 오토바이의 열 가장 끝에 서야 했다. 이미 도착한 많은 일본인 라이더들이 홋카이도에 가기 위해 기다리고 있었고, 몇몇은 한국에서 온 내 번호판을 보곤 엄지손가락을 치켜들거나 기념사진을 찍었다. 말이 통하지 않았으므로 나는 그저 고개 숙여 인사하는 수밖에. 그때 열의 가장 끝에 있는 내 뒤로 헤드라이트 불빛이 빛났다. 상향등 빛을 손으로 가리고 뒤돌아본 그 자동차는 낮에 봤던 흰색 경차였다.

라이트 좀 아래로 내리지. 인상을 찌푸리고 다시 앞을 보는 순간 팔에 소름이 돋았다. 이유를 알 수 없었다. 조수석에 있던 여자가 이 밤에 선글라스를 쓰고 있기 때문이었을까? 아니면 낮에 얼핏 봤을 때보다 더 거구로 느껴지던 운전석의 남자 때문이었을까? 다시 한번 돌아볼까 하는 순간 항만 직원이 열 가장 앞에서 경광봉을 흔들었다. 앞에 서 있는 오토바이들이 출발하기 시작했다. 나는 페리 티켓을 입에 물고 서둘러 오토바이 시동을 걸었다.

페리에 올라가는 경사로 앞에서 작업복을 입은 노인이 티켓을 일일이 확인했다. 그사이 사이드미러로 경차를 보았다. 전조등 불빛 탓에 보이는 건 없었다. 노인이 손짓했고 나는 티켓을 보여준 후 경사로로 향했다. 경사로를 따라 올라간 후 뒤를 다시 돌아보자 흰색 자가용 안을 확인하는 노인의 모습을 볼 수 있었다. 아마도 차량 인원을 확인하는 절차 같았다. 나는 경광봉을 든 다른 직원들의 안내를 따라 주차된 트럭 사이를 지나 선수로 들어갔다. 선수 쪽 빈 공간에 오토바이를 주차하는 곳이 있었다. 이미 다른 라이더들이 고박하는 직원들 사이로 짐을 챙기고 있었다. 나 역시 정차한 후 서둘러 짐을 챙겼다. 인터넷에서 번역기를 돌려 확인한 페리선 승선 수칙엔 일단 한번 객실로 올라가면 홋카이도에 도착할 때까지 다시 내려올 수 없다고 했다. 배가 오타루까지 가는 데 꼬박 21시간이 걸렸으므로 그동안 쓸 물건들을 주섬주섬 담고 나자 짐이 생각보다 많았다.

얼른 올라가서 목욕해야지.

이상한 경차 따위 이미 잊고 있었다.

사내와 다시 마주친 건 다음 날 카페테리아에서였다. 너무나 눈에 띄는 체형이었기에 아침을 먹기 위해 줄 서 있는 사람들 사이에서 한눈에 알아볼 수 있었다. 어두운 표정에 상대적으로 작아 보이는 식판을 들고 있는 그의 곁엔 전날 봤던 여자의 모습은 찾을 수 없었다. 식판에 올린 음식도 특별할 건 없었다. 가츠동 하나와 돈지루 하나 그리고 해초무침 같은 것이 하나 있었다. 미리 준비된 음식들을 식판에 올린 채 계산을 마친 그는 가장 구석에 있는 테이블로 향했다. 카페테리아는 삼면이 바다가 잘 보이는 통창으로 되어 있었다. 그런데 그는 굳이 기둥 뒤 구석에 자리를 잡았다. 그러고는 자신의 모습을 감추기라도 하겠다는 듯 어깨와 등을 둥글게 만 채 조용히 음식을 입안에 집어넣었다. 그것은 식사라기보다는 차라리 음식을 수납하는 것처럼 보였다. 너무 조심스러운 나머지 누구의 눈에도 띄고 싶지 않다는 사내의 바람을 나조차 느낄 수 있었다.

한없이 거대한 쓸쓸함.

그의 등에서는 그런 게 느껴졌다. 그날 마지막 술자리를 함께 하고 돌아서던 후배의 등에서 봤던 그것처럼 말이다.

이 다른 두 사내의 공통점은 무엇일까.

그의 등에서 전날 느꼈던 불쾌한 기묘함은 더 이상 느낄 수 없었다. 나는 시선에서 그를 지웠다. 그가 원하는 일일 테니.

임연수어 구이와 된장국을 식판에 담고 창가 쪽 자리에 앉았다. 하늘은 푸르렀고 바다는 잔잔했다. 며칠 만에 목욕도 했고 제대로 된 식사가 있었다. 선박 아래서 디젤엔진의 진동음이 침대를 타고 전해졌지만 너무 피곤했기에 그조차도 자장가처럼 느껴졌다. 오토바이 여행이었지만 매일 오토바이를 타는 일이 즐겁지만은 않았다. 단기통의 엔진은 3000rpm 이하의 회전수에서는 피곤한 떨림이 있었다. 낯선 길은 사람을 긴장하게 했고, 구글의 내비게이션은 때때로 이곳이 맞을까 싶은 길로 안내했다. 아니, 실은 그게 문제가 아니라는 건 나도 알고 있었다. 최대한 일정을 늘어지게 잡고, 지방도를 따라 돌고 도는 먼 경로를 따라 소소한, 아무도 거들떠보지 않을 도로변 전망대 같은 곳까지 돌며 쓸데없이 사진을 찍고 있었지만 그림자가 하나 따라오고 있었다. 그래서 혼자라는 생각이 전혀 들지 않았다. 그게 이 우울한 기분의 원인이었다. 임연수어의 가시를 발라내며 속으로 날짜를 셈해보았다. 이제 7주. 내일이면 벌써 7주째였다. 문득 생각하지 않기 위해 떠난 여행에서 내내 그 생각만을 하고 있다는 걸 깨달았다. 돌아 돌아 결국 제자리로 오는 순환 여행처럼.

먹히지 않는 식사를 그만두기로 하고 자리에서 일어났다. 사내는 보이지 않았다. 방으로 돌아간 모양이었다. 카페테리아를 나섰다. 카페테리아는 바다가 보이는 발코니와 이어져 있었다. 발코니에 기대어 목을 빼고 밖을 보자 선체에 부딪혀 짙푸른 바다가 흰 포말로 변해가는 걸 볼 수 있었다. 파도는 계속 밀려와 부딪혀 흩어졌다. 덧없게도.

눈을 뜨자 읽던 전자책이 얼굴 위에 있었다. 침대에 내려놓고 스마트폰을 확인하니 오후 3시가 훌쩍 지나 있었다. 배터리가 다 떨어졌으니 이제 충전을 하고……라고 생각했을 때 충전기를 오토바이에 있는 가방에 놓고 왔다는 걸 깨달았다. 이번 여행에서 스마트폰은 내게 가장 중요한 도구였다. 숙소 예약부터 이동을 위한 길 안내까지 모두 빅 브라더 구글의 도움을 받고 있었으니까. 그런데 오늘 저녁이 채 되기도 전에 휴대폰은 꺼질 것이고, 나는 방전된 휴대폰을 들고 갈 곳 없이 떠돌아야 했다. 선택은 둘 중 하나였다. 누군가에게 충전을 부탁하든가 아니면 내려가서 충전기를 가져오든가.

안내데스크가 있는 3층 선실로 내려가는 동안 큰 기대는 하지 않았다. 일본 사람들이 매뉴얼을 좋아하는 건 알고 있었으니까. 그게 가능하다는 규정이 없는 한 책임질 일을 하지 않는 사람들이었다. 그래도 나름 계산은 있었다. 일단 물어보면 유료든 무료든 충전할 수 있는 곳을 안내받을 수는 있으리라.

그런 생각으로 내려갔을 때 안내데스크 앞에 하얀 경차의 사내가 있었다. 사내는 안내데스크 직원에게 무언가를 말하고 있었다. 알아들을 수는 없었지만 애원과 호소, 그리고 웅변 사이의 어딘가에 있는 톤으로 말하는 목소리에서 그의 절박함을 느낄 수 있었다. 하지만 그의 애타는 표정에도 불구하고 안내데스크 직원은 가볍게 고개를 저었다. 카페테리아에서 자신을 내부로, 내부로 접어가던 사내는 이 순간 복어처럼 몸을 부풀렸다. 양손으로 안내데스크를 짚은 채 그 거대한 체구로 직원을 압박하려 하는 것 같았다. 사내의 목소리 톤이 높아지고 위협적으로 변했지만 안내데스크 직원은 이런 일에 익숙하다는 듯 눈 하나 깜빡하지 않았다. 같은 톤 같은 말을 반복하며 또 고개를 저었다.

나는 뒤에 서서 이 흥미진진한 대결을 지켜보고 있었다. 그때 직원과 내 눈이 마주쳤다. 직원은 날 가리키며 구원자라도 만난 것 같은 표정으로 사내의 말을 끊었다. 사내의 시선은 날 향했다. 사내는 입을 다물었고 그 틈을 타 직원은 무언가를 말했다. 아마 다른 손님 안내부터 하자는 것 같았다. 둘 다 내가 말하길 기다리고 있었으므로 나는 짧은 영어를 조합해 물었다.

"1층에 내 물건, 가지러 갈 수 있습니까?"

물론 직원이 영어를 못 알아들을 상황에 대비해 스마트폰 번역기로 같은 문장을 일본어로 번역해 다른 손에 들고 있었다. 하지만 데스크의 직원은 당황한 모양이었다. 그 번역기의 존재조차 인지하지 못한 채 뭐라 말할지 몰라 다른 누군가를 찾아 고개를 두리번거리고 있었으니까. 그때 거구의 사내가 끼어들었다. 아마도 내 말을 통역한 것 같았다. 나는 여전히 아무 말도 하지 못하며 날 바라보고 있는 직원에게 다시금 일본어 문장이 쓰인 번역기 화면을 내밀었다. 그러자 데스크 직원은 거구의 사내에게 일본어로 무언가를 말했다. 거구의 사내는 데스크 직원의 말을 또박또박 영어로 통역해주었다.

"규정상 자동차가 주차된 데크로는 고객 혼자 내려갈 수 없습니다. 안전상의 이유로요."

사내의 영어 실력은 훌륭했다. 문법이랄 것도 없이 영어 단어들을 적당히 조합하는 나와 달리 발음으로 보나 어휘로 보나 흠잡을 구석이 없었다.

"그럼 휴대폰을 충전할 만한 곳을 찾을 수 있을까요?"

그때 사내가 그럴 필요 없다는 듯 말을 잘랐다.

"당신도 주차 갑판에 내려가고 싶은 겁니까?"

"네. 충전기를 가지고 오려고요."

"당신하고 내가 함께 내려가면 '혼자' 가는 게 아니잖아요."

"아……!"

꼭 내려가야 하는 건 아니라고 덧붙이고 싶었지만 문장을 머릿속으로 영작하는 사이 사내는 돌아서서 데스크 직원에게 무언가 맹렬한 기세로 떠들었다. 사내가 다시 흥분하자 데스크는 소란스러워졌다. 데스크 인근의 사람들이 모두 우릴 보며 웅성거리고 있었다. 이제는 사내가 일방적으로 떠들어댔고 결국 흥분한 사내를 진정시키기 위해 새로운 직원 하나가 더 왔다. 새 직원은 말을 보태려 했지만 끼어들 틈조차 잡지 못했다. 마침내 관리자급 직원이 나타나 두꺼운 매뉴얼을 펼쳐 무언가를 확인했다. 관리자급 직원이 사내에게 무언가를 말했고, 사내가 다시 내게 지금까지의 진행 상황을 통역해주었다. 구경하러 모인 사람들의 시선이 일제히 날 향했다.

"규정상 혼자 내려가서는 안 되지만 함께 내려간다면 안 된다는 규정은 없다더군요. 문을 열어주겠답니다. 하지만 금방 올라와야 한다는군요."

사내는 의기양양한 표정으로 내게 보고했다. 이 모든 소동의 배후가 나처럼 보이도록 말이다. 그러니까 꼭 내려가고 싶은 건 아니라고 다시금 말하고 싶었지만 그러기엔 이미 너무 늦어버렸다. 안내데스크 직원은 앞장서서 엘리베이터에 들어가 키를 돌렸다. 그리고 1층 갑판의 버튼을 눌렀다. 아마도 잠겨 있으면 1층으로 내려가는 버튼을 누를 수 없는 모양이었다.

엘리베이터 문이 닫히자 침묵이 내려앉았다. 어색함을 깨기 위해 말했다.

"영어를 잘하시네요."

"3년 전까지 미국에서 살았습니다."

사내는 역이민자인 모양이었다. 그렇다면 거대한 체형도 그 때문일까?

엘리베이터에서 내려 복도 문을 열자 1층 갑판은 생각보다 어두웠다. 선수 위쪽과 선미 쪽에 창문 비슷한 구멍이 있긴 했지만 전체적으로 창이랄 게 하나도 없었을뿐더러 불이 꺼져 있었다. 복도 밖으로 나서자 위쪽 갑판과 이어지는 환기구에서 비치는 빛에 희미한 실루엣만 보일 뿐 내부는 거의 깜깜했다. 왜 안내데스크 직원이 안전 어쩌구를 운운했는지 알 수 있을 것 같았다. 차량이 주차된 1층 갑판은 차량이 미끄러지지 않도록 고박시킨 줄이나 바닥 요철이 많았는데, 이렇게 깜깜해서는 확실히 그 줄에 걸려 넘어질 자신이 있었다. 갑자기 이 모든 상황이 억울했다.

이럴 일까지는 아닌데…….

새삼 이렇게 생각하면서 휴대폰의 플래시를 켰다. 배터리 잔량이 5퍼센트에서 4퍼센트로 떨어졌다. 나 역시 현대인의 고질병인 스마트폰 배터리 불안증 환자인지라 마음이 급해졌다. 어둠 속에서 플래시마저 꺼지는 결말을 맞이하고 싶지 않았던 나는 서둘러 오토바이를 주차한 구획으로 향했다.

다행히 가방에서 충전기를 찾는 데 채 1분도 걸리지 않았다. 아직 줄에 걸려 넘어지지도 않았고 배터리는 여전히 4퍼센트 정도가 남아 있었다. 다시 엘리베이터 쪽으로 걸어오며 사내가 주차한 차를 찾는 것은 어렵지 않았다. 그는 주차된 자동차의 실내등을 켜둔 채 운전석에 앉아 있었으니까.

규정상 함께 돌아가야 하는 걸까?

이런 생각을 하면서 차에 다가가는 사이 사내는 조수석의 여자에게 무언가 변명을 하고 있는 것처럼 보였…… 잠깐만, 조수석의 여자라고?

그랬다. 그 말은 경차 조수석의 여자는 위층 선실로 올라가지 않고 이 차고에 남아 있었다는 뜻이다. 불 꺼진 새까만 페리선 차고에서 선박 엔진의 요란한 소리를 들으며 홀로 앉아 있었다는 건가? 차 안에 홀로 있었을 여자를 생각하자 등골이 오싹했다.

밀항인 걸까?

말이 되지 않았다. 차를 타고 들어올 때 안내를 하던 직원이 일일이 표를 확인했으니까. 직원은 커다란 플래시를 들고 일일이 차문을 열어 확인했고, 그런 매뉴얼을 이 동네 사람들은 철저히 지켰으니까. 심지어 내가 그 장면을 직접 목격하지 않았는가.

설사 몰래 밀항에 성공했다 해도 그건 그것대로 무서웠다. 꼬박 하루를 이 어두운 차량 갑판에서 혼자 있었다는 말이니까. 사내의 절박한 태도도 이해할 수 있었다. 연인이 홀로 차에 남아 있었다면 그토록 흥분하는 것도 당연했다. 사내는 여자에게 변명을 하느라 내가 보고 있다는 걸 눈치채지 못했다. 둘의 모습을 시켜보는 동안 무언가가 배 밑에서 스멀스멀 올라오는 느낌이 들었다. 어제 느꼈던 그 위화감이었다. 선글라스를 쓴 채 앞만 보는 여자의 얼굴을 응시하다가 문득 이 기묘함의 원인을 깨달았다. 선글라스를 쓴 여자는 조금도 움직이지 않고 있었다. 소름이 돋았다. 갑자기 머릿속에서 퍼즐 조각 같은 여자에 대한 이미지들이 순식간에 맞춰졌다. 움직이지 않는 여자, 객실로 승선하지 않은 승객, 차에 홀로 남아 있을 수 있는 존재.

그녀는 인형, 그러니까 리얼돌이라 부르는 물건이었다.

리얼돌에 대해서 말하자면 실은 나도 잘은 모른다. 수입 여부를 놓고 관세청과 누군가가 싸우고 있다는 이야기를 인터넷 뉴스에서 본 게 다니까. 물론 뉴스에서 봤을 때는 그것의 모습이 마네킹 정도이리라 예상했었다. 예상은 빗나갔다. 얼핏 봤을 때 사람이라고 착각할 정도로 인간을 똑 닮아 있었다. 물론 뒤에서 봤다거나 상향등이 켜진 빛 너머로 보지 않았다면 정말 사람으로 착각하지는 않았으리라. 흔히 불쾌한 골짜기라 말하는 사람을 닮은 인형이 주는 특유의 불편한 느낌이 있었고, 그것이 내 내 내가 느꼈던 그 위화감의 정체였으니까.

사내는 쭉 인형과 말하고 있었고, 인형과 말하기 위해 직원과의 싸움도 불사했던 것이다. 사내의 체형과 함께 어떤 인간형에 대한 스테레오타입의 편견이 완성되는 순간이었다. 당황한 나는 몸을 돌려 엘리베이터로 돌아가려 했다. 그리고 몸의 중심을 잃었다. 차를 고박시킨 홋줄에 발이 걸렸던 것이다. 휴대폰은 바닥으로 떨어져 저편에서 나뒹굴고 있었고, 왼쪽 어깨가 철판으로 된 바닥에 부딪혔다. 하지만 통증보다 황망함이 더 컸다. 고개를 들었다. 놀란 표정의 사내와 눈이 마주쳤다. 누군가 몰래 자위를 하는 걸 엿본 기분이었다. 나는 내가 당황했다는 걸 들키지 않기 위해 어깨를 움켜쥐고 고통스러운 듯 얼굴을 찌푸렸다. 그러고는 몸을 돌려 팔을 뻗어 서둘러 스마트폰 액정 화면부터 확인했다. 화면은 멀쩡했지만 배터리의 숫자가 또 떨어졌다. 그때 차 문이 열리는 소리가 들렸다.

"괜찮습니까?"

"네. 줄을 못 봤네요."

나는 어깨를 문지르며 이렇게 말했다.

"봤습니까?"

"네?"

"제 옆에 있는……."

"아! 어제 이미 봤어요. 배 탈 때 앞에서 오토바이에 타고 있던 사람이 접니다."

어제 봤다는 것과 오늘 본 게 무슨 차이가 있을까. 그러나 달리 할 수 있는 말이 없었다. 사내의 이마에 세 줄의 주름이 잡혔다. 일어나 팔에 묻은 먼지를 떨어냈다. 무릎과 팔꿈치가 쓰라렸다.

"어……."

사내가 무언가 결심한 것처럼 입을 열었다. 순간 들고 있던 스마트폰의 플래시가 꺼졌다. 아직 조금 남아 있었는데…….

"히카리가……."

"히카리. 예쁜 이름이군요."

반사적으로 이렇게 말했다. 어색한 침묵을 깨고 싶은 마음에 앞지른 말이었다. 사내는 무언가 더 말하려다 입을 닫았다. 다시 어색한 침묵이 되돌아왔다.

"저는 올라가보겠습니다. 이걸 충전해야 해서요."

어색하게 스마트폰을 들어 보인 후 엘리베이터 통로 쪽을 향했다. 열어놓은 복도 문 너머로 비상구 등의 빛이 들어왔다. 그 빛에 의지해 안으로 들어섰다. 그제야 한숨이 나왔다. 왜 이토록 당황하는가에 대해 스스로 의아할 지경이었다.

인형을 가지고 여행하는 사람은 의외로 많다. 이를테면 뉴욕의 여행자 숙소에서 만난 아가씨는 낡은 테디베어와 여행하고 있었다. 프랑스에서 온 그녀는 여섯 살 때부터 쭉 함께였다며 덧기운 낡은 회색의 테디베어를 들어 보였다. 그의 경우 좀 크고 용도가 부적절하긴 했지만 내가 상관할 일은 아니었다.

물론 물건과 말을 하는 사람은…… 생각해보니 갓 대학을 졸업했을 무렵 짧게 사귄 여자친구가 자신의 차와 대화하긴 했었다. 애칭까지 붙인 차와 운전하면서 대화를 하는 그녀의 모습을 귀엽다고 생각했던 적도 있었다.

사내의 모습이 잘생기거나 멋있다 해도 이토록 당황했을까?

생각이 복잡해졌다. 물론 리얼돌이 이상하긴 했다. 빈티지 차를 타고 여행하는 일도 보통 일은 아니며 오토바이를 타고 스페인에 가려고 일본에서 연습하는 놈은 더 정상이 아니리라. 그리고 그 이유가 무엇이건 간에 대체로 남이 상관할 일은 아닌 것이다.

저녁이 되자 멀리 홋카이도가 보이기 시작했다. 갑판 밖으로 나서면 수평선 근처로 검은 절벽이 우뚝 서 있었다. 스마트폰에도 안테나가 한두 개 뜨기 시작했다. 마음이 급해졌다. 구글로 들어가 오타루 인근 캠핑장을 검색했다. 선택의 여지는 많지 않았다. 9시 이후 하선 예정이었고, 그 시간까지 사무실을 열어두는 곳은 없었으니까. 번역기가 제대로 번역했다면 오타루 남서쪽으로 한 캠핑장이 인터넷 예약을 하고 선금을 내면 10시까지 기다려준다고 적혀 있었다. 일단 온라인 예약부터 걸었다. 9시 20분에 하선 예정이니 미친 듯 달린다면 아슬아슬하게 도착할 수 있을 것 같았다. 짐을 꾸리고 라이딩 재킷까지 걸치자 묵직한 보호대의 무게만큼이나 기분이 가라앉았다. 하선 안내방송이 나왔다.

차고에 내려가 시동을 켰다. 아랫배를 타고 단기통 엔진의 묵직한 진동이 전해졌다. 헬멧을 쓰기 전 고개를 돌려 뒤를 바라보았다. 저기 늘어선 트레일러 사이에 사내와 히카리가 있을 터였다. 지금도 대화하고 있을까? 그는 무엇을 그토록 즐겁게 히카리와 이야기했던 걸까? 거기까지 생각했을 때 긴 열의 가장 앞에 있던 오토바이가 출발했다. 서둘러 헬멧을 썼다. 그리고 직원들이 흔드는 안내봉의 방향으로 출발했다.

밤의 오타루는 이상할 정도로 고요했다. 고작 밤 9시밖에 되지 않았지만 도시 대부분은 어둠에 잠겨 있었다. 아마 비수기이기 때문일 터였다. 몇 년 전 겨울에 왔을 땐 자정까지 도시 전체가 북적거리며 관광객이 가득했었다. 그러나 오토바이를 타고 달리며 둘러본 길가의 상점은 셔터가 내려가 있었고, 불 꺼진

집들은 묘지를 떠올리게 했다. 할리데이비슨을 탄 라이더들이 요란한 소리를 내며 떠나고 그 뒤를 따라 항구로 이어진 길을 빠져나오자 밤의 국도가 기다리고 있었다. 차들도 없었고, 신호등은 황색등으로 바뀌어 있었다. 불 꺼진 주택가를 가로질러 천천히 달렸다. 초행길이니 교차로를 놓치고 싶지 않았다. 길을 잘못 들면 10시까지 도착하지 못할 테니까. 오토바이 앞은 흑단 같은 어둠이 우뚝 서 있었다. 상향등을 켜봤지만 보이는 건 어둠뿐이었다. 오직 핸들 앞에 거치해놓은 스마트폰 속의 구글 맵만이 빛나고 있었다. 구글은 나를 산길로 안내했다. 하천 하나를 건너자 인가는 사라지고 완만한 경사로와 함께 숲이 시작됐다. 상여꾼들처럼 우뚝한 침엽수들이 어깨를 맞댄 채 더더욱 어둠의 장벽을 쌓았다. 계곡을 따라 산 위에서 한기가 내려왔다. 그렇게 10분쯤 올라갔을 때 어둠 속에서 빛나는 건물이 보였다. 온천 호텔이었다.

캠핑장은 그 맞은편에 있었다. 주차장에 들어섰을 때 사무실에서 노인 하나가 막 퇴근하려고 문을 잠그다가 돌아서서 나와 눈이 마주쳤다. 노인은 말없이 문을 다시 열었다.

그는 영어를 못 알아들었고, 나는 일본어를 못했다. 그러나 의사소통에는 별문제가 없었다. 둘 다 익숙한 일이었던 셈이다. 여권을 복사하고, 숙박비를 내고, 벽에 붙은 사이트 지도를 짚어서 내가 묵을 위치를 확인받고, 분리수거에 대한 내용이 적힌 일본어로 된 A4용지 한 장을 받았다. 노인은 쿠폰을 내밀었는데 그의 말은 알아듣지 못했지만 쿠폰에 그려진 그림으로 미루어 온천 호텔의 온천을 이용할 수 있는 것 같았다. 숙박게에 이름을 쓰는 것으로 숙박을 위한 절차는 다 끝마쳤다. 10시가 다 됐고, 사무실 문을 닫을 시간이므로 사무실에 등을 모두 끄고 노인과 함께 밖으로 나섰다. 그때 사내의 경차가 주차장으로 들어섰다.

헤드 랜턴을 머리에 달고 텐트를 쳤다. 계곡 옆에 위치한 캠핑장은 국도와 계곡 사이에 위치한 비탈을 낀 넓은 잔디밭 위에 있었다. 냇가 건너편에는 방갈로가 있었고 방갈로의 대부분은 불이 꺼져 있었다. 막상 텐트를 치고 나자 먹을 것이 아무것도 없다는 걸 깨달았다. 나는 다시 오토바이를 타고 오타루로 내려갔다. 마지막으로 봤던 산 입구의 편의점에서 컵라면과 주먹밥을 사서 다시 올라오자 내가 텐트를 친 옆 사이트에 주차된 경차가 보였다. 사내는 캠핑용 의자를 두 개 설치하고 그중 하나에 히카리를 앉히고 있었다. 리얼돌은 생각보다 무거운 모양이었다. 그는 땀을 뻘뻘 흘리며 히카리를 앞에서 안은 채 힘겹게 뒤뚱댔다. 금방이라도 넘어질 것 같아 도와줄까 했지만 뭘 어떻게 해야 할지 알 수 없었다. 옆에서 팔을 들어줄 수도 없었고, 아니, 그 이전에 내가 만져도 되는 건지 알 수 없었다. 그래도 걱정과 달리 어떻게든 히카리를 의자에 앉혔다. 돌아서는 그와 눈이 마주치자 나는 간단하게 목례를 했다. 그도 어색하게 꾸벅 고개를 숙였다.

　호텔에 붙은 목욕탕 같은 온천에 들어가 온천욕을 마치고 나왔을 때 사내는 거대한 4인용 텐트를 완성해놓은 채 테이블을 세팅하고 있었다. 저 많은 짐이 다 저 작은 경차에서 나왔나 싶을 정도로 사내는 많은 캠핑 장비를 가지고 있었다. 규모로 봐서는 이곳에서 며칠 묵을 모양이었다. 그의 장비 설치 과정이 내 시선을 잡아끈 건 그의 특이한 행동 패턴 때문이었다.

　그는 강박적으로 느껴질 정도로 물건들을 정리했다. 테이블 끝에 열이 맞춰져 있는 랜턴 도마, 버너를 보자 알 수 있었다. 혼돈 그 자체로 보였던 경차의 모습에는 그 나름의 규칙이 있었던 것이다. 처음 봤을 때 엉망이었던 경차의 모습은 혼돈이 아니라 미적 감각의 결여와 공간의 부족이 합작한 작품이었던 셈이다. 그에게는 그 안에서도 나름의 룰이 있었던 것이다.

　이를테면 경차 뒷자리에 있는 서랍에서 작은 물건을 꺼낼 때도 먼저 앞좌석을 앞으로 당긴 후 서랍 안쪽에 있는 가방과 짐을 내려 운전석 의자에 올려놓은 후 완전히 안으로 들어가 서랍을 열고 원하는 걸 꺼내고 다시 역순으로 경차 내부를 정리했다. 그는 매번 차에서 다른 물건을 꺼낼 때마다 이 루틴을 반복했다. 사람이라기보다는 로봇의 행동 같아서 저걸 강박이라 해야 할지 알고리즘이라 해야 할지 헷갈렸다. 하지만 이 또한 내가 상관할 일이 아니었다.

그때 갑자기 사내의 타프 앞쪽에 박아놓은 팩이 빠졌다. 폴대와 함께 타프의 앞부분이 히카리 쪽으로 쓰러져버렸다. 테이블을 정리하던 사내는 그대로 멈춰버렸다. 그러고는 어쩔 줄 모르는 표정으로 히카리와 텐트를 번갈아 바라보았다. 나는 무슨 일이 일어난 것인지 이내 깨달았다. 그에게 이 모든 일은 이번 여행 내내 반복됐던 하나의 루틴이었다. 그런데 루틴이 깨어져버린 것이다. 후배가 가끔 저런 강박적인 행동을 하곤 했기에 익숙했다. 잠시 고민했다. 내가 상관할 일은 아니었으니까. 하지만 하필 이 순간 후배가 떠올랐으며 그처럼 행동하는 사람을 만난 것이 우연 같지 않았다. 카페테리아에서 봤던 등이 닮았던 건 이 때문이었을까? 나는 폴대로 다가가 그것을 세운 후, 줄을 팽팽하게 당기고 뽑힌 팩을 땅에 밟아 다시 박았다. 잔디로 된 무른 땅에 팩을 수직으로 박은 탓에 힘을 받지 못하고 쑥 빠진 모양새였다. 내가 간단하게 타프를 다시 세우자 그동안 어쩔 줄 몰라 하던 사내는 히카리에게 먼저 다가가 그녀의 상태를 확인했다. 그러고는 빗을 꺼내 타프 천에 휩쓸린 그녀의 머리카락을 서둘러 정돈했다. 고맙다는 소리를 듣고 싶어서 한 일은 아니었지만 꽤나 당황스러웠다. 나는 그저 한숨을 쉰 후 내 텐트로 돌아갔다. 그리고 버너에 물을 올린 후 컵라면을 꺼냈다. 막 컵라면을 뜯어 스프를 붓고 있을 때 등 뒤에서 그의 목소리가 들렸다.

"함께 식사하시겠습니까?"

사내의 이름은 토오루였다. 초등학교를 다니던 중 하와이로 유학을 떠났다 했다.

"초등학교에서 따돌림을 당했습니다. 몸집 때문이었죠."

타오르는 모닥불을 보며 나는 고개를 끄덕였다. 하지만 이해할 수 없었다. 왜 이런 이야기를 내게 하는 것일까?

외삼촌이 있던 하와이에서 학창 시절을 보낸 토오루는 캘리포니아로 건너가 컴퓨터 공학을 전공한 후 LA의 한 금융회사에서 일을 하게 되었다.

"어쩐지 그런 일을 하실 거 같았습니다."

"어째서요?"

"아는 사람이 루틴을 정해놓고 일하는…… 비슷한 업종에 종사했거든요."

일단 이렇게 말했지만 다시 생각해보니 토오루의 직업은 후배와 전혀 비슷하지 않았다.

"……이렇게 생활하는 편이 문제가 생겼을 때 디버깅하기 쉽거든요."

그는 자신의 강박에 대해 이렇게 설명했다. 모든 불확실한 요소를 배제한다 말했던 후배와 비슷한 이유였던 셈이다.

"그런데 돌아왔군요."

"네. 돌아왔습니다. 미국도 다르지 않거든요. 나 같은 사람을 위한 곳은 없어요."

"당신 같은 사람이라니요?"

"보면 불쾌한 사람. 곁에 있는 것만으로도 인상을 찌푸리게 하는 사람."

"네?"

"알잖아요."

"잘 모르겠습니다."

실은 알 것 같았다. 단지 체중의 문제가 아니었다. 외모도 굳이 따지자면 추하다 말할 정도는 아니었지만 어떤 아우라가 있었다. 사람을 밀어내는 느낌의⋯⋯. 매력이 인력이라면 그는 정반대의 척력이 있었다.

"애쓸 필요 없습니다. 세상엔 잘생긴 사람이 있고, 그 반대편에 나 같은 사람이 있는 거죠."

"그렇게까지 비관적으로⋯⋯."

"아니요. 현실적인 거죠. 내 현실이 어떤지는 내 나이만큼 살아왔으니 잘 알아요. 여사들은 내 등 뒤에서 인상을 찌푸리고, 수군거리죠. 불쾌하다느니, 무슨 음흉한 의도가 있을 거라느니. 가장 예의 바른 사람들조차 처음 눈이 마주쳤을 때 순간적인 경멸을 감추지 못하죠."

나는 입을 다물었다. 카페테리아에서 봤던 스스로를 감추려는 듯한 그의 행동이 어디에서 기인하는지 알 수 있을 것 같았다.

"우리 같은 사람은 남을 해치지 않으면 다행인 겁니다. 그러니 집 밖에 나가지 않는 거지."

"아."

나는 그가 라멘가게에서 뉴스로 봤던 남자를 말하고 있다는 걸 깨달았다. 오십대 히키코모리였던 남자는 역으로 들어가는 입구에서 흉기를 휘둘러 학생 하나와 학부모를 죽였다고 한다. 역에는 많은 사람이 있었으므로 십수 명이 다칠 때까지 그의 묻지 마 칼질은 계속됐다고 한다. 배에 타 있는 동안 내내 그 일은 뉴스의 헤드라인을 장식했고, 일본어를 모르는 나조차도 선실 TV에서 나오는 히키코모리라는 단어는 알아들었다. 뉴스 속 남자는 경찰이 나타나자 마지막으로 자신의 목에 칼을 꽂았다. 그 것이 배에서 내리기 전, 영상과 자막의 한자를 조합해 내가 알아낸 사건의 전말이었다.

"집 밖에 이렇게 나와 계시잖아요."

"네. 지금은 혼자가 아니니까요."

그는 고개를 돌려 히카리를 바라보았다. 나 역시 히카리를 보았다. 조용히 의자에 앉아 있는 그녀는 그서 잎맨을 응시하고 있었다.

"집 밖에 나가지 않을 생각이었다면 일본엔 왜 돌아오신 겁니까?"

"고향이니까요. 은퇴했거든요."

미국에서의 삶도 썩 행복한 것은 아니었다고 한다. 무슨 말을 하는지 알 것 같았다. 미국은 젊고 아름다운 육체가 권력이 되는 사회였다. 미국인들이 왜 그토록 강박적으로 조깅을 하고 왜

이트와 유산소에 시간을 보내는지 다른 나라 사람들은 잘 이해 하지 못한다. 미국은 보이지 않지만 계층이 존재하는 사회고 계 층 위로 갈수록 보이지 않는 엄격한 벽이 존재한다. 그 벽에는 자기 관리라는 이름의 아름다운 육체도 포함되어 있었다. 뚱뚱 한 동양인이었던 토오루는 인종, 지능, 부, 외양 등으로 촘촘하 게 구분 지어진 서열에서 늘 가장 아래 있었으리라.

모르는 사람의 신세 한탄을 듣고 싶지 않았던 나는 일부러 화제를 바꿨다.

"차가 멋지더라고요."

"아, 이번 여행을 위해 무리를 했습니다."

"무슨 애니메이션에서 봤던 차 같은데, 오래된 차 아닌가요?"

"〈루팡 3세〉! 거기에서 나온 건 스바루 360이고 이건 스바루 R2입니다. 그 후속 모델이죠."

그는 기분이 좋은 듯 한참이나 두 모델의 차이에 대해 떠들 어댔다. 엔진이 어쩌구 출력이 어쩌구 하는 그의 말은 전혀 알 아들을 수 없었다. 그저 고개를 끄덕이는 수밖에.

"이런 빈티지 차는 비싸지 않아요?"

"가격보다 매물이 없는 게 문제죠."

"하긴 70년대에 나온 차면 진짜 옛날 차라 비싸겠어요."

"비싸진 않은데 일단 구해도 폐차 상태라 복원하는 게 돈이 많이 들죠."

"직접 복원하신 건가요?"

"아뇨. 리스토어 숍이 있습니다. 전 자동차 타이어도 못 갈아요."

말은 그렇게 했지만 토오루는 미국에서 돌아와 3년 동안이나 이 차를 복원하는 데 매달린 모양이었다. 차를 이야기할 때 반짝이는 눈빛만으로도 차에 대한 그의 애정을 알 수 있었다.

"왜 이 차죠?"

"후륜구동에 후미 엔진, 그러면서 경차인 모델은 이제 나오지 않잖아요. 당시 경쟁 차종들은 모두 전륜구동에 보닛이 앞쪽에 있었죠. 모노코크 바디에 당시 첨단이었던 윤활 시스템까지 갖춘 이 차는 다시 또 나올 형식은 아니죠. 멸종된 공룡 같은 겁니다."

공룡이라기엔 너무 작은 게 아닌가 생각했지만 일단 고개를 끄덕였다. 그는 자랑스럽다는 듯 차를 보며 덧붙였다.

"좀 과장하자면 벤츠 S 클래스 한 대 값은 늘어났을 겁니다."

아직 마흔도 되지 않은 나이라 했다. 그 나이에 은퇴를 해 벤츠 한 대 값을 지불하며 옛날 차 복원으로 소일을 하는 삶이 어떤 것인지 잘 상상이 되질 않았다. 솔직히 그를 다시 봤다. 행색이나 차의 모양으로 봐서는 근근이 살아가는 히키코모리일 거라고 편견을 갖고 있었던 것이다.

"복권이라도 당첨되신 건가요?"

"비슷하죠. 미국에서 사는 동안 좋은 일은 하나도 없었어요. 그 일 빼고는."

토오루가 문득 정신을 차렸을 때 회사에서 그는 가장 만만한 직원이 되어 있었다. 버그가 발생하면 매니저는 늘 토오루에게 연락했고, 계약이 만료된 프리랜서나 퇴사자가 남긴 엉망인 코드를 손보는 것도 늘 그의 몫이었다. 그는 매사 주눅 들어 있고, 그래서 거절하지 못한다는 것을 매니저는 알고 있었다. 그리고 그도 알았다. 심지어 토오루가 그걸 안다는 것조차 매니저는 알고 있었지만 전혀 개의치 않았다. 어차피 거절하지 못할 테니까.

그 결과 늘 야근을 독차지했지만 토오루는 그것이 싫진 않다. 퇴근하면 달리 할 일도 없었으니까. 일한 만큼 수당이 나왔고, 그것으로 그는 쓸데없는 것들을 사들였다. 피규어, 프라모델, 음반, 그런 수집의 결말은 어느 날 갑자기 모든 것을 쓰레기봉투에 담아 버리는 것으로 끝나곤 했다. 수집의 집착이 정리강박과 충돌해 관리가 불가능해지면 그는 모든 것을 삭제해버렸던 것이다. 그러고는 다시 냉장고용 자석 같은 것을 모았다. 그렇다고 버는 돈의 대부분을 그렇게 허비한 것은 아니었다. 캘리포니아의 살인적인 집값을 감당해야 했으니까.

터무니없는 월세의 작은 스튜디오에는 킹사이즈 침대와 커다란 TV, 최신형 게임기와 전자레인지, 그리고 커다란 냉장고가 있었다. 창문 반대편엔 붙박이장이 하나 있었고 그 안에는 인터넷으로 구매한 똑같은 티와 바지, 신발이 벽장 가득 걸려 있었다. 옷은 한가할 땐 빨아 입었지만 일이 바빠지면 한 번 입고 버렸다. 그래서 늘 가장 싼 똑같은 디자인으로 샀다. 물론 체형 때문에 선택할 수 있는 여지가 많지 않았지만 말이다.

"그런 삶을 상상할 수 있나요?"

"아."

그의 수집벽을 이해할 수 있을 것 같았다. 그는 자신뿐인 공간에 무엇이든 채워야 했던 것이다.

"지금도 그 집을 떠올리면 조용한 납골당이나 차가운 냉동창고가 생각나요. 냉장고의 압축기 돌아가는 소리와 어디선가 벽 너머로 뚝뚝 물이 떨어지는 소리가 들리는……"

실제로 냉동실 문을 열면 TV 디너가 꽉 차 있었다. 그는 집에 돌아오면 TV를 켜놓은 채 TV 디너를 먹으며 게임을 했다. 게임 속에서 그는 무엇이든 될 수 있었다. 하지만 알고 있었다. 회사에서 그는 아무것도 아니었고, 어디에도 자신의 자리가 없었다. 어쩌면 그래서 학교보다 회사에 쉽게 적응했던 것인지도 몰랐다. 회사에는 적어도 그의 몫의 일이 있었으니까. 그 일에는 명확한 로직이 존재했고 모든 문제에 확실한 원인이 있었다. 그가 할 일은 차근차근 논리를 거슬러 실수로 찍은 함수, 모순이 되는 알고리즘, 어긋난 경로를 찾아 수정하는 것이었다. 그것으로 그는 세상이 그에게 주지 못했던 만족을 느꼈다. 그 일에서 매니저를 제외하면 사람을 상대할 일도 거의 없었다. 그에게 회사는 어떤 면에서 게임 같았다. 계속 골치 아픈 퀴즈나 퍼즐이 주어졌고, 그것을 풀면 상금을 받는 것이다.

"마치 끝나지 않을 퀴즈 쇼 같았죠."

"미국도 야근이 있군요."

"SI업계는 있어요."

"SI요?"

"시스템 인터그레이션이요."

"그게 뭔데요?"

"그게 뭔지는 무엇을 발주하느냐에 달려 있죠. 프로그램이나 앱일 수도 있고, 네트워크를 만들거나 데이터베이스를 구축하는 거나 프레임워크를 짜는 일일 수도 있어요. IT를 잘 모르는 발주처에서 원하는 걸 의뢰하면 만들어주는 거죠. 전에 일하던 회사는 주로 금융업계에서 발주받긴 했지만."

내가 이해한 바로는 SI란 건 IT업계의 하청, 을이라는 이야기 같았다.

"많은 돈을 벌 거 같은 직업이네요."

"꽤 벌었지만 실리콘밸리 월세를 내고 나면 소소하죠."

"그런데 어떻게 은퇴를……?"

"갑자기 찾아왔다는 면에서…… 그건 교통사고 같은 거였습니다."

8년 전 추수감사절에도 토오루는 일을 했다. 직원들이 모두 휴가를 떠난 상황이었는데, 원청에서 막 끝난 프로젝트의 버그를 찾아냈고 매니저는 당연하다는 듯 그에게 전화를 했다. 새로 나온 게임을 홀리데이 시즌 내내 달릴 예정이었던 그는, 대신 고속도로를 여섯 시간 동안 달려 한 투자회사 서버실에 도착했다. 담당자가 홀리데이 휴가를 떠나기 전 서둘러 짜넣은 엉망인 코드가 문제를 일으켰던 것이다. 그는 꼬박 밤샘을 해서 문제를 고쳐나갔다. 그렇게 추수감사절 아침을 맞이했을 때 뜻밖의 운명이 그를 찾아왔다.

"지금 뭐 하는 겁니까?"

"아…… 버그가 있어서요."

토오루에게 말을 건 사람은 백발의 중년 남자였다. 그는 토오루의 노트북 화면을 힐끗 보더니 한마디 덧붙였다.

"어떤 버그가 있는데요?"

"원장을 암호화해 서버로 업로드해주는 과정에서 무결성을 확인하다 완료가 되지 않아 다음으로 넘어가지 않고 멈추네요."

토오루는 당연히 그가 원청회사의 관리자일 거라 생각했다. 추수감사절에 서버실에 와 있을 이유가 달리 떠오르지 않았으니까.

"재미있는 일을 하네. 오늘이 추수감사절인 건 알고 있는 거요?"

토오루는 대답 대신 고개를 끄덕였다. 남자는 토오루의 직장을 물었고, 그다음 연봉을 물었다. 무척 무례한 남자라 생각했지만 그는 타인의 무례함에 익숙했다. 내키지 않았지만 그의 질문에 성실히 답하자 사내는 명함을 내밀었다. 원청회사의 직원이라 생각했던 사람은 실은 투자자였고, 회사의 실사를 위해 직원이 없는 휴일에 갑자기 찾아온 것이라 했다. 토오루는 고개를 끄덕였다. 자신과 상관없는 사람이란 뜻이었으니까.

다시 일을 시작하려 할 때 백발의 사내는 뜻밖의 제안을 했다. 그는 새로운 벤처 사업을 준비 중이라 했다. 남자는 간단하게 자신이 하려 하는 일에 대해 설명했는데, 토오루는 그 일이 말도 안 되는 사기라 생각했다. 백발은 자신과 일하면 받게 될 연봉과 조건에 대해 말해주었다. 토오루는 생각해보겠다고 답했다. 솔직히 토오루에겐 과분할 정도의 제안이었지만 몇 시간 뒤엔 찾아낸 버그를 디버깅하느라 그가 한 제안은 이미 잊고 있었다.

잊었던 그 일을 다시 떠오르게 해준 건 다름 아닌 회사의 담당 매니저였다. 서버에 로그인 기록이 남아 있음에도 30시간 연속 근무가 현실적으로 가능하지 않다는 이유로 근무시간을 반만 인정하겠다 했다. 그가 30시간이나 몰아쳐서 일을 했던 데에는 추수감사절이 끝나기 전에 복구해야 한다는 매니저의 간청 때문이었다. 그런데 그걸 인정할 수 없다니. 그건 토오루의 존재에 대한 부정이나 다를 바 없었다. 전화를 끊고 돌아서며 토오루는 자신의 안에서 뭔가 부서지는 소리를 들었다.

토오루는 화롯대에 장작을 넣었다. 불꽃이 확 하고 치밀어 오르자 그는 자리에서 일어나 히카리에게 다가갔다. 그러고는 빗을 꺼내 다시 정성스럽게 히카리의 머리를 빗겨주기 시작했다.

나는 그의 갑작스러운 행동에 당황했다.

"말하면서 빗질해줘도 되죠? 이렇게 자주 빗질해주지 않으면 머리가 엉켜서 뭉치거든요."

내 표정을 본 토오루는 변명하듯 말했다.

"괜찮아요. 계속하세요."

나는 억지로 미소를 지었다.

리얼돌이라는 것도 생각보다 손이 많이 가는구나. 새삼 이 인간 크기의 인형과 여행하는 일이 결코 수월치 않다는 걸 깨달았다. 인형은 스스로 움직이는 법이 없었고, 히카리를 마주하는 모든 사람은 그를 경멸할 테니까. 하지만 이런 선택을 한 이유를 그의 표정에서 알 수 있을 것 같았다. 머리를 빗겨주는 토오루는 행복해 보였다. 그가 히카루에게 해줄 수 있는 이런 소소한 일들이 이 거대하고 외로운 사내를 지탱시켜주고 있었던 것이다.

토오루가 이직한 팀에서 하게 된 일은 장부를 암호화해서 분산원장을 만드는 일이었다. 새로 배워야 하는 것들이 제법 많았지만 금방 익숙해질 수 있었다. 수학자와 프로그래머, 회계사로 이뤄진 팀에서 그가 할 일은 본질적으로 전 직장과 크게 다르지 않았으니까. 막 형태를 잡아가는 어떤 시스템의 구멍을 찾고 땜질하고, 매끄럽지 않은 부분을 가다듬고, 잘못된 알고리즘을 고치고……. 바뀐 것이 있다면 이전보다는 조금은 더 창조적이고 새로운 시도였다는 정도였다.

약속대로 급료는 나쁘지 않았다. 솔직히 그만한 급료를 그의 경력에서 다시 받기 힘들다는 걸 토오루도 알고 있었다. 그래서 영원히 이 일이 끝나지 않았으면 했다.

팀원들은 유능했지만 자신처럼 어딘가 결여된 사람들이었고, 모두 토오루만큼이나 일벌레들이었다. 그렇기에 토오루의 바람과 달리 일은 예정보다 일찍 끝났다. 프로젝트가 끝났을 때 그는 퇴직금 조로 약간의 지분을 받았다. 다른 프로젝트 팀원들은 지분을 되파는 식으로 보너스를 현찰로 바꿨지만 토오루의 거절하지 못하는 성격이 또 한 번 발목을 잡았다. 그는 쓸데없을 프로젝트의 지분을 받으면서 감사하다 고개를 숙였다.

"모르겠네요. 그 일이 은퇴랑 무슨 상관인데요?"

"디지털로 장부를 암호화해서 분산원장 만드는 일을 뭐라고 부르는지 아십니까?"

"모르겠습니다."

"보통 이렇게 말하죠. 암호화폐."

그 단어를 듣는 순간, 나는 바보같이 입을 벌렸다.

"저도 잊고 있었어요. 3년 전까지는."

그날도 TV 디너를 전자레인지에 데워 먹던 토오루는 모처럼 게임을 하지 않았다. 게임 서버가 정기 점검으로 셧다운된 것이다. 뉴스에서 암호화폐 폭등에 대한 뉴스가 나오고 있었다. 폭등한 암호화폐들의 이름을 불러줄 때 익숙한 단어가 귀에 들어왔다. 벽장 위쪽의 구두상자 위에서 전에 쓰던 낡은 노트북을 찾아 전원에 연결했다. 그곳 하드디스크 속 전자지갑에 퇴직금 조로 받은 지분이 조용히 잠들어 있었다. 그는 암호화폐 거래소에서 시세를 검색해보았다. 끊임없이 치솟는 그래프가 화면에 떴다. 한 시간 후, 그는 사직서를 이메일로 작성하기 시작했다.

"전 아직도 이해가 안 가요. 그게 어떻게 돈이 될 수 있는지."

토오루는 빗질이 끝난 히카리의 머리에 헤어망을 씌웠다.

"당신이 만든 겁니까? 그걸!"

갑자기 화를 내는 내 모습에 토오루는 당황했다. 할 말이 많았다. 피가 치솟고 목이 뻣뻣해지고 시야가 좁아졌다. 불끈 솟아오른 관자놀이의 맥박이 느껴질 정도였다. 하지만 분노 때문에 뭐라 말해야 할지 알 수 없었다. 짧은 영어 실력을 한탄하면서 나는 그저 몇 마디 욕을 하는 수밖에 없었다.

당황한 토오루는 내게 변명하듯 말했다.

"그러니까요. 그건…… 가치가 없어요. 그 자체로는……. 그러니까…… 내가 마음만 먹으면 전에 작업했던 소스를 손봐서 일주일 만에 새 암호화폐를 만들 수도 있어요. 얼마든지. 그 자체로는 이게 누구 소유라는 걸 증명하는, 그냥 계속 암호화되고 있는 키일 뿐이라고요. 그러니 당신이 그걸로 돈을 잃었다 해도 내 책임이 아닙니다."

토오루는 내가 암호화폐로 돈을 잃었다고 생각하는 것 같았다. 유감스럽게 나는 그럴 돈이 없었다. 하지만 후배는 달랐다. 후배는 알고 있었을까? 그 암호화폐라는 게 만든 사람 말에 의하면 아무 가치가 없다는 걸. 나는 토오루의 얼굴을 후려갈기고 싶었다. 주먹을 쥔 손이 떨렸다. 파르르. 손가락 끝까지 찌릿하게 분노가 돌았다. 하지만 그러지 못했다. 그 일이 토오루 때문이 아니라는 걸 알고 있었으니까. 나는 결국 그가 알아듣지 못할 한국어로 욕을 쏟아냈다.

　"……섹스돌이나 가지고 다니는 돼지새끼."

　여기까지 욕을 하다가 토오루와 눈이 마주쳤다. 토오루의 눈동자 너머로 후배의 모습이 보였다. 그의 잘못이 아니었다. 그럼에도……. 나는 자리에서 일어났다. 그럴 수밖에 없었다.

　화롯대의 불이 꺼졌다. 타다 만 장작 냄새가 밀려왔다. 옆 사이트의 텐트에서 부스럭거리는 소리가 들렸다. 토오루는 쉽사리 잠들지 못하는 모양이었다. 5월의 홋카이도 땅에서는 냉기가 올라오고 있었다. 하지만 가슴이 뜨거웠다. 이미 자정이 지나 있었고 길었던 7주의 마지막 날, 49일째였다.

　후배가 하던 일을 그만두고 보험회사에 들어간 건 결혼을 하기 위해서였다. 결혼을 하고 싶다면 '제대로 된 직장'을 갖는 것이 그의 아버지가 결혼식에 참석하는 조건이었다. 그의 아버지는 '제대로 된 직장'에서 임원이 된 남자였고, 늘 베짱이 같은 생활을 하는 아들의 꼴을 못마땅하게 여겼다. 후배는 자신이 하는 것이 예술이라 주장했지만 아버지는 '호랑말코 같은 소리 하지 말라' 선을 그었다. 돈을 벌지 못하면 그건 예술도 뭣도 아니라고.

후배는 자신의 아버지를 꼰대라 비난했지만 늘 그 이야기를 할 때면 손에 닿는 모든 종이를 1센티미터 크기의 정사각형으로 잘게 잘랐다. 아버지 이야기만 하면 보여주곤 하던 예의 그 강박이었다. 후배는 그 꼰대에게 누구보다 인정받고 싶었던 것이다. 그래서 그가 갑자기 태도를 바꿔 하던 일을 그만두고 보험설계사 자격시험을 봤을 때 나는 전혀 놀라지 않았다. 그에게 존재의 증명은 다름 아닌 아버지에게 인정받는 것이었으니까.

결혼식장에서 보고 3년 만에 만난 후배는 괜찮아 보였다. 리스라 했지만 외제차를 타고 있었고, 멋진 양복을 뽑아 입고 있었으니까.

"야! 신수가 훤하네."

"영업 때문에 어쩔 수 없이 이렇게 하고 다니는 거예요. 기세에 밀리면 끝이거든요."

후배는 넥타이를 풀어 주머니에 감추며 부끄럽다는 듯 얼버무렸다. 예의 어색한 표정을 보자 새삼 반가웠다. 함께 일할 때 요령 없다고 구박했던 꽉 막힌 그 모습 그대로였던 것이다. 그는 내 근황을 물었고, 자신이 떠난 업계가 어떻게 돌아가고 있는지 첫사랑의 안부를 묻는 것처럼 조심스럽게 물었다.

"잘했어. 요즘 아주 지옥이다. 너희 꼰대 말이 맞아. 예술은 개뿔. 입에 풀칠도 못하는데."

"그래도……."

"그래도 뭐? 하고 싶은 일 하고 있지 않느냐고? 똥 싸고 있네. 너 전엔 직장 다니는 친구가 그런 소리 하면 어땠는지 기억나냐? 아주 죽일 듯이 환장하던 놈이."

후배는 예전 생각이 났는지 실없이 피식 웃었다.

"하긴 꿈이 먹여 살려주는 건 아닌데……."

"야, 그래도 넌 돈 보고 현실에 타협한 게 아니잖아. 사랑을 택한 거니까. 나름 해피엔딩 아닌가."

내 말을 듣는 후배는 다시 냅킨을 잘게 자르고 있었다. 작은 정사각형 크기로.

"뭐냐?"

"아."

그는 자신이 잘라내던 냅킨 조각을 보고 흠칫 놀랐다.

"무서워요."

"뭐가?"

"갑자기 화가 치밀어요."

"화?"

"네. 분노가 걷잡을 수 없을 때가 있어요."

"화나면 내면 되지."

"그냥…… 어느 날 지나가는 행인을 갑자기 칼로 찌르는 건 아닌가 싶어서."

턱 밑을 쓰다듬었다. 예전의 후배라면 상상할 수 없는 일이었다. 무엇이 이 친구를 이렇게 만든 것일까?

"힘들어?"

"네."

무언가 말해야 했다. 하지만 떠오르지 않았다. 벌써 3년이나 시간이 흘러 있었고, 그 시간만큼 후배에 대해 무지했으니까.

"사람은 찌르지 마라."

"그러게요. 그런다고 보험금 나오는 것도 아니고."

후배는 한숨을 쉬었다. 무엇을 말해줘야 했던 걸까?

술자리가 파한 후 대리기사를 기다리는 동안 후배는 자신의 차 엠블럼을 자꾸 만지작거렸다. 나는 리스로 샀다는 차를 자랑하는 건가 싶어 한마디 던졌다.

"닳겠다. 새끼야."

"이거 말고 R1250 갖고 싶었는데."

"아, 그 오토바이? 사면 되지. 보험사 직원이면…… 할부로 살 수 있잖아."

"선배, 그 약속 기억해요?"

"뭐?"

"언제 같이 오토바이 타고 유럽까지 여행 가기로 한 거?"

"야, 니가 배신하고 결혼한 거 아니야! 이 배신자 새끼야."

"에이, 어차피 계속 일했어도 오토바이 같은 건 절대 못 샀을 텐데."

"그걸 어떻게 알아?"

"그럼 살 수 있어요? 선배는."

"이게 사람 무시하네. 인마, 나 통장 헐면 바로 현찰 박치기로 하프쿼터는 뽑아."

"에이. 그걸로 유럽 가다간 시베리아에서 죽지."

"이 새끼가……. 왜? 너한테 생명보험이라도 들라고?"

"하, 차라리 벼룩의 간을 내먹지."

"야! 나 살 만해. ……벼룩보단."

"아무렴. 살기야 하겠지. 요즘 못사는 사람이 있나."

그때 골목 끝에서 대리기사가 나타났다. 후배는 손을 들었다. 대리기사가 그 모습을 보고 달려왔다.

"다행이에요."

"뭐가."

"그래도 선배 봐서."

그 말에 멈칫했다. 뭐가 걸렸던 걸까? 이유를 생각하는 사이 후배는 대리기사에게 차 키를 건넸다. 작별 인사를 하고 후배 차의 후미등이 멀어지는 동안에도 '선배 봐서' 앞에 왜 '그래도'가 붙는지 한참을 생각했다. 요령 없는 인간이었던 후배는 접두사를 이유 없이 붙이는 부류의 사람이 아니었던 것이다.

그 답을 아는 데 딱 일주일이 걸렸다. 그게 7주 전의 일이다. 육개장을 먹는 동안 가슴이 답답했다. '그래도'가 이런 뜻이었냐고. 나에게는 말해줄 수도 있지 않았느냐고. 그렇게 꾸역꾸역 목구멍에 육개장을 밀어 넣는 동안 등 뒤에서 문상객들의 이야기가 들렸다.

"왜 죽었대?"

"아, 환수금 때문에. 보험 수당이란 게 그렇잖아. 몇 명만 갑자기 해약해도 빚이 눈덩이처럼 불어나니까."

예전에 보험에 가입했던 고객이 일정 기간을 채우기 전에 해지하면 받았던 급료를 토해내야 한다고 들은 적이 있다. 그걸 말하는 모양이었다.

"에이, 그렇다고 그 나이에. 부인도 있더만. 개인파산 같은 거라도 신청하고 지 아버지 도움받으면 되는 거 아니냐고. 그 돈 몇 푼 없을 양반도 아니고."

모르는 소리. 후배가 돈을 빌릴 수 없는 유일한 사람이 바로 그의 아버지였다.

"빚을 갚겠다고 고객 보험으로 대출을 받아서 코인에 넣은 모양이야."

나는 수저를 내려놓았다.

"빚이 뭉텅이로 커지니까 뭐가 안 보이게 된 거지."

"그럼 감옥 안 가려고……?"

"아니. 예전에 입사할 때 자기 이름으로 가입한 보험이 있었던 모양이야. 자살도 받는 뭐, 그런 특약. 그걸로 갚을 생각이었던 게지."

더 있지 못하고 자리에서 일어났다.

요령 없는 새끼.

등신 새끼.

서둘러 신발을 신고 있을 때 복도에서 곡소리가 들렸다. 후배의 어머니였다. 후배의 아버지 멱살을 잡고 울부짖었다.

"그러게 왜! 지 하고 싶은 거 시키지! 그러게 왜! 왜!! 왜!!!"

장례를 도와주러 온 '번듯한 직장'에 다니는 아버지의 부하 직원들이 후배의 어머니를 진정시켰다. 어머니는 장례식장 밖으로 나설 때까지 후배의 이름을 계속 불렀다. 후배의 아버지는 헛기침을 하며 삐뚤어진 넥타이를 몇 번이나 고쳐 매고 또 고쳐 맸다. 그 뒤로 넋을 놓은 후배의 아내가 보였다. 위로의 말을 할까 하다 돌아섰다. 어떤 말을 해야 할지도 몰랐고, 어떤 말도 위로가 되지 않을 테니까. 그 뒤로 화환과 화환들이 있었다. 후배의 아버지 이름과 직급이 적힌 화환이 끝도 없이.

텐트 밖으로 나왔을 때, 토오루는 이미 일어나 있었다. 아침 햇살 속에서 토오루는 히카리의 팔에 무언가를 바르고 있었다.

"선크림 발라주는 거예요. 자외선을 받으면 변색하거든요."

합성수지들은 빛과 공기에 오래 노출될수록 황변과 경화가 일어난다. 그걸 막기 위해서는 매일 세 번 선크림을 발라줘야 한다고 했다. 나는 궁금했다. 토오루는 히카리가 누렇게 변하고 갈라져도 여전히 함께할까? 하긴 쉽게 대체할 수 있다면 저런 번거로운 일을 할 필요는 없을 테지.

그 모습을 보면서 분노와 슬픔을 동시에 느꼈다. 아침 햇살을
후광으로 받은 토오루의 행동 하나하나가 너무나 섬세하고 경
건해서 마치 종교 예식과도 같았다. 무엇보다 그의 등은 대리기
사를 향해 가던 후배의 그것과 너무 많이 닮아 있었다.

어젯밤, 잠들기 전에 스마트폰으로 토오루와 히카리의 뜻을
찾아보았다.

토오루는 한자에 따라 비쳐 보인다, 라는 뜻과 꿰뚫다, 라는
뜻이 있었다. 그가 어떤 한자를 쓰는지 알 수 없었다. 히카리는
빛이라는 뜻이었다. 어쩌면 그가 차고에서 말한 건 리얼돌의 이
름이 아니라 내 스마트폰의 빛이 꺼졌다는 말을 하고 싶었던 건
아니었을까?

나는 텐트를 정리해 오토바이에 싣고 지도 앱을 확인했다. 히
카리를 타프가 쳐진 그늘 안쪽 자리로 옮긴 토오루는 내게 다가
왔다.

"가시는 겁니까?"

"네."

"아침 식사는요?"

"편의점에서 하려고요. 더 계실 생각이세요?"

"저한테 남는 건 시간뿐이니까."

"그럼 두 분 행복한 여행 되세요."

나는 타프 안쪽 의자에 있는 히카리를 힐끗 보았다. 선크림까지 바른 그녀는 변함없이 아름다웠다. 인형이라 당연한 일이었지만 동시에 토오루의 노력 덕분이기도 했다. 내 표정을 본 토오루는 거구의 상체를 내 쪽으로 내밀고 낮게 속삭였다.

"생각하시는 그런 사이 아닙니다."

"네?"

"저희는 그런 사이 아니라고요."

나는 그가 무슨 이야기를 하고 있는지 잠시 이해하지 못했다. 그러자 토오루가 덧붙였다.

"저희 둘은 아직…… 그래요."

"네? …… 왜요?"

그의 뜬금없는 이야기에 당황한 내가 주워섬긴 말은 고작 이 정도였다. 토오루는 다시금 히카리의 눈치를 보곤 내게 말했다.

"제 체중으로 누르면 실리콘이 터지니까."

"아."

너무 많은 다른 생각이 떠올라 뭐라 말해야 할지 당황스러웠다. 나는 간신히 이렇게 물었다.

"그……, 저……, 그…… 위로 올라가면 되지 않습니까?"

"아, 여성 상위요?"

"아. 네."

"제 체력으로는 무리죠."

토오루가 히카루를 차에서 내려 의자에 앉히는 동안 얼마나 힘들어했는가를 떠올리자 무슨 말을 하는 건지 알 수 있었다. 자신의 체중만으로도 버거웠던, 매번 옮기는 것만으로도 휘청거리는 사내가 그 일을 감당할 수 있을 리 없었다.

"다른 자세라도……."

"자세를 바꾸다가 실수로 팔이라도 짚게 되면 눌리며 터지거든요."

사람이 사용하는 물건이니 사람 체중은 감당할 수 있는 게 상식이었다. 하지만 다른 한편으로 보자면 토오루의 체중은 규격 외였으니까.

세상에 리얼돌과 플라토닉한 관계라니.

"멋진 여행 하세요."

할 말을 찾지 못한 나는 그저 관용적인 인사말을 건넸다. 그는 대답 대신 손을 내밀었다. 우린 악수를 했다. 그의 손은 차갑고 축축했다.

사이드미러 속에 나란히 캠핑 의자에 앉아 있는 토오루와 히카리의 모습이 보였다. 선글라스를 쓴 히카리는 얼핏 보니 진짜 사람 같았고, 둘은 캠핑을 온 행복한 연인 같았다. 너무 행복해 보이는 나머지 광고 화보 같았다. 현실에는 결코 존재하지 않는.

두 개의 고갯길을 연달아 넘어가자 삼거리가 나왔다. 정면에는 바다가 펼쳐지고 하나는 북쪽으로 하나는 서쪽으로 가는 길이었다. 나는 어느 쪽도 가지 않은 채 바다 앞에 오토바이를 세우고 팩소주를 꺼냈다. 여행 첫날 일본으로 건너오는 배의 매점에서 샀던 소주였다. 스마트폰의 나침반을 띄워 서울 쪽을 찾았다. 그리고 팩소주를 뜯어 바다를 향해 뿌렸다.

"멍청한 놈, 잘 가라."

암호화폐가 아니었다면 자살까지는 하지 않을 수도 있었을까? 아니면 꿈을 포기하고 현실을 택했을 때 결말은 정해져버린 걸까?

"유럽은 이제 같이 못 가겠네."

결혼식장에서 인사하는 후배의 어깨를 주먹으로 치며 미소지었다.

"언제까지 꿈을 좇으면서 살 수는 없잖아요. 저도 철들었으니까. 이제 현실적으로 살아야죠."

그가 택한 그 '현실'이

〈아직 일어나지 않은 미래의 위험에 대비하는 비용으로 선임금을 받다가, 그 위험이 실현 가능성이 없다 생각한 누군가의 해약으로 받았던 돈이 다시 빚이 되어, 미래의 위험에 대비해 모아놓은 다른 사람의 돈을 담보로, 실재하지 않은 암호키를 사서 타인의 욕망으로 오른 만큼의 돈을 벌어 그 수익으로 실재하지 않는 위험의 담보가 만들어낸 빚을 갚으려 했던 것〉

이라는 데까지 생각이 미치자 아득했다. 너무나도 아득했다.

그 '현실'이.

팩소주에서 흩어지는 소주들이 바람에 날려 자꾸 도로 위로 뿌려졌다. 바다는 짙고 푸른 어두운 색이었다. 나는 소주조차 마음대로 뿌릴 수 없음에 절망했다. 가상이 실재를 지배하는 방식은 픽션이나 상상보다 훨씬 현실적이었다. 비트코인처럼, 혹은 히카리처럼, 너무 현실적이어서 파도가 눈앞을 흐리고 있었다. 나는 팩소주를 구기고 돌아섰다. 후배는 육도로 떠났을까? 옛날 사람들이 존재한다 믿었던 그 사후의 가상의 세계로.

오토바이의 핸들을 오른쪽으로 돌렸다. 단기통의 엔진이 우르릉거렸다. 바람이 자꾸 뒤쪽으로 멀어졌다. 다시 길 위에 섰다. 길은 바다와 나란히 곧게 뻗어 있었다.

환영의 방주

육지에 있어 코로 생물의 기식을 호흡하는 것은 다 죽었더라.

—〈창세기〉7장 22절.

심연에서 세계는 보이는 것이 아니라 들린다.

총성이 정적을 찢었다. 근무 중이던 이들은 모두 동시에 시선이 한곳으로 향했다. 음탐관은 너무나 큰 소리에 쓰고 있던 헤드폰을 벗어버렸다. 격실문 너머 긴 선실로 이어진 복도는 다시 정적에 잠겼다. 함교에 있던 이들의 시선이 일제히 부장에게 향했다. 부장은 자신도 모르게 마른침을 삼켰다. 지휘통제실의 항해관에게 잠시 당직 임무를 맡아달라고 부탁하고는 몸을 돌려곧장 함장실로 향했다. 작계가 내려온 이후 안전을 이유로 함

내에서 무장을 하고 있는 것은 함장과 부장뿐이었다. 부장이 쏘지 않았으니 가능성은 하나뿐이다. 부장은 말할 수 없이 불길한 예감에 뒤통수가 따끔거렸다.

오발 사고일 수도 있어.

그럴 리 없었다.

총기 관리 수칙에 의하면 권총은 장전되지 않은 상태에서 안전장치를 걸고 보관하게 되어 있었다. 즉, 총을 쏘려면 장전을 위해 슬라이더를 뒤로 당겨야 했다. 규칙을 지키기 좋아하는 함장이 이것을 어겼을 리 없다. 강철로 된 긴 복도의 정적은 무겁다 못해 눅눅하게 달라붙었다. 방음을 위해 깔아둔 두꺼운 매트는 부장의 발소리마저 지웠으니까.

함장실에 도착했을 때 막 갑판사관이 방에서 나오고 있었다.
"어떻게 된 겁니까?"
"함장님이……."
갑판사관은 말을 잇지 못했다. 부장은 그를 제치고 서둘러 들어갔다. 좁은 함장실의 흰 벽을 따라 방사형의 선혈이 부채꼴로 방수제가 칠해진 벽을 따라 넓게 퍼져 있었다. 뇌수로 보이는 핏빛 덩어리들이 흘러내리고 있었다. 압도적인 모습만큼이나 압도하는 피비린내에 부장은 숨을 쉴 수 없었다. 맞은편엔 엎드린 함장이 있었다. 뒤통수에 남은 적흑색의 사출구가 선명했다. 부장의 관자놀이에 핏줄이 튀어나왔다. 이해할 수는 있었다. 그가 짊어져야 했던 것의 무게는 한 인간이 감당하기엔 버거운 것이었으니까. 그럼에도 그는 군인으로서 결단을 내렸다. 훌륭하다고까지는 못해도 존중받을 만한 결정이었다. 하지만 그 끝이 이렇게 되어서야……. 부장은 입이 썼다. 이해할 수 있었으나 용서할 수는 없었다. 이제 와 도망가는 건 너무 무책임했으니까.

"어떻게 합니까?"

"갑판병 두 명을 불러다 함장님을 어뢰실로 모시세요. 다른 선원들이 일단 모르게."

"발사구 안에 안치해둡니까?"

"네."

"그렇다 해도……."

다음번 근무 교대 전, 승조원들의 입을 타고 함장의 자살이 함 내 전원에게 알려지리라.

"근무 교대 전, 무슨 일이 있었는지 직접 방송으로 알리겠습니다. 아, 그리고 제가 당직 서는 동안 함장님을 제외한 근무를 다시 편성해주시고요."

지휘통제실로 들어가기 직전, 부장은 잠시 멈춰 서야 했다. 떨리는 손을 진정시키기 위해서였다. 그가 어떤 모습으로 들어오는지 모두 호기심 가득한 눈으로 바라보리라. 그가 해줄 답을 기대하면서. 심호흡을 하자 머리가 어지러웠다. 이제 배는 온전히 그의 책임이었다. 부장은 이들을 살려서 집에 데리고 돌아가야 했다.

돌아갈 집이 있다면.

☆

"어떻게 된 겁니까?"

이상한 출항이었다. 긴급 소집 명령을 받고 영내에 모인 즉시, 출동 명령이 떨어졌다. 정치적 상황을 생각하면 예사롭지 않았지만 종종 있는 비상 출동 훈련이리라 생각했었다.

그런데 기지를 벗어나 잠항하기 직전 데프콘3가 발령됐다. 다음 포인트까지는 일체의 통신도 끊고 잠항한 채 은밀히 기동해야 했다. 물론 다들 설마 그 이상까지 가겠냐는 의견이 대부분이었다. 훈련치고 유난하다고 생각하고 있을 때 교신 포인트에 도착했고 새로운 전문이 왔다.

"데프콘1이 발령됐다."

부장은 마른침을 꿀꺽 삼켰다. 데프콘1.

이제 전쟁까지는 선전포고만 남았다는 뜻이었다.

"이런 게 왔습니다."

통신관은 그에게 함대 사령부에서 내려온 전문을 내밀었다.

암호화된 통신을 복호화한 전문의 내용은 간단했다.

작계 5019

'적정 내에서 벌어지는 선제적이고 전면적인 화력투사 계획'
이라는 긴 부제가 붙는 이 작계는 전면전을 가정하고 개전 동시
에 선제적인 화력투사로 적의 핵무기 투사 능력을 일시에 무력
화시키는 작전이었다. 5018과 기본적으로 같은 개념인 이 전략
에서 8과 9의 차이는 8이 재래식 무기 사용을 통한 무력화였고,
9는 핵 사용을 통한 것이었다. 8에서 9로 넘어갈 수 있는 경우
는 적국이 핵을 사용하려 준비하고 있다는 명백한 증거가 있을
때뿐이었으니 바꿔 말하면 세계 전쟁이, 혹은 그에 준하는 사태
가 코앞에 있다는 의미였다.

부장은 함장을 바라보았다. 함장은 무슨 생각을 하는지 알겠
다는 듯 미간을 찌푸렸다. 부장은 솔직히 지금 상황이 도무지
실감이 나지 않았다. 출항 직전까지만 해도 돌아오면 함께 여행
을 가자고 아내에게 말했었다. 그런데 핵이라니.

작전사관이 전문 뒤에 첨부된 금고의 코드를 눌렀다. 부장은
목에 건 열쇠를 꺼냈다. 같은 열쇠를 갖고 있는 사람은 함장과
부장이었다. 이것은 작계가 담긴 금고와 발사관의 안전장치를
열 수 있었다. 두 사람은 동시에 열쇠를 금고에 꽂았다. 덜컥 하
는 작은 소리와 함께 금고가 열렸다. 안에는 청록색의 작은 책
자가 있었다. 부장은 묵시록을 떠올렸다.

창백한 청록색 말을 탄 자가 '죽음'이었던가.

부장은 전문의 하단부에 있는 시나리오 번호를 확인했다. 표지와는 다르게 '블랙북'이라는 이름의 이 책자에는 이 잠수함이 전시에 취해야 할 다양한 상황별 시나리오가 있었다. 그리하여 통신이 제한되는 전시, 특히 전쟁 초기에는 작전 사령부에서 내려온 코드에 따른 개전 시나리오를 이행하는 것이다. 데프콘 상황이 되면 이미 무선이 도청되고 있다고 봐야 했다. 때문에 개전 시나리오는 사전에 다양한 형태로 만들어 매뉴얼처럼 금고에 넣어두는 것이다.

"……탱고. 로미오. 5 에코. 21……. 아……입안의 바늘……입니다."

번호를 확인한 부장이 떨리는 목소리로 입을 뗐다.

훈련 때 종종 나오는 이 작전 코드의 시나리오를 장교들은 '입안의 바늘'이라 불렀다. 적의 영해로 들어가 해안선 가까운 곳에서 대기하다가 개전이 시작되면 적의 주요 시설, 특히 핵무장 플랫폼들을 선제 기습하는 것이 작전의 주요 개요였다.

핵 가방을 열어 버튼을 누르면 발사되는 영화와 다르게 핵을 발사하려면 아무리 빨라도 2분 30초 정도 걸린다. 가방 안에 버튼은 없다. 일단은 형식적으로나마 권한을 가진 각료들이 짧은 회의를 열어 결정권자에게 정보를 줄 수 있는 사람들이 각자의 의견을 표명하고, 그 의견을 반영해 통수권자가 결심을 하면 사령부에 코드를 불러준다. 핵 가방에 들어 있는 것은 난수로 된 코드표인 것이다. 코드를 통해 작계 시나리오 유형과 표적을 확인하면 사령부는 작전에 필요한 미사일 플랫폼에 발사 키가 있는 금고를 열 수 있는 비밀번호를 각 발사 플랫폼에 알려준다. 두 개로 된 발사 키는 사전에 지정된 당직 근무자나 발사 실행 권자 두 명에게 나눠주고 각자가 열쇠를 돌린 채 5초 이상 있어야 한다. 이는 미사일 기지에서나 핵미사일을 장착하고 이륙 준비를 하는 공군기지, 원자력 잠수함에서나 모두 동일하다. 통상적으로 이 모든 절차는 20분 정도 걸린다. 하지만 선제공격을 당할 경우 이 절차는 명령권자에 대한 보고와 확인만을 하고 다른 과정들을 생략한다. 그래도 3분은 걸린다. 급박한 전쟁 중에 하기엔 너무 긴, 세상을 멸망시키기엔 너무 짧은, 이 절차를 밟아야 핵을 발사할 수 있다. 물론 실제로는 훨씬 더 많은 시간이 필요하다. 확인 절차에는 시간이 걸리고 당직 근무자들 역시 늘 즉각 대기 상태일 수는 없으니까.

'입안의 바늘'에서 핵심은 그 짧은 시간 내에 상대방의 핵 발사 플랫폼을 선제타격할 수 있도록 적 영해 가장 안쪽으로 들어가 극초음속 순항 미사일을 발사하는 것이다. 마하 5의 극초음속 미사일은 분당 102킬로미터를 날 수 있다. 방공망이 조밀하다 해도 인지하는 것은 이미 영공을 통과하고 있는 순간이다. 조기경보 시스템이 아무리 훌륭하다 해도 공격을 인지하고 그 공격이 진짜라 확신하는 데 최소 1분의 시간이 걸린다. 상대가 공격하고 있다는 확신을 갖기 위해서는 두 개 이상의 탐지 자원으로 교차 검증하는 것이 원칙이기 때문이다. 이 인지 후 보고 절차가 아무리 빨라도 보고 라인을 타고 올라오는 동안 1분 이상이 더 걸린다. 탐지한 곳에서 작전 사령부의 확인을 거쳐 다시 통수권자에게 보고하는 탓이다. 이 사이 보고자들조차도 이 극초음속 순항 미사일에 핵이 실렸는지 아니면 재래식 탄두인지 확신하지 못할 가능성이 크다. 택배사 직원 손에 들린 박스만 보고 안에 있는 물건을 맞추는 격이니까. 따라서 명령권자가 신중하다면 첫 핵탄두가 터질 때까지 아무것도 하지 못할 가능성도 있다. 그렇게 되면 일단 통신망이 마비되고 비상 절차들은 엉켜버린다. 핵이 폭발하면 전자파로 전자기기들이 작동 불능이 되니까. '입안의 바늘'에서는 그러는 동안 적의 핵시설을 차근차근 가동 불능으로 만드는 것이다. 핵으로.

설사 명령권자가 이 시점에서 결단을 내려 즉각 핵 사용을 결정한다 하더라도 발사까지는 2분 30초가 걸린다. 그사이 극초음속 순항 미사일은 해안선에서 최소 600킬로미터 내에 있는 핵 발사 플랫폼들을 모두 사전 제압할 수 있는 것이다. 발사 전에.

부장이 타고 있는 미사일 원자력 잠수함에만 약 200발의 핵 탄두가 있었으므로 단순 계산으로는 이 잠수함만으로도 적국의 핵전력을 개전 초기에 완벽히 무력화시킬 수 있었다.

그러나 이 시나리오는 두 가지 커다란 맹점이 있었다. 하나는 적국의 핵전력, 발사 플랫폼의 위치들을 아군이 모두 사전에 정확히 알고 있어야 한다. 잠수함 한 대가 200발익 탄두를 실을 수 있는 시대다. 하나의 기지, 하나의 전폭기, 하나의 표적만 놓쳐도 적국 역시 같은 수준의 반격을 할 수 있다. 하지만 이동식 발사대, 전략 공군기, 핵잠수함은 이제 핵을 가진 국가들에겐 하나의 필수 장비가 되어버렸다.

다른 문제도 만만치 않은 난제였다. 전시, 혹은 전시에 준하는 개전 임박 상태에서 적의 영해에 삼엄한 대잠 감시망을 뚫고 해안선 근처까지 침입하는 것이 가능한가 하는 것이다. 일반적으로 심해는 잠수함의 편이다. 바다는 너무 넓고 깊으니까. 아무리 대잠 탐지 기술이 좋아져도 바다 자체의 거대함과 바닷물의 방대함이 장막이 되어 그 아래 숨을 수 있다. 바꿔 말하면 바다의 수심이 얕아질수록, 배가 연안에 가까워질수록 이 싸움은 잠수함에게 압도적으로 불리한 것이 된다. 근해에서는 드론에 금속 탐지 장치를 달고 비행하는 것만으로도 잠수함을 찾을 수 있다. 그러나 영해 기준은 대륙붕이라 불리는 수심 200미터 이하의 안쪽부터이다. 기습을 위해서라지만 잠수함의 입장에서는 사지로 들어가는 일이었다.

하나라도 적의 발사 플랫폼을 놓치면 상호 확증 파괴라는 냉전 시대 세계 멸망 시나리오를 목도해야 하고, 잠입하다 들키는 경우엔 이 함에 타고 있는 승조원 전원이 무언가를 해보기도 전에 죽을 수 있다. '입안의 바늘' 작전은 자주 훈련 시나리오로 나왔지만, 핵잠수함을 타고 있는 승조원들에게는 탁상공론과 동의어였다. 그럴싸하게 보이지만 실은 자살이나 다를 바 없었으니까.

지구 반대편에서 쏴도 표적에서 5미터 이상 빗나가는 법이 없는 대륙간탄도탄을 가지고 굳이 사지로 들어갈 바보는 없다. 실패하면 모두 죽는 작전을 승인할 명청이도 없으리라. 훈련 때 종종 이 작전을 연습하며 다들 이렇게 생각했다. 그런데 그 농담 같은 명령이 지금 내려온 것이다. 실제로.

"……믿어지십니까?"

"믿고 말고가 있나. 명령을 받았으면 수행해야지. 군인이."

함장은 지극히 원칙적인 답변을 했다. 할 말이 없었다. 부장은 《블랙북》 페이지의 뒷면을 뒤집었다. 그곳에는 작전구역의 좌표가 있었다. 해도를 띄워 위치를 확인했다. 작전지역은 적국의 항구가 인접한 만으로 대륙붕을 가로지르는 긴 해저협곡 부근이었다.

적국의 수도까지 직선거리 421킬로미터.

작전 목적을 생각하면 더할 나위 없는 곳이었다. 다만 지형의 특성상 사주가 발달해 좌초될 위험이 컸다. 대륙붕 안쪽까지 단층 형태로 길게 협곡이 있어 숨을 수도 있었지만 반대로 가까운 곳에 강을 낀 거대한 항구가 있어 기뢰를 깔아놓았을 터였다. 그만큼 들어가기도 힘들고 빠져나가기는 거의 불가능한 덫이었다. 적국의 주요 항구라는 말은 바꿔 말하면 오고 가는 배들을 보호하기 위해 호위 전력이 삼엄하게 경계를 하고 있다는 뜻이었으니까. 항로를 검토해보자 이 작전을 계획한 이의 의도를 분명히 알 수 있었다. 그리고 그것을 깨닫자 가슴이 답답해졌다.

"선박 통행량이 많아서 우릴 찾기 쉽지 않을 거야. 그저 적당히 큰 배를 찾아 조용히 따라가면 된다."

함장은 또 한 번 정론을 말했다. 아마 사령부에 있을 작계를 짠 똘똘한 친구들도 그렇게 생각했을 것이다. 그들이 탄 이 배는 세상에서 가장 조용한 잠수함 중 하나였으니까. 그러니 미사일을 발사하는 것까지는 어렵지만 가능했다.

하지만 그 이후에는 무슨 일이 벌어질까? 발사와 동시에 압축공기의 폭발음이 인근 바다를 울릴 것이고, 미사일의 항적은 거대한 구름 기둥이 되어 우리 위치를 지평선 반대쪽에서도 알 수 있게 지목할 것이다. 인근에 있는 적국의 전투함들과 대잠 헬기, 초계기, 대잠 드론들은 일제히 그 신호를 따라 몰려올 테고, 수심이 얕은 바다 속의 모래알까지 환히 드러낼 능동 소노부이와 자력 감지장치를 사방으로 뿌려댈 터였다. 부장은 그 바다를 어떻게 빠져나올지 도무지 상상할 수 없었다. 아니. 불가능했다. 이 작전을 세운 사령부의 천재들도 그것을 알고 있을 터였다.

가서, 쏘고, 죽으라는 의미였다.

적국을 멸망시키는 대가로 잠수함 한 척과 그 안에 타고 있던 승조원들은 명백히 남는 장사니까. 그걸 알고 있을 함장은 묵표 정했다. 군인이라면 응당 그래야 한다는 듯. 그래서 부장 역시 조용히 작전지도 앞으로 가 이동할 항로를 짜기 시작했다.

✸

함장의 시신은 6번 어뢰발사구 안에 안치됐다. 장소가 없었다. 그들이 탄 잠수함은 만재 배수량에 비해 너무 많은 수직 발사관을 넣었다. 작고 조용하면서 기존의 미사일 잠수함에 뒤지지 않는 전력을 만들겠다는 해군의 욕심이 만든 결과물이었다. 3교대로 일하는 승조원들은 터무니없이 많은 일을 해야 했고 가뜩이나 열악했던 선내 환경은 3단으로 된 침상에 누우면 등을 돌릴 구석이 없을 만큼 좁아졌다.

"어뢰실에서 근무하는 승조원들이 불안해하고 있습니다. 함장님을 함장실에 모셔두면 안 되는 겁니까?"

이 함에서 유일하게 낭비되는 공간은 함장실뿐이었다. 그러니 일견 합리적인 의견이었다.

"사건 현장이니 봉쇄해야 합니다. 현장 보존을 위해서. 그리고 시신이 부패하며 선내 공기를 오염시킬 수도 있습니다."

갑판사관은 그게 무슨 미친 소리냐는 표정으로 부장을 바라보았다. 부장도 알고 있었다. 돌아가도 이 사건을 조사할 사람은 없었다. 부장은 덧붙였다.

"적어도 승조원들은 그렇게 생각해야 합니다."

그제야 갑판사관도 부장이 무슨 이야기를 하고 있는지 이해하는 듯한 표정이었다. 돌아갈 곳이 있다. 우리는 돌아가야 한다. 이것만큼 지금 이 배에 필요한 것은 없었다.

"해군의 전통에 따라 수장하시는 건 어떻습니까?"

기관장이 끼어들었다. 부장은 생각이 복잡해졌다. 수장 자체가 문제가 될 건 없다. 공해상에서 사인이 명확한 시신은 사후 24시간이 지나면 수장할 수 있었다. 더구나 바다로 돌아간다는 건 수병에겐 일종의 영예였다. 다만 시기가 문제였다. 함장의 장례식이 승조원들을 더 불안하게 하는 것은 아닐까?

"절차를 밟고서요. 다른 승조원들은 어떻습니까?"

"아직은 다들 잘 버티고는 있습니다. 아직은."

함장이 방아쇠를 당기기 전까지는 그런 줄 알고 있었다. 그런데 지금 함장은 6번 발사관에 누워 있다. 승조원들 역시 갑판사관의 예상보다 훨씬 안 좋은 심리 상태일 터였다. 아니 사관들도 문제였다. 그들은 적어도 지금 닥친 상황을 알고 있었다. 그렇다면 함장과 같은 선택을 하지 않을 이유가 있을까?

☆

거대한 유조선의 항적을 따라 조용히 강의 하구 근처까지 오는 것은 어렵지 않았다. 아직 개전 전이었고, 항구와 가까운 탓에 수많은 어선과 상선의 항적으로 바다가 시끄러웠다. 소나와 연결된 컴퓨터가 다양한 음문을 추적해 그들의 항적 목록을 토해내는 동안 함은 수심이 낮은 삼각주 부근까지 접근했다. 민물과 바닷물이 섞이며 만들어내는, 비중이 다른 물들의 소음이 함의 소리를 지우는 것을 도와줬다. 함은 대륙붕과 이어진 해저협곡이 하천 하안과 이어지는 충적층에 멈춘 채 낮게 엎드렸다. 실제로 바닥에 착저를 했다. 쿵 하고 해면에 닿는 소리가 들리자 부장은 자신도 모르게 움찔했다. 누군가는 듣고 있지 않을까 두려웠던 것이다. 항구 인근이라면 당연히 대잠 방어망이 있을 테고 이곳 어디엔가는 듣고 있는 귀가 있을 테니까. 하지만 아무 일도 일어나지 않았다. 운이 좋았던 건지, 쿵 하는 한 번의 울림에는 누구도 주목하지 않았던 것인지 알 수 없었다.

이상한 흥분감이 가라앉고 나자 정적이 왔다. 물론 소나를 들으면 바깥세상은 여전히 시끄러웠다. 어쨌든 일상이 진행되고 있었던 것이다. 새벽이면 어선들이 출조를 나가고 하역을 기다리는 화물선이 항만의 인근에서 닻을 내린 채 기다리고 도선사가 탄 견인선이 유조선을 향해 나아가는 소리가 컴퓨터로 분석되어 항적으로 기록되었다. 이 일상이 내일도 이어질까. 부장은 근무를 서며 그저 기다렸다. 작계가 철회되기를. 수많은 다른 발사 훈련처럼 아무 일도 없이 이 명령 또한 훈련이었다며 지나가길 기도하고 또 기도했다.

전문이 도착했을 때 부장은 자고 있었다. 36시간 비상대기 끝에 잠깐 눈을 붙이고 있을 때였다. 24시간이 지나자 함 내에서는 실제로는 개전이 일어나지 않는 건 아닌가 하는 낙관적인 분위기가 퍼졌다. 함장은 자러 가기 전에 근무를 총원 전투 배치에서 2교대로 전환했다. 그렇게 12시간 근무를 더한 뒤에야 부장은 잠깐 눈을 붙일 수 있었던 것이다.

잠에서 덜 깬 상태로 지휘통제실에 들어섰을 때 공기가 따끔거렸다. 긴장한 승조원들의 뒷모습만으로도 무슨 일이 벌어진 것인지 짐작할 수 있었다. 통제실의 공기를 호흡하는 것만으로도 가슴이 답답해졌다. 지난 세기 이후 봉인되어 있던 무기를 깨워야 하는 역사적인 순간이었다. 이 순간 이후에도 역사가 남아 있다면 말이다.

전문은 분명했다. 개전의 명분을 담은 미사여구도 복잡한 명령도 없었다. 작계에 따라 이미 파일 형태로 암호화되어 있던 200개의 좌표가 있었고, 그것을 확정하는 코드가 전부였다. 컴퓨터는 예정된 알고리즘에 따라 목표를 자동으로 설정했다. 이 작계가 만들어진 이후에도 적국의 핵미사일은 추가적인 이동이나 배치가 없었을까? 목에 걸고 있던 열쇠는 체온으로 따뜻했다. 그러나 손에 쥐는 순간 소름이 돋았다. 함장이 먼저 발사 콘솔에 열쇠를 꽂았다. 무장관은 발사 버튼의 안전 캡을 들어올렸다. 부장은 역시 뒤늦게 콘솔의 구멍에 열쇠를 꽂았다. 긴장한 탓에 세 번쯤 제대로 넣지 못해 버벅거렸다.

철컥,

두 사람이 동시에 열쇠를 돌렸다. 그 상태로 5초를 기다렸다.

이 일을 돌이킬 수 있는 마지막 5초였다.

부장은 떨지 않기 위해 열쇠를 꽉 움켜쥐었다. 등을 따라 냉기인지 통증인지 알 수 없는 것이 찌르르 전해지는 동안 엄지손가락이 하얗게 변했다.

끝날 것 같지 않던 5초가 지나갔다. 무장관의 앞 패널에 있는 번호가 적힌 스위치에 불이 들어왔다. 발사관들의 번호였다. 무장관이 버튼을 차례로 눌렀다. 발사관에서 미사일이 비상할 때마다 압축공기가 사출하며 만들어내는 불길한 진동이 함 전체로, 전 바다로 퍼져갔다.

미사일을 자폭시키거나 중단하는 다른 어떤 수단도 없었다. 활을 벗어난 살처럼, 누구나의 끝에 있는 죽음처럼. 종말을 향해 200개의 탄두는 각자의 목표를 향해 날아갔다. 소리의 다섯 배의 속도로.

적국의 대미사일 방공망은 절망적으로 방어를 위한 발사를 하겠지만 초음속으로 저공비행하는 순항 미사일을 요격하기란 거의 불가능했다.

"긴급잠항."

"긴급잠항."

조타장이 함장의 지시를 복명복창했다. 부장은 머리 위에 있는 손잡이를 움켜잡았다. 선수가 아래로 급하게 기울었다. 미사일을 쏘기 위해 올라왔던 얕은 수심에서 잠수함은 곧장 바닥까지 내려갔다.

선택은 두 가지가 있었다. 최고 속력으로 원양으로 도망치는 것과 바닥으로 내려가 숨는 것. 함장은 후자를 택했다. 최신형인 이 함이 전속항진을 한다면 적함은 따돌릴 수 있을지도 모른다. 하지만 초계기와 드론, 대잠 헬기 중 하나가 분명하게 우리의 위치를 알아낼 터였다. 그 뒤 일어날 일을 상상하는 것은 어렵지 않다. 장거리로 발사 가능한 대잠 미사일과 헬기나 초계기에 실을 수 있는 경어뢰도 있으니까. 그래서 도박을 하기로 한 것이다. 잠항할 수 있는 가장 깊은 심도로 가능하면 조용히 숨는 것이다. 이곳 해안은 수심이 얕지만 동시에 지형이 복잡하다. 능동 소나로 찾는다 해도 우리를 해저 지형으로 착각할 만한 장소를 찾아서 고개를 처박고 있기로 한 것이다. 물론 소리 외에 자기장으로 찾는 법도 있었다. 다만 탐지 범위가 넓지 않으므로 모든 구역을 이 잡듯이 뒤지지 않는 이상 적에게 들키지 않을 가능성도 있었다.

손잡이를 잡은 손이 땀으로 미끄러웠다. 부장은 알고 싶었다. 일찍이 느껴보지 못한 공포의 원인이 이제 몰려올 적의 호위함 때문인지, 마하 5로 날아가고 있는 이 함이 발사한 것 때문인지 말이다.

해저협곡 바닥에 닿을 때까지 잠수함은 빠르게 변침했다. 함은 가까운 해저협곡의 틈을 향해 전속항진했다. 미리 속도를 줄이지 않으면 해저면에 충돌해 손상을 입거나 좌초될 수 있었지만 그 위험은 다가오는 것에 비하면 한없이 사소했다. 적들이 제대로 된 수색을 시작하기 전 모든 항전장비를 꺼야 했다. 적이 이 잠수함의 음문을 가지고 있다면 바로 찾아낼 테니까. 해저면에 착저할 때까지 승조원들은 단 1초도 허비하지 않았다. 다들 알고 있었던 것이다. 이 순간을 놓치면 살아남을 수 없다는 걸.

작전통제실은, 아니, 함 전체가 침묵했다. 어떤 소리를 어떤 귀가 듣고 있을지 몰랐으니까.

그때 음탐관의 보고가 정적을 깼다.

"함장님 해저 지각에서 연속된 지진파가 검출됩니다. 이상합니다. 진원이 산발적으로…….."

"그거, 지진파 아니니 적에게 집중하도록"

"하지만 컴퓨터가…….."

순간 음탐관은 말을 잇지 못했다. 그 역시 산발적인 지진파의 정체를 깨달았던 것이다. 부장도 알아챘다. 이 시간이라면 이 함이 발사한 200발의 핵미사일이 적의 미사일 사일로나 발사시설, 공군기지 같은 곳으로 떨어질 순간이었다. 미사일 사일로에 떨어지는 핵은 벙커버스터 형태로 사일로가 있는 지하에서 폭발했고, 이 폭발은 지진파로 바뀌어 지각을 타고 지구 반대편, 나아가 바다까지 전달된다. 그들이 듣고 있는 것은 자신들이 쏜 핵이 지하에서 폭발하는 소리였다.

"착저합니다."

동시에 함은 가볍게 쿵 하고 진동했다. 부장은 전율했다. 착저 때문인지 지진파 때문인지 스스로도 알 수 없었다.

✿

"답은 알 수 없습니다. 하지만 한 가지는 확실합니다. 함장님이 없었다면 우리들은 지금 이곳에 있지 못했을 것입니다. 우리 모두 이분에게 목숨의 빚을 지고 있습니다. 함장님의 유지를 이어 저희도 조국에 이 한목숨 바치겠습니다. 이제 바다로 가시는 함장님에게서 저희는 위기의 순간 빛나던 함장님의 훌륭한 지휘만을 기억하겠습니다. 감사합니다!"

부관은 함장의 시신에 경례했다. 갑판사관이 복창했다.

"일동 경례."

어뢰실에 있는 승조원들이 일제히 경례를 했다.

이런 순간을 위한 몇 가지 추도사 문장들의 예문이 있다. 그리고 장교들에게 지급되는 책들 중에는 그런 예문들을 묶어놓은 책자도 있다. 장교가 승조원들 앞에서 연설해야 할 순간들이 제법 있음에도 모든 장교들이 연설을 잘하는 건 아니니까. 하지만 자살한 함장을 추도하기 위한 예문 같은 것은 찾을 수 없었다. 조국 수호. 생각하면 지금 상황에 웃음이 나올 수밖에 없는 단어였다. 하지만 승조원들이 의지할 수 있는 무언가가 필요했다. 추상적이고 의미 없을지라도 변치 않을 무언가가. 그래서 이 추도사를 듣는 이들이 진심으로 조국이란 단어에 의지하길 바랐다.

좁은 어뢰실은 앞 복도까지 승조원들이 모여 발 디딜 틈조차 없었다. 물론 대부분은 어뢰실로 올 수 없었기에 식은 선내 방송으로 중계됐다. 함장은 종교가 없었으므로 군종병의 기도는 생략했다. 경례를 하고 어뢰실의 문이 닫혔다.

"6번 발사관 주수!"

발사관에 물이 차는 소리가 들렸다.

"주수 완료!"

"6번 발사관 개방."

"발사관 개방합니다."

발사관 문이 열렸다. 압축공기로 시신이 사출되는 소리가 들렸다. 부장은 그 소리가 소름 끼쳤다. 6번 발사관으로 무엇이 나갔던가 생각하면 더욱 그랬다. 함장의 시신은 그렇게 사라졌다. 차갑고 어두운 심해 속으로. 이번 작전의 첫, 그리고 유일한 사망자였다.

이제 돌아가는 일만 남았다. 추적하는 적도 없고, 수행해야 할 작전도 없다. 그저 귀향하면 되는 일이다. 부장은 알고 있었다. 이건 누구라도 할 수 있는 일이다. 그리고 그렇기에 불가능하게 느껴졌다. 해야 할 일이 없으면 승조원들은 다들 생각하게 될 것이다. 우리가 한 일에 대해서. 함장이 그랬던 것처럼.

물론 함장만큼 책임을 느끼지는 않으리라. 결정한 것도, 열쇠를 돌린 것도 함장이었으니까. 그렇다 해도 공범과 다를 바 없었다. 이 함은 그때 침몰해야 했던 게 아닐까? 그랬다면 뒤에 있었던 비극은 피할 수 있지 않았을까? 아니. 어쩌면 작전을 수행하기 전, 적의 영해를 넘기 전에 들켰다면 인류 모두를 위해 더 좋았을지도 몰랐다.

이제 승조원들은 그런 생각을 하게 될 터였다. 부장은 그것이 무엇보다 두려웠다. 강철로 된 선내를 걷고 있으면 때때로 튀어나오는 이 생각에 몸을 부르르 떨었다.

✿

음탐관이 헤드폰을 벗었다.

"이상합니다. 적들이…… 철수하고 있는 것 같습니다."

지난 여덟 시간 동안 머리 위 바다는 요란했다. 순양함들이 머리 위에서 몇 번이나 오갔고, 대잠 헬기들은 잊을 만하면 머리 위로 능동 소노부이를 뿌려댔다. 그때마다 승조원들은 하던 일을 멈춘 채 마른침을 삼켰다. 머리 위에서 울리는 피잉 하는 소리는 마치 죽음을 알리는 마지막 경보음 같았다. 그 소리가 울릴 때마다 모든 승조원들은 제자리에서 동작을 멈춘 채 숨조차 쉬지 못했다. 하지만 함은 가파른 해저협곡 사이에 비스듬하게 착저한 상태라 지형이 만들어내는 음영 아래 있었고, 능동 소노부이조차도 그 그림자 속에서 함의 위치를 잡아내지 못했다. 모르긴 해도 수십 대의 드론 역시 머리 위를 오가고 있었을 테고 항공관제사는 그것들이 충돌하지 않게 하기 위해 모니터에 온 신경을 쏟고 있었으리라. 순양함 몇 척이 마지막 미사일의 항적이 남아 있는 지점에서 방사형으로 10미터 수심 단위로 사방 100여 발의 폭뢰를 투하했다. 하지만 함이 있는 근처에도 오지 못했다. 강 하안이 만들어낸 복잡한 지형에서 수상해 보이는 곳은 너무 많았고 몇 척의 순양함으로 그 모든 곳에 폭뢰를 투하하는 것은 불가능했다.

물론 그렇다고 상황이 좋아진 것은 아니었다. 함은 여전히 적의 영해에 있었고 대잠 초계기와 헬기들이 바삐 머리 위를 오가고 있었다. 날씨가 나쁘지 않다면 수면 가까이에는 그 곱절의 수만큼 드론이 있을 터였다. 함과 달리 그들이 어디를 수색하고 있는지 알 수 없었고, 그렇기에 더 위험했다. 무엇보다 그들은 수색 범위가 월등했다. 그들이 차분히 자기장 스캐너나 사이드 스캔 소나로 바닥을 훑었다면 협곡 사이로 인공구조물처럼 보이는 무언가가 있는 것을 어렵지 않게 발견했을 터였다. 하지만 다들 서두르고 있었다. 제대로 탐사하기 전 먼저 폭뢰부터 투하했고, 그러면 그 폭발의 여파로 해당 영역을 제대로 탐지하지 못했다. 함은 그들 스스로가 만들어내는 번잡함 아래 숨어 있는 셈이었다. 이유를 모르는 바는 아니었다. 그들에게 이 잠수함은 모국에 200발의 핵탄두를 날린 원흉이었고, 결코 살려 돌려보낼 수 없는 적이었다. 단순히 셈해도 최소 수백만의 목숨을 앗아 아산 적이니까.

"이해할 수 없습니다."

"뭐가."

"적함들이 전부 수역에서 전속으로 이탈하고 있습니다."

지휘통제실에는 순간적으로 화색이 감돌았다. 다른 아군이 나타난 것일까? 아군의 지원 공격이 있는 걸까? 당장 급한 출동이 있었나? 그게 아니라면 수색을 멈출 이유가 없었다. 우리가 달아날 시간이 없었다는 건 저들도 알고 있었다. 그러니 시간은 저들의 편이었다. 그런데 고작 여덟 시간 만에 이렇게 쉽게 포기하는 건 말이 안 됐다.

"……."

부장은 함장의 표정을 살폈다. 찌푸린 미간으로 보아 함장 역시 이 상황에 의구심을 품고 있는 것이 분명했다.

"아! 무언가를 수면에 투하했습니다. 대잠 초계기에서 떨어진 거 같습니다."

"어디에?"

"저희와는 거리가 좀 있습니다. 좌표상으로는……."

"됐고. 추진음이 들리나?"

"네. 그런데 처음 들어보는 추진음입니다. 컴퓨터는…… 이 소리를…… 로켓 추진체라고 분석하고 있습니다."

"……전원 충격에 대비해!"

"네? 저희와는 동선이 겹치지 않습니다. 추진체의 진행 방향은 저희와는 완전 다른……."

"못 들었어? 전원 충격에 대비하라고!"

"전원 충격에 대비하라!"

부장은 함장의 지시를 복창했다. 마이크를 잡고 입을 떼는 순간 함장이 왜 그런 명령을 내렸는지 이해할 수 있었다. 함 전체가 순간적으로 위쪽으로 끌려가듯 떠오르다가 순식간에 바닥으로 내동댕이쳐졌다. 바닥에 쓰러짐과 동시에 귀가 아팠다. 폭음에 귀가 먹먹한 것을 넘어 칼로 찌르는 것처럼 아팠다. 고막이 찢어진 것일까? 문득 머리 위로 물이 쏟아지고 있다는 걸 깨달았다. 침몰하는 걸까? 부장은 고개를 들었다. 자신의 머리 위를 가로질러 레이더 관측관 자리까지 이어진 청수 파이프가 터져 있었다. 레이더 관측관은 팔을 뻗어 내려앉은 파이프 연결부를 움켜잡으려 애쓰고 있었다. 부장은 발목과 손목의 근육이 아렸지만 그 정도로 엄살을 부릴 수는 없었다. 뒤를 보자 함장은 어디엔가 부딪혔는지 무릎을 감싸 쥐고 있었다.

"괜찮으십……."

함장이 손을 들었다. 더는 말하지 말라는 의미였다. 약한 모습을 보여주는 걸 죽기보다 싫어하는 인간이었다. 부장은 고개를 돌려 다른 승조원들을 살폈다. 부사관 하나가 찢어진 이마를 움켜쥐고 있었다. 쏟아지는 물 탓에 제대로 앞을 볼 수 없었다.

"저 파이프 좀 어떻게 해봐!"

"네."

승조원 하나가 달려가 밸브를 잠그는 사이, 부장은 젖은 머리를 넘기고 각 부서의 피해 보고를 명했다. 터진 파이프가 오수 파이프가 아니라 다행이라 생각하면서.

피해는 예상보다 심각하지 않았다. 소소한 부상이 있는 승조원들은 제법 있었지만 당장 생명에 지장이 있는 인원은 하나도 없었다. 장비에 대한 피해 보고 역시 속속 들어오고 있었지만 함의 운영에 문제가 될 정도로 결정적인 것은 없었다.

그사이 함장은 아무 일도 없던 것처럼 원래 자리에 서서 옷매무새를 가다듬고 있었다. 얼핏 멀쩡해 보였지만 자세를 바꿀 때 무릎을 제대로 펴지 못했다. 부장은 다가가 낮게 속삭였다.

"괜찮으십니까?"

"피해 상황은?"

"동력실 일부에 침수가 있어서 보수반이 작업 중에 있습니다."

"심각한가?"

"보수장 보고로는 10분 내에 잡을 수 있다고 합니다. 운항에는 지장이 없을 겁니다."

"그럼 됐어."

"무장실에서 근무하는 하사관의 팔이 부러졌습니다. 복합 골절이라 의무관은 수술을 해야 한다고 합니다."

"그쪽도 정신없겠군."

함장은 인상을 썼다. 무릎이 아픈 것이 틀림없었다. 하지만 이런 유의 고집에 부장인 그가 간섭할 수는 없었다. 함장은 시계를 확인했다. 그리고 음탐관에게 물었다.

"뭐가 좀 들리나?"

"바닷속이 난립니다. 컴퓨터도 저도 뭘 할 수가 없습니다. 대체 뭡니까? 저희 뭐에 공격당한 겁니까?"

로켓 추진체. 어처구니없을 정도의 폭발력.

부장도 사관생도 시절 들은 적이 있었다. 냉전 시절 황당한 무기들에 대해.

로켓 추진으로 수중에 발사되어 목표 수심에 도착하면 폭발하는 무기. 그것에 대한 설명 마지막 줄에는 이렇게 적혀 있었다. 운용의 비효율성과 대잠 탐지 능력의 발전과 함께 자연스럽게 퇴역했다고.

"핵 폭뢰."

함장의 말에 지휘통제실은 순간적으로 조용해졌다.

"……."

함장이 부장을 향해 돌아섰다.

"이게 마지막은 아닐 거다. 보수반에게 알려. 작업 중 또 다른 충격에 대비하도록."

마이크를 들며 부장은 머릿속이 복잡해졌다. 핵 시설을 전부 타격했다면 저런 물건이 남아 있어서는 안 됐다. 적은 8시간 만에 초계기에 퇴역한 괴물을 싣고 왔다. 적에게 아직 보복할 자원과 능력이 충분히 남아 있다는 의미였다. 수중의 위치도 알 수 없는 적에게 떨어뜨릴 핵이 있다면 우리의 고향 집에 떨어뜨릴 핵도 있다는 의미였으니까.

스치기만 해도 치명상.

남자들이 허세를 부릴 때 떠드는 이 말이 핵 폭뢰에는 딱 맞는 표현이었다. 몇 번이나 함은 내동댕이쳐졌다. 당연히 성한 곳이 없었다. 끝내 밸러스트 탱크 하나를 잃었고, 자함진동 센서와 선측배열 센서가 먹통이 됐다. 그리고 통신장비 역시 일부는 영영 복구할 수 없었다. 함의 아래쪽 구역 일부는 침수로 격리했다. 대부분의 컴퓨터들은 동작 이상으로 재부팅했다. 핵 폭발 시 발생하는 emp의 영향 탓인 것 같았다. 잠수함 자체가 전자파에 강한 일종의 새장 구조였지만, 이만큼 가까이에서 여러 번 터지면 어쩔 수 없는 모양이었다. 대기하던 인원들은 모두 보수 작업에 투입됐다. 고치기 위한 보수가 아니었다. 미세한 균열에서 일어나는 침수를 잡기 위한 보수였다. 보수장의 목소리는 이미 쉬어 있었다. 수상함이라면 배수펌프를 돌리면 그만이었지만, 잠수함에서는 작은 침수로도 침몰할 수 있었다. 특히 수압이 높은 곳에서는 가장 취약한 곳으로 압력이 집중되기 마련이었다. 그럼 견디지 못하는 곳은 빠르건 늦건 터져나가는 것이다.

공격은 반나절 가까이 계속됐다. 함의 위치를 알고 있는 것은 아닌 것 같았다. 일대 바다의 구획을 나눠 폭발 범위가 겹치도록 화력을 투사했다. 물론 이조차도 대략적인 예상일 뿐이었다. 이미 함의 센서들 중에서 제대로 작동하는 건 거의 없었으니까. 함은 눈도 귀도 먼 상태가 계속됐다.

그사이 함장의 표정은 점점 일그러졌다. 무릎 부상이 심상치 않은 것 같았다. 부장은 몇 번이나 의무실로 가보시라 권했지만 자릴 지켜야 한다고 고집을 부렸다. 핵 폭뢰의 폭발음이 멈추고 나서야 부장은 함장을 함장실로 보낼 수 있었다. 그대로 참고 있을 것이 뻔했기에 부장은 의무관에게 함장실로 가라 명령했다. 한 시간 뒤 의무관은 지휘통제실에 들러 함장의 연골판이 찢어져 무릎에 물이 찼다고 알려왔다. 부장은 함의 상황과 다를 바 없다 생각했다. 사관에게 교전 상황이 아니면 함장님을 호출하지 말라 명령했다.

잠수함은 꼼짝하지 않았다. 그 소동 끝에도 여전히 해저에 배를 붙이고 누워 있었다. 부장은 알고 있었다. 이게 끝이 아니라는 걸. 누군가는 귀를 기울이며 움직이길 기다리고 있을 터였다. 이제 인내심의 싸움이었다. 이론적으로 핵잠수함은 5년까지 기다릴 수 있었다. 그 정도 식량이 없을 뿐.

둔한 피곤이 밀물처럼 부장의 몸을 감싸왔지만 자리를 비울 순 없었다. 지휘통제실에는 겁먹은 인간들이 뿜어내는 불쾌한 냄새로 가득 차 있었다. 공조기를 돌려야 했지만 소리 때문에 그럴 수 없었다. 다른 승조원도 마찬가지였겠지만 머리를 쭈뼛하게 하는 느낌이 핵 폭뢰의 공격이 멈춘 후에도 부장에게 계속

되고 있었다. 그 느낌의 원인을 짐작하게 된 것은 음탐관의 보고를 듣고 나서였다.

"부장님, 컴퓨터가 고장인 것 같습니다."

특별히 이상한 일은 아니었다. 지금 멀쩡한 컴퓨터가 없었으니까.

"어떤 문제가 있는데?"

"함장님의 명령대로 필터를 걸어 지진파 파장들은 알람을 꺼둔 상태인데, 컴퓨터가 그사이 계속 지진파를 검출하고 있습니다. 지진파 방향과 감도는 다르지만 계속해서 울리고 있습니다. 폭발로 센서가 고장 난 건 줄 알았는데 첫 폭발이 있기 전부터 지진파 검출이 있던 걸로 기록에 남아 있어서……."

부장은 심호흡을 했다.

"고장이 아닐 거야."

음탐관이 멍하니 부장을 응시했다. 그러다 번뜩 정신이 들었다는 듯 떨리는 목소리로 답했다.

"……아, 알겠습니다."

"그래."

그는 우리가 발사한 200발로 적의 모든 핵 발사 플랫폼이 소멸했을 거라는 높으신 분들의 낙관론을 믿었던 걸까? 우리가 적의 취약점을 노렸던 것처럼 적 역시 우리의 취약점을 알고 있었을 터였다. 상호 확증 파괴란 바로 그런 거니까.

24시간 동안 지진파가 계속 기록됐다면 지구의 자전에 따라 끊임없이 미사일들이 날아가고 있었다는 소리였다. 핵이 폭발한 곳은 이 바다뿐만이 아니라는 뜻이었다. 돌아서는 음탐관을 보며 부장은 자신이 떨고 있다는 걸 깨달았다. 가족은 무사할까? 어쩌면 첫 공격에서 공습경보가 울리는 동안 아무것도 모른 채 죽는 것이 가장 행복한 것인지도 몰랐다. 이후 어떤 세상이 펼쳐질지 상상하는 것만으로도 구역질이 나올 것 같았다. 그리고 같은 짓을 적국에게 저질렀다는 걸 생각해보면 모공 전부에서 끔찍한 오물을 쏟아내는 느낌이었다.

다시 함이 움직이기 시작한 건 열흘 후였다. 많은 장비를 잃었지만, 침몰하지는 않았다. 처음 이동을 결심하기까지 시간이 필요했다. 적이 우리가 움직이는 걸 기다리는 건 아닌지 확인할 방법이 없었던 것이다. 유일하게 제대로 돌아가는 건 소나 정도였지만 항구 인근이라 하기엔 일주일 사이 몇 척의 배가 오가는 소리가 들린 이후 수면 자체가 너무나 조용했다. 음탐관을 따로 불러 물었다. 지진파 상황에 대해. 음탐관은 지난 이틀간은 새로운 지진파가 들리지 않았다 답했다. 그것이 좋은 소식인지 아닌지에 대해서는 부장도 몰랐다. 함은 지난 열흘간 외부와 완벽히 단절되어 있었다. 역 탐지가 가능한 장비들은 당장 사용해볼 수도 없었고, 정작 그것들을 켠다 해도 제대로 동작하는지도 확신할 수 없었으니까. 음탐관의 다른 보고는 그나마 고무적이었다. 닷새 전 가까운 곳에서 지진파가 발생한 이후 우리의 머리 위에서 어떤 소리도 들을 수 없다 했다. 아마 항구가 있던 자리에 무언가 떨어졌으리라.

첫날은 계곡을 따라 대륙붕 아래쪽으로 최대한 천천히 움직였다. 그리고 이동 후 몇 번이나 멈춰 침묵했다. 우리의 가동음을 듣는 누군가가 있는지 확인하기 위해서였다. 멈춰 선 이후 변침을 해 계곡 위쪽을 따라 흐르는 해류에 선체를 맡긴 채 천천히 떠내려갔다. 그래도 어떤 인공음도 들을 수 없었다. 무릎에 깁스를 한 함장은 적이 우리를 포기한 것 같다고 방송했다. 그리고 열흘간이나 유지했던 총원 전투태세를 해지했다. 함 내 승조원들은 출동 이후 처음으로 기쁨에 환호했다.

추적은 따돌렸지만 당장 급한 일이 있었다. 공해까지 나가서 작전 사령부와의 통신을 복원해야 했다. 현대 잠수함에는 많은 통신장비들이 있다. 그래서 제한적이나마 잠항 상태에서도 통신이 가능한 방법들이 있다. 그러나 첨단 장비의 상당수를 지난번 공격으로 잃었다. 때문에 통신을 복원해 사령부에 전과를 보고하고 다음 임무를 부여받아야 했다. 이미 이 함의 작전 능력이라는 것은 상실 직전에 있었지만 말이다.

공해상으로 나온 후에도 속도를 높여 이틀을 더 항해했다. 적국의 초계기들의 항속거리에서 벗어나기 위해서였다. 항해 기간 내내 특별할 것은 없었다. 바닷속은 너무 고요해서 오직 우리뿐인 것만 같았다. 흔한 고래 울음소리도, 상선의 항해음도 들리지 않았다. 그런 날은 어쩌면 그 모든 것이 꿈이었을지 모른다는 생각이 들기도 했다. 그저 여느 때와 다름없는 긴 훈련을 하고 있을 뿐이라고 스스로를 기만하면서.

하지만 며칠째 악몽을 꿨다. 해일이 밀려오는 꿈이었다. 때때로 선실 문을 열다, 사다리를 오르다, 누군가 귀 옆에서 비명을 지르는 듯한 착각에 사로잡히곤 했다. 그때마다 선내 공기는 얼음장처럼 차가웠다.

기분 나쁜 고요 속에서 충분히 안전한 위치에 있다는 판단이 서자 함장은 처음으로 심도를 낮췄다. 위로 올라가 통신용 부이를 이용해 위성통신망으로 작전 사령부와 연락할 생각이었던 것이다. 그러나 사용할 수 없었다. 사출은 할 수 있었지만 줄이 풀리지 않았다. 견인기가 말을 듣지 않았다. 상황을 확인한 보수장은 복귀 전까지 고칠 수 없다 했다. 견인기와 연결된 동력부가 파손된 것이다. 이걸 고치려면 건선거가 필요했다. 결국 함장으로서는 가장 하기 싫은 선택을 할 수밖에 없었다. 바로 부상하는 것이다.

물론 수면 위로 완전히 올라갈 필요는 없다. 잠망경 위에 안테나가 있었고, 그것만 올리면 통신은 가능했다. 다만 그조차 충분히 좋은 레이더라면 위치를 감지할 수 있었고, 통신 중인 전파를 추적할 수 있다. 특히 드론들의 인공지능은 이런 부상을 귀신같이 찾아냈다. 잠수함 입장에서는 최악의 통신방법이라

할 만했다.

물론 다른 방법도 있었다. 해저 케이블로 가 그 유선망을 중계 통신으로 이용하는 것이 그것이다. 이론상 인터넷은 핵전쟁에서도 작동한다. 하지만 실제로 핵이 지진계에 기록된 만큼 많이 터졌다면 프록시 서버가 죽었든 해저 케이블이 단선됐든 망이 살아 있을 가능성은 희박했다.

그래서 일단 부상해서 통신을 수신하기로 했다. 이런 전시 상황을 대비해 사령부에서 일방적으로 각 함에 현 상황을 알리고 특정 함선에 작전을 지령하는, 코드화된 비밀 통신 주파수가 있었다. 이쪽에서 수신만 하면 되니 위치를 추적당할 염려도 없었다.

"아무런 내용이 없습니다."

"확실해?"

"네. 그냥 노이즈뿐입니다. 아무런 내용도 없습니다."

통신관은 이렇게 말했다. 지령은 다중 주파수로 분할되어 대부분의 대역에서 화이트 노이즈로 위장하고 있다. 따라서 동시에 해당 대역 주파수를 함께 컴퓨터로 해석하지 않으면 그저 잡음처럼 들린다. 그런데 통신관은 그 결과가 그냥 잡음이라고 말하고 있었다.

"다른 대역의 비상주파수는?"

이런 보안채널은 전파 방해에 대비해 몇 개의 예비 채널이 있었다.

"역시 조용합니다."

"전부?"

"네. 전부 같습니다."

모든 채널이 조용하다는 의미는 사령부가 잠수함들에 대한 지시를 포기했다는 뜻이었다. 부장은 문득 무언가 떠올랐다. 통신관에게 물었다.

"상용 채널은?"

"네?"

"AM이든 FM이든 HAMS이든, 위성 TV 채널이든, 뭐가 잡히나 확인해. 아무거나."

부장의 말에 통신관은 함장을 바라보았다. 함장은 고개를 끄덕였다. 컴퓨터로 수신하는 RF대역 수신은 전 채널 동시 확인이 가능했다. 물론 잡히는 내용이 어떤 것인지는 직접 확인해야 했다.

"FM 채널이 하나 잡히는데……. 비상 안내방송입니다. 자동 녹음된 거 같습니다."

"다른 건?"

"이것도 마찬가지고…… 이 채널도……."

통신관의 목소리가 점점 작아졌다. 대양 한가운데 있으니 상업 방송은 잡히지 않을 수 있다. 하지만 단파 라디오와 위성 채널이라면 다르다. 부장도 학창 시절 HAMS을 했었다. 아마추어 무선 통신은 핵전쟁이 일어나도 사람들이 사용할 거라고 농담처럼 이야기하곤 했었다. 하지만 통신관의 표정은 현실은 다르다 말하고 있었다.

"CQ 사인을 보내는 주파수가 있는데 그것도 녹음된 방송 같습니다."

"CW는?"

"반복 송출되는 신호들이 있는데 응답 없이 콜 사인을 반복할 뿐입니다."

함장은 멍하니 앞을 응시하고 있었다. 눈을 크게 치켜뜬 채.

치켜뜬 눈에는 동공이 열려 있었다. 그것은 놀람과 공포 사이의 무엇이었다. 부장은 함장의 시야 끝을 따라가보았다. 그곳에는 아무것도 없었다. 그저 강철로 된 또 다른 벽이 있을 뿐이었다. 무엇을 보았던 것일까? 부장은 어쩌면 진통제 때문일 것이라 생각했다. 함장은 다친 무릎 때문에 진통제를 먹고 있었다. 상황을 보고하려고 다시 함장을 돌아보았을 때 눈이 마주쳤다.

"안전보장 채널은?"

갑자기 표정이 변한 함장이 이렇게 물었다.

"확인해보겠습니다."

부장은 자신도 모르게 심호흡을 했다. 안전보장 채널은 이름과는 정반대의 용도를 가지고 있었다. 실제로는 상호 확증 파괴 시스템의 마지막 데드맨 스위치였다. 안전보장 채널에서 나오는 것은 특별한 의미가 없는 1분 주기의 모스부호이다. 그 부호들은 암호도 아니고 코드도 아니고 그저 의미가 없는 모스부호일 뿐이다. 내용이 중요한 것이 아니었으니까.

방송 그 자체가 중요했다. 안전보장 채널이 나오고 있는 한,

아군의 지휘통제부가 어딘가 존재하고 있다는 의미다. 그것이 산맥 깊은 곳에 있는 지하 벙커든, 아니면 대통령이 타고 있는 전용기 혹은 핵잠수함이든, 심지어 폐허뿐인 세계에 남아 있는 단 하나의 단파 라디오 탑이든, 송출 수단은 무엇이든 상관없었다. 국가가 아직 존재하고, 그 국가의 지휘권을 지닌 사람이 존재한다면 안전보장 채널은 반드시 방송하도록 되어 있었다.

"안전보장 채널도…… 침묵 중입니다."

부장은 고개를 돌려 함장을 응시했다. 함장은 음…… 하고 낮은 신음소리를 냈다.

안전보장 채널이 멈추면 데드맨 스위치가 작동한다.

데드맨 스위치.

누군가가 죽으면 눌리는 스위치이다. 그 스위치에 적혀 있는 단어는 보복이다. 남아 있는 전력은 대상이 무엇이 됐든 모든 전략 자산을 적국의 수도에 투사하는 것이다.

부장은 음탐관이 말했던 멈추지 않는 지진파를 떠올렸다. 그들이 해저협곡에서 핵 폭뢰의 폭발을 견뎌내는 동안 위에서는 더 화려한 폭발이 있었다. 그들을 향한 추적이 그토록 일찍 끝난 것도 추적할 대상이 더는 남아 있지 않기 때문이었다. 보복에 보복이 오가는 동안 서로 가진 것은 빠르게 줄어갔겠지. 그 사이 바닥에 코를 박고 있던 이 함만이 비교적 온전한 전력을 유지한 셈이었다. 그렇다면 이제 와 보복은 무슨 의미가 있을까? 부장은 오금이 저렸다.

"준비하게."

함장은 목에서 열쇠를 꺼냈다.

"함장님! 미사일들은 이미……."

"아직 남아 있는 게 하나 있잖나."

발사관 미사일들은 두 개가 남아 있었지만 하나는 대공 방어용으로 장비한 카트리지식의 3문의 SAM미사일과 대함 순항 미사일이었다. 전략 자산이 아니었다. 물론 어뢰관으로 발사할 수 있는 순항 미사일도 있었다. 순항 미사일 탄두들은 대부분 일반탄이었지만 하나는 달랐다. 단 한 발에는 5킬로톤의 자탄이 12발 들어 있는 다탄두 핵미사일이었다. 이 미사일은 원래 적함대를 공격하기 위한 것이었다. 핵전쟁 시 적 함대와 마주치면 최악의 경우 사용할 수 있도록 넣어둔, 엄밀히 말하면 공식적인 무장에는 포함되지 않는 조약 위반 전술핵무기였다.

"함장님! 그건 전술핵이라 엄밀히 말하면 전략 자산은 아닙니다. 그리고 꼭 발사할 이유는 없습니다."

"무슨 소리인가?"

"우리가 쏘지 않아도 그 명령의 책임을 물을 사람은 존재하지 않습니다."

"그게 명령을 수행하지 않을 이유가 되나?"

"네. 저는 충분하다고 봅니다."

"우리는 군인이다. 군인은 명령에 따라야 한다는 당연한 명제를 지금 내가 자네에게 설명해야 하는 건가?"

"군인이기 이전에 인간입니다. 지금 쏘는 건 승패에 아무런 의미도 없습니다. 대상도 전략적 목표가 아닌 도심 아닙니까. 상대는 그저 생존해 있는지도 의심스러운 민간인들뿐이고요."

"적이지. 우리를 공격한."

"공격은 저희가 먼저 했습니다."

"그럴 만한 이유가 있었지."

"그 이유가 지금도 유효합니까? 부상하고 올라가면…… 그 이유라는 것이 기다리고 있습니까?"

"그래서? 지금 명령에 불복하겠다는 건가?"

"그게 아니라…… 그럴 필요가 없지 않습니까? 지금 폐허 속에 살아남은 인간이 단 한 명이라도 있다면 지금 우리는 그 인간을 살려야 하는 거 아닐까요? 인간이란 종이 존속하기 위해 말입니다."

"군인은 필요에 의해 움직이는 존재가 아니다. 우리는 아직 엄연히 군인이고."

"군인은 나라가 존재해야 군인입니다. 지금 나라가……."

부장은 말하려다 멈췄다. 자신을 바라보고 있는 다른 승조원들의 시선을 느꼈던 것이다. 이럴 만한 가치가 있는 일일까? 적국의 수도는 이미 폐허가 되어 있을 가능성이 컸다. 그곳에 또다른 핵을 투하한다 한들 무엇이 얼마나 달라질까? 그보다는 부장으로서 지금 해야 할 일에 집중해야 했다. 승조원들에게 이런 모습을 보이는 것이 좋을 턱이 없었다. 누군가 자신에게 항명하며 이제 나라가 존재하지 않느냐 말하면 뭐라 답해야 하는 걸까? 함장 말대로 지금 군이라는 조직을 유지하는 것은 어느때보다 필요할지 몰랐다. 아무것도 없으므로, 그 어느 때보다 무언가 필요했다.

"알겠습니다. 함장님께서 결정하시면 따르겠습니다."

잠시 지휘통제실에 침묵이 흘렀다. 함장은 말없이 목에 건 열쇠를 만지작거렸다. 그러고는 고개를 들고 차가운 목소리로 명령했다.

"무장관, 발사 준비하게."

"네. 6번 발사관에서 발사 준비하겠습니다."

부장은 목에 건 열쇠를 꺼냈다. 그리고 생각했다. 며칠 전과 다를 바 없다고.

아니. 달랐다. 며칠 전엔 명분이 있었다. 거의 불가능했지만 우리의 선제공격이 핵전쟁을 막을 수 있다고, 조금이나마 믿을 여지가 있었다. 하지만 지금 이것은 그저 가해자의 보복이자 학살일 뿐이었다. 그것도 전략적, 전술적으로 의미가 전혀 없는.

✿

승조원들의 동요는 뜻밖의 형태로 나타났다. 지난밤 어뢰실에서 근무했던 근무자 둘이 발사관 사이에 서 있는 함장을 봤다는 소문이 아침나절 지휘통제실까지 퍼졌던 것이다. 물론 그 소문을 부장이 가장 늦게 알았다. 보고했던 갑판장의 말에 따르면 함장은 슬픈 표정으로 멍하니 6번 발사관을 손으로 짚은 채 서 있었다고 했다.

이제 귀환이 코앞이다. 밀폐된 배에서 몇 달간 지내며 스트레스를 받다 보면 헛것을 보는 건 어찌 보면 지극히 정상적인 일이었다. 이상한 괴담이 평시에도 종종 있어왔다. 그러므로 특이한 일은 아니라고, 소문은 무시하면 잦아들 거라고 갑판장은 덧붙였다.

그럼에도 부장의 마음에 들지 않았던 것이 따로 있었다. 함장이 6번 발사관을 손으로 짚고 있었다는 대목이었다. 그 6번 발사관에 무엇을 장전했는지 어뢰실 사람들을 알고 있었다. 그들의 죄책감이 함장의 유령을 만든 것은 아닐까. 그렇게 생각하면 차라리 진짜 유령이 나타난 것이길 바라야 할지도 몰랐다.

갑판장은 부장이 무슨 생각을 하고 있는지 알겠다는 듯 이렇게 말했다.

"크게 의미를 두실 필요는 없습니다. 두 분 사이의 일은 이 함에 타고 있는 사람이라면 모두 다 아는 일이니까요. 저도…… 부장의 판단이 옳았다고 생각합니다."

누가 옳았느냐는 그 순간 적국의 수도에 살아남았던 이들에게 크게 의미가 없었으리라.

그날 밤 부장은 꿈을 꿨다. 폐허 위를 날아가는 순항 미사일의 꿈을. 그리하여 수많은 생명들이 또 한 번 증발했다.

　함장을 봤다는 다른 승조원이 나타나자 다들 어뢰실에서의 야간 근무를 피하려 했다. 부장은 우습다는 생각을 했다. 세상이 멸망한 마당에 귀신 소동이라니. 그들의 공포를 이해할 수는 있었다. 이 강철로 된 관은 차갑고 고요했다. 밖으로 나가면 인간은 생존할 수조차 없는 심연이 기다리고 있다.

　밖엔 죽음이 기다리고 있고, 안은 감옥과 다를 바 없다.

　인간이 이런 환경에서 올바른 정신을 유지하긴 힘들다. 그러므로 잠수함 근무는 최대 석 달을 넘기지 않았다. 그래서 부장도 귀환을 서둘렀던 것이다. 폐소 공간이 주는 공포가 죄책감과 융합을 일으키면 무엇이 튀어나올지 몰랐다.

　"아마 비파괴 검사를 하면 이쪽 면을 따라 균열이 쭉 이어져 있을 겁니다. 저희가 확인한 바로는 선체 자체가 원자로를 중심으로 미세하게 틀어졌습니다."

　보수장은 원자로 천장을 가로지르는 파이프를 보며 이렇게 말했다.

　"많이 안 좋은 건가?"

　"당장 다음 주까지는…… 별문제가 없을 겁니다. 하지만 다음 달에는 어떨지 저도 모르죠. 하지만 내년에는 높은 확률로 유출될 겁니다. 그리고 내후년에는 제 자릴 걸고 장담할 수 있습니다. 확실히 저기서 방사능이 샐 거라고."

부장에게 그 말은 농담처럼 느껴졌다.

세상에. 피폭이라니.

아니. 어쩌면 인과에 합당한 것인지도 몰랐다. 세상을 방사능으로 뒤덮었는데 이 배만 피폭을 피하면 그만큼 부조리한 게 있을까? 하지만 이런 팔자 좋은 생각을 할 때가 아니었다.

"항로를 최단 경로로 잡겠네."

기관실에서 나와서 발사관이 있는 발사관실을 가로지르는 동안 강철의 통로는 고요했다. 방사능이 유출되면……. 밖에는 심연이 기다리고 있었다. 차가운 물의 느낌을 상상하자 머리카락이 쭈뼛 서는 느낌이 들었다. 부장은 궁금했다. 만약 모두가 죽었다면 이것이 마지막 방주가 될까? 함에는 여섯 명의 여성 승조원이 있다. 언젠가 본 책에서 종이 생존하기 위해서는 최소 20개체 이상의 다른 유전자 풀이 필요하다고 했다. 이 배가 방주가 된다 해도 인간이란 종은 유전적 다양성 부족으로 멸종하게 되는 걸까?

아니. 그것은 너무 먼 이야기였다. 일단 살아 돌아가는 것에 집중하자. 원자로에서 그들이 세계에 선물했던 것과 같은 동위원소가 나오기 전에 육지에 발을 디뎌야 했다.

그런 생각을 하며 발사관 사이를 지나가고 있을 때 부장은 무언가를 보았다. 처음엔 하얀 그림자 같았다. 천이나 다른 물체를 언뜻 잘못 본 것은 아닐까 하고 고개를 돌려 확인하려 할 때 분명한 형상이 시야에 들어왔다. 반투명의 우윳빛 안개 같은 것은 서서히 인간의 형상으로 변하고 있었다. 눈 코 입이라고 할 만한 것이 있긴 했지만 변화하는 와중이라 제대로 형체를 갖췄다 보기 어려웠다. 부장은 숨을 들이쉬었다. 폐 안을 한기가 가득 채웠다. 부장은 그 자리에서 얼어붙었다. 발사관실 전체가 갑자기 거대한 냉동실이 된 것 같았다. 그것은 부장을 향해 천천히 고개를 돌렸다. 이목구비라 부를 흔적 같은 것이 서서히 뭉쳐 형태를 만들었다. 그것은 원망 같기도, 슬픔 같기도 한 오묘한 표정이었다. 부장과 눈이 마주친 그림자는 다시 고개를 앞으로 돌렸다. 그러고는 그대로 발사관을 관통해 사라졌다. 그제야 부장은 숨을 내쉴 수 있었다. 코앞에서는 하얗게 김이 뿜어져 나왔다. 그 김이 채 흩어지기도 전에 늘어선 발사관들 뒤쪽으로 수십 개의 새로운 그림자가 나타났다. 발사관들이 도열한 어두운 복도 끝까지. 쓰러지지 않기 위해 부장은 텅 빈 발사관에 기댔다. 한때 핵미사일이 있던 철 기둥은 얼음장 같았다. 숨조차 제대로 쉴 수 없는 부장을 그들은 신경 쓰지 않았다. 멀리서 누군가 부르는 것처럼 그저 발사관을 관통해 함을 가로질러 지나갔다. 심연 속으로. 어떤 그림자들은 부장의 몸을 꿰뚫고 지나갔다. 그때마다 부장은 심장이 멎는 듯한 추위에 이를 악물어야 했다. 수는 점점 늘어났다. 너무나 많은 그림자에 이제는 셈할 수도 없게 됐다. 그것은 이미 인간의 형상이라기보다는 차라리 눈보라 같았다. 눈조차 깜빡거리지 못하는 부장의 안구에 눈물이 고였다. 눈앞이 하얗게 될 정도로 수많은 그림자에 부장은 마침내 무너지듯 쓰러졌다.

부장이 눈을 뜬 것은 자신의 선실에서였다. 당번병 하나가 그의 곁을 지키고 있었다.

"깨어나셨습니다."

당번병은 지휘통제실에 상황을 보고했다. 부장은 상반신을 일으키며 어떻게 된 거냐 물었다. 당번병은 발사관 사이에 쓰러져 있는 그를 승조원들이 발견해 이곳으로 옮겼다 보고했다. 부장은 고개를 돌려 선실 안을 살폈다. 흰 그림자는 어디에도 없었다. 사방 모두 폐소공포를 일으킬 법한 익숙한 벽들뿐이었다. 당번병이 내민 물잔의 물을 마시고 나자 문이 열리고 의무관과 갑판장이 찾아왔다. 의무관은 그의 상태를 검사했다. 몇 가지 간단한 진찰이 끝나자 일부러 짓는 밝은 표정을 했다.

"피로 때문에 그런 거 같습니다. 과로하셨습니다. 오늘은 좀 쉬시죠."

부장은 오한을 느꼈다. 어깨를 움츠린 채 갑판장에게 당직 근무에 관련된 몇 가지 사항을 지시했다. 항로를 다시 짜야 했지만 당장은 그럴 수 없을 것 같았다. 부장은 그들이 나가자 다시 누웠다. 머릿속이 복잡해졌다. 내가 본 것은 무엇일까? 환각이었을까? 그냥 꿈이었는지도 몰랐다. 그럼에도 부장의 몸속 깊은 곳 어딘가에서 떨림이 멈추지 않았다. 아니. 부장의 몸 깊숙한 곳 어딘가에 얼음으로 된 결정이 생긴 것 같았다. 이대로 있을 수 없다고 생각했지만 계속, 계속 떨렸다. 무인가 하지 않으면 불안해 미칠 것 같았다. 하지만 아무것도 할 수 없다는 무력감이 그를 짓누르고 있었다. 이제 자신도 미쳐가는 걸까? 아니면 승조원들 사이에 이미 입소문이 난 그 귀신이라는 걸 본 걸까? 무릎이 부어오르는 동안에도 지휘통제실을 지킨 함장의 마음을 이제는 알 수 있을 것 같았다. 그는 군인이라 그 자리를 지킨 것이 아니었다. 함장이 때때로 말없이 벽을 응시했던 것은 같은 이유에서였던가?

부장은 셈해보았다. 하나의 탄두에 얼마의 생명이 사라졌을까? 그가 돌린 그 열쇠의 무게가 차갑고 명징하게 느껴졌다. 이제 와서.

그것은 죽음을 담아놓았던 상자의 열쇠였고, 망령을 가둬놓은 주박이었다. 모든 것의 종언이었으며, 역사의 마침표였다.

아무것도 남지 않는 열쇠를 무책임하게 돌렸음에도 자신은 여전히 살아 있다는 사실이 부장은 못내 견딜 수 없었다.

그 순간 하나의 명징한 이미지가 떠올랐다. 방아쇠에 걸린 손가락. 그래서 당긴 것일까, 함장은. 부장의 떨리는 손이, 그 떨림이 방사형 혈흔과 뇌수를 이곳의 방수벽에 남기고 싶은 욕망을 끊임없이 떠올리게 했다. 방아쇠를 당기면 끝낼 수 있었다. 이 무섭도록 차갑고 무거운 주박에서 해방될 수 있었다.

다음 날 부장은 항로를 변경했다. 보안상의 이유로 모든 잠수함은 사령부가 있는 항구로 직항해 귀환하는 것이 금지되어 있었다. 하지만 최단 거리를 택했다. 원자로 파이프에 균열이 생긴 비상 상황이었으며 무언가가 남아 있다 한들 이제 의미가 있을까? 부장은 살려야만 하는 승조원만을 생각하기로 했다. 어쩌면 이들이 최후의 인류일지도 몰랐다. 마지막 인류를 무사히 살려 돌아가는 것, 이것이 죄의 무게를 진 자신의 마지막 사명이라고, 부장은 그렇게 스스로를 기만했다.

돌아가는 동안 부장은 몇 번이나 비슷한 환영을 봤다. 어떤 때는 샤워실 빈칸에 서 있었고, 식당을 나오다 복도에서 마주치는 일도 있었다. 심지어 그의 방을 가로질러가는 환영을 목격한 적도 있었다. 그때마다 오한이 찾아왔다. 때때로 그 환영들은 너무 많아서 내리는 눈처럼 보였다.

처음 누른 버튼으로 몇 명이 죽었을까? 그리고 그 연쇄작용으로 또 얼마나 많은 생명들이 사라졌을까? 단순하게 셈해봐도, 그들이 단 한 번씩만 나타난다 해도, 부장은 이 환영을 평생 목도해야 한다는 걸 깨달았다. 이런 절망감에 스스로를 쐈던 것일까?

스스로를 향한 살의에 소스라치게 놀라며 그때마다 부장은 허리춤에 찬 권총을 움켜쥐곤 했다. 자신이 무의식적으로 뽑을지도 모른다는 두려움 때문이었다. 그것이 환영이든 저주든, 혹은 정말로 원한에 찬 망령이든 간에 부장은 물러설 수 없었다.

그러는 사이 잠수함은 기지가 있는 만을 향해 곧장 나아갔다.

만의 입구에는 거대한 현수교가 있었다. 부장은 지상근무 기간에 가족들과 주말에 이 현수교가 보이는 레스토랑에 가서 함께 식사하곤 했다. 해 질 무렵 현수교에 드리워진 황혼 빛을 보고 있으면 삶은 꽤나 살 만한 것으로 느껴졌고, 이런 게 행복인가 싶었다. 하나하나 가로등이 켜지는 거리를 돌아오는 동안 뒷좌석에서는 아이들이 싸우는 소리가 들리고, 조수석에서는 아내가 꾸벅꾸벅 졸고 있는 삶. 그런 삶이 계속될 거라 생각했다. 적어도 이곳에 근무하는 동안은. 그 일이 고작 두 달 전이라는 것을 떠올리자 아득한 마음이 됐다. 아이들은, 아내는 무사히 죽을 수 있었을까?

잠수함을 부상시켰다. 망루가 수면 위로 올라오자 해치를 열었다. 밖으로 나서자 오랜만의 바깥 공기가 부장을 기다렸다. 짠 바다 내음이 확 하고 밀려왔다. 함의 진행 방향으로는 만의 입구가 보였다. 눈이 덮인 것처럼 하얗게 무언가가 쌓여 있는 항로 표지등이 시야에 들어왔다. 현수교의 모습을 확인하기 위해 고개를 들었을 때 부장은 벌린 입을 다물지 못했다. 예상했지만 다리는 끊어져 있었다. 반쯤 휘어진 교각만이 늘어진 강철 케이블을 휘날리며 흐린 하늘 아래 을씨년스럽게 서 있었다. 그때 갑판장이 올라왔다.

"뭐가 있을까요?"

"뭐가 있긴 할까요."

갑판장은 부장에게 쌍안경을 건넸다. 뒤따라 승조원 몇이 망루로 올라왔다. 그사이 부장은 쌍안경으로 멀리 수평선 끝을 응시했다. 이 정도 거리라면 맑은 날에는 희미하게 도시의 스카이라인을 볼 수 있었다. 하지만 꾸물꾸물한 날씨 탓인지 아무것도 보이지 않았다. 부장은 몸을 돌려 끊어진 다리를 다시 바라보았다. 그사이 승조원 몇이 갑판장의 지시에 따라 가이거 계수기를 작동시키고 있었다. 부장은 쌍안경을 들었다. 좌측 교각 맞은편 절벽에서 늘 가족과 함께했던 레스토랑의 모습이 보였다. 어떤 상황인지 알 수는 없었지만 바다로 향해 있던 전면 유리가 모두 깨져 있다는 것만은 확실히 알 수 있었다.

만의 안쪽으로 더 들어가자 꾸물거리는 것처럼 보였던 날씨가 단순히 흐리기만 한 것이 아닌 게 분명했다. 내륙의 하늘 위에서 무언가가 느리게 휘날리고 있었다. 처음에는 항로 표지등에서 봤던 눈이 오고 있는 건가 싶었다. 하지만 눈이라기엔 날씨가 따뜻했다. 그때 가이거 계수기가 경고음을 토해내기 시작했다. 방사선량이 피폭될 우려가 있을 정도로 높아졌다는 경고였다. 부장은 미간을 찌푸렸다. 날리고 있는 것은 눈처럼도, 예의 하얀 그림자처럼도 보였다. 그리고 갑자기 무엇인지 깨달았다. 낙진이었다. 바람이 불 때마다 도시에 쌓인 낙진이 바다 쪽으로 불어오고 있는 것이었다. 이윽고 한때 마천루가 서 있던 스카이라인이 낙진 너머로 모습을 드러냈다. 그것을 모습이라

부를 수 있다면.

그것은 마천루라기보다는 죽은 짐승의 뒤틀린 뼈처럼 보였다. 앙상한 무엇인가가 튀어나와 있었다. 녹고 무너진 철골 사이로.

"잠항합니다."

"네?"

"지금 즉시 잠항."

"잠항 준비! 전원 망루에서 철수한다."

부장의 말을 갑판장이 복창했다. 부장을 따라 올라왔던 승조원들이 서둘러 사다리 아래로 내려가기 시작했다.

"잠항 시작!"

부장은 이렇게 말하고 해치 앞에 서서 마지막으로 도시를 바라보았다. 망루의 머리 위에서 하늘거리며 하얀 재들이 날아오고 있었다. 승조원이 가지고 내려가고 있는 가이거 계수기가 목이 터질 정도로 울어댔다. 자신이 봤던 환영은 망령이 선물한 예지였던 것일까?

부장은 죽음이 내려앉은 도시를 시야에 담았다. 다시 볼 수 있을까? 그 모습에서 가족이 살던 그 도시를 떠올릴 수는 없었다. 부장이 돌린 열쇠 200개의 탄두가 일으킨 연쇄작용이 만든 균일한 폐허의 풍경일 뿐이었다.

부장은 해치 아래로 발을 내딛었다. 이제 균열해가는 원자로를 가진 함을 타고 저 아래로 내려가야 한다. 머리 위의 방사능을 피하기 위해서. 돌아갈 곳은 없었다. 사령부에 그들을 기다리는 건 아마도 낙진으로 뒤덮인 또 다른 화구이리라. 무엇이든 살아갈 수 없는.

머리 위로 해치가 닫히는 소리가 들렸다. 방주가 멈출 뭍은 없었다. 노아가 대홍수의 날 그랬듯이 이 함은 낙진이 내리는 세계를 부초처럼 떠돌아야 했다.

부장은 다시 오한을 느꼈다. 철제 사다리에 매달린 그를 통과하는 수많은 환영들이 있었다. 예의 얼굴을 한 채 그것들은 부장을 꿰뚫고 지나갔다. 그 속에서 자신의 아이를 봤다고 부장은 생각했다. 부장의 눈가에 눈물이 차오르는 동안 방주는 수면 아래로 가라앉았다. 그들이 결코 도착할 수 없는 안전한 뭍을 향해서.

퍼스트 제너레이션

내겐 낡은 아이팟이 있다. 그것은 2001년에 만들어졌고 딸깍거리는 네 개의 버튼과 클릭 휠이 달려 있다. 이젠 전원조차 들어오지 않지만 그것은 여전히 멋지다. 당시 제품을 소개하는 공식 홈페이지는 이런 카피로 시작되었다.

"1000 Songs in Your Pocket."

아이팟을 샀던 건 2002년 2월 엘릭스 컴퓨터 종로 매장에서였다. 아이팟은 지미 헨드릭스의 흑백사진이 프린트된 멋진 띠포장을 한 채 매장 가운데 탑처럼 쌓여 있었다. 눈을 감고 황홀경에 빠진 것 같은 표정으로 오른손으로 스트라토캐스터를 쥔채 허공을 향해 왼팔을 뻗은 지미 헨드릭스 사진 옆에는 그저 'iPod'이라고 적혀 있었다. 전자제품 박스라면 응당 필름 인쇄가 된 재생지 박스에 온갖 성능과 지원 파일 정보가 작은 글씨로 빼곡하게 쓰여 있던 시절이었다. 그런데 지미 헨드릭스라니.

띠 포장지를 벗겨내자 은색 큐브 형태의 상자가 나왔고 상자의 가장 위에는 검게 칠해진 애플 마크가 있었다. 상자는 다시 반으로 쪼개지며 날개가 펼쳐지듯 열렸다. 왼편에는 흰색 이어폰과 충전기가, 오른편에는 투명한 우윳빛의 아이팟이 있었다. 그것은 mp3플레이어라기보다는 차라리 외계인이 놓고 간 우주선 부품처럼 보였다. 매장 주인아저씨는 감탄했다.

"애플 놈들, 진짜 포장을 할 줄 안다니까."

매장에서 열어보는 사람은 없어서 아이팟 실물은 처음 본다는 주인아저씨는 나보다 감격해 있었다. 그는 포장을 풀었던 손을 어쩌지 못하며 내 눈치를 살폈다.

"이거, 내가 처음 만지는 건 아닌 거 같은데."

나는 주저하는 아저씨 대신 조심스럽게 우윳빛 기계를 꺼냈다. 생각보다 무거웠다. 나는 아이팟에 씌워져 있는 비닐을 벗겼다.

"근데 매킨토시가 있어야 음악 들을 수 있는 건데. 알고 사는 건가?"

거울 같은 스테인리스 뒤판에 내 얼굴을 비춰 보는 사이 주인아저씨는 걱정스러운 표정으로 내 눈치를 살폈다. 그럴 수밖에. 당시 우리나라 매킨토시 대부분은 인쇄소에서 조판을 위한 식자 작업에 쓰이고 있었고 나머지도 녹음실과 편집실의 장비

정도일 뿐이었으니까.

"대한민국 인쇄소와 편집실, 녹음실을 더하고 1.2를 곱하면 한국에 존재하는 매킨토시 수가 나올걸요."

그는 내게 작업실 컴퓨터를 보여주며 이렇게 말했다. 그 역시 작업용으로 맥을 쓰고 있었다. 그의 작업실에 가려면 동부이촌동의 빌라들이 다닥다닥 붙어 있는 언덕을 넘어야 했다. 가파른 비탈에 있는 그의 작업실은 전신주와 건물 사이로 딱 한 뼘만큼 한강이 보였다. 우리는 그날 베란다에 서서 머리를 맞댄 채 한강을 바라보았다. 붉은 빌라의 벽돌과 전신주 사이로 보이는 희끄무레한 회청색의 강은 가을 오후의 빛을 받아 번쩍였다.

"봐요. 정말 한강이 보이죠."

그것은 강이라기보다 차라리 바람에 날리는 비닐 조각 같았다. 그럼에도 어쨌든 빛나고 있었다.

"네. 예뻐요."

내 답에 그는 쑥스러운 표정으로 얼굴을 붉혔다. 그런 나름 한 뼘만 한 한강 조망 빌라의 거실을 차지하고 있던 건 아비드라는 기계였다. 온갖 전선이 달려 있는 캐비닛과 조그셔틀이 달린 패널, 두 개의 소니 21인치 브라운관 모니터가 있는 큼지막한 테이블로 되어 있는 그 기계의 가운데에는 매킨토시가 있었다. 전원을 켜자 딩― 하고 부팅 음이 울리며 웃는 맥 아이콘이 떴다. 뒤이어 'mac os 9'이라고 쓰인 화면으로 바뀌었다. 그는 그것을 자신의 밥줄이라 소개했다.

"와, 신기하다. 이걸로 TV에 나오는 그 광고들을 다 만드는 거예요?"

"아니요. 편집만 하는 거죠. 자르고 붙이고."

그는 자신의 일이 별게 아니라는 투로 말했다.

"그래도요. 어쨌든 TV에 나오잖아요."

"그냥 평범한 일이에요. 배우면 누구나 할 수 있는, 가위질해서 종이를 붙이는 거나 마찬가지죠. 장면들을 모아 시간으로 긴 띠를 만드는 거라고 할까? 평범한 일입니다."

TV 이야기를 꺼냈기 때문일까? 그는 평범함을 강조했다. 그 평범함이 얼마나 특별한 것인지 나는 말하고 싶었지만 이해할 수 없을 터였다. 평범할 수 있다는 건……. 나는 그저 희미한 미소를 지어 보인 후 목구멍까지 나온 말을 되삼켰다.

"잘 써요. 아가씨."

주인아저씨는 출입문을 열어주며 이렇게 말했다. 들여오고 처음 포장을 열어본다면서 싱글벙글하던 그는 내게 몇 번이나 아이팟의 사용법을 꼼꼼히 다시 반복해 설명했다. 윈도우에서 쓸 수 없다거나 사용법을 모른다는 이유로 다시 찾아와 반품을 해달라고 하면 어쩌나 걱정하는 눈치였다. 아이팟을 들고 나오며 궁금했다. 지금 서울 하늘 아래 맥이 없는 아이팟 사용자가 많을까 아니면 트랜스젠더의 수가 더 많을까.

내게는 아이팟을 위한 맥이 없다. 나는 그저 한낱 서비스업 종사자였고 컴퓨터라면 전원 켜는 법과 싸이월드, 다음 카페를 들어가는 정도만 할 줄 알았다. 심지어 그를 만나기 전에는 컴퓨터엔 윈도우가 있는 게 당연하다 생각했다. 하지만 그를 만나고 세상에는 윈도우 외에도 다른 걸 쓰는 컴퓨터가 있다는 것을 처음 알게 됐다. 그리고, 그래서, 매킨토시밖에 연결되지 않는 1세대 아이팟을 산 것이다.

"믿어져요? 백 편 넘게 편집했는데, 단 한 번도 진짜 연예인을 본 적 없다는 게."

그는 광고회사 PD라는 사람과 한 테이블에 앉아 있었다. PD는 팁을 찔러주며 그를 향해 눈짓했다. 좀 챙겨달라는 신호였다.

"그래서 얘가 이렇게 시무룩했구나."

나는 그의 허벅지 위에 걸터앉아 가슴으로 머리를 감싸 안았다. 딱히 의미가 있던 건 아니었다. 쇼가 끝나고 테이블에 가 인사를 할 때, 팁을 벌기 위해 하는 일종의 서비스였다. 대부분의 남자라면 이제 황금색 술이 달린 비키니 브래지어에 팁을 꽂아줬고, 액수가 만족스럽다면 엉덩이를 한 번 더 흔들어준 후 일어나면 됐다.

그런데 그는 귓불까지 빨개진 채 고개를 숙이고 내 시선을 피했다. 빨개진 귓바퀴를 따라 거미줄 같은 실핏줄이 선명했다. 그 핏줄들이 귀여워 귓가에 후 하고 뜨거운 입김을 내뿜었다.

바람이 닿자 그는 움찔하고 몸을 움츠렸다. 귀에서 시작한 홍조는 뺨까지 번졌다. 엉덩이 아래로 딱딱하게 경직된 그의 허벅지 근육이 느껴졌다. 다리 사이에 있는 것이 내 몸에 닿지 않게 하기 위해 필사적으로 허벅지에 힘을 주고 있었다. 뼈밖에 없는 마른 다리로.

그 절박함이 귀여웠다. 그리고 슬펐다.

아, 이런 사소한 것에 반하기도 하는구나.

물론 지나갈 감정이었다. 당시 나는 그렇게 쉽게 첫눈에 반하고, 이내 식어버리곤 했으니까. 아주 작고 사소한 것에 한없이 의미를 부여하고, 매혹됐다가, 망상을 부풀리고, 열정에 불타올랐다. 그런 일방적인 열정은 빠른 시작만큼이나 이른 파국을 맞이했다. 망상과 현실의 괴리를 깨닫는 순간 멋대로 실망한 후, 돌아서면 곧장 잊었다. 당시에는 이 모든 게 불같은 내 성정 탓이라 생각했다. 이제 와 돌이켜보면 일종의 자기방어가 아니었을까. 가질 수 없는 것을 내 변덕 때문이라 믿으면 상처받지 않을 수 있으니까. 변명을 하자면 나는 그저 외로웠을 뿐이다. 누군가를 진득하게 만나는 일은 거의 불가능했으므로.

"순진해 보이던데 너무 잡아먹진 말고."

마담 언니가 내 등을 밀었다.

클럽 앞 주차장에서 바다을 보며 서 있는 그의 모습은 보는 사람을 애처롭게 하는 무언가가 있었다. 여자를 기다리는 남자라기보다는 버려진 강아지나 길을 잃은 소년처럼 보였다. 나를 기다리며 텅 비어가는 주차장에서 그는 무슨 생각을 하고 있었을까? 성냥 같은 팔을 앞주머니에 꽂고는 보도블록의 끝을 의미 없이 신발코로 문지르고 있었다. 인기척에 고개를 든 그가 내 모습을 보자 놀라 주머니에서 손을 뺐다. 마르고 가는 팔다리는 자칫 부러질 것처럼 위태해 보였다.

나를 기다리는 남자들은 종종 있었다. 그런 부류들은 정해져 있었다. 자의식 과잉의 미친놈이나 날 꼬시는 걸 놓고 내기를 건 꾼들, 넣을 수 있다면 콘센트 구멍에라도 쑤셔댈 것 같은 발정 난 수캐, 혹은 병적으로 무언가에 집착하는 스토커 정도가 주차장에서 날 기다리는 남자들이었다. 그런데 그는 그 무리들 중 어디에도 속하지 않는 것처럼 보였다. 심지어 동료들과 나오는 내 눈을 똑바로 쳐다보지도 못했다. 나는 그를 뚫어져라 응시했다. 다시 나를 바라볼 때까지.

당신은 어떤 사람이지?

눈이 마주치자 한 번 더 그의 귀가 신호등처럼 붉게 달아올랐다. 그 순간 마담 언니가 다시 내 등을 밀었다. 자신이 보기엔 괜찮으니 가보란 의미였다. 뒤에서 동료들의 웃음소리가 들렸다. 말하지 않았지만 다들 알고 있었다. 이제 우린 잘 것이며 그는 떠날 것이다. 괜찮았다. 호기심에서 시작하는 관계란 딱 이정도가 적당하니까. 그걸 이 자리에 있는 모두가 알고 있었고 그래서 웃는 것이다. 조금은 부러워하며, 그보다 약간 더 슬퍼

하며. 어쩌면 이번엔 다를지 모른다는 희망을 품은 채.

다들 나만큼이나 희망을 포기할 수 없었다. 있는 그대로의 내가 원하는 나와 일치하는 삶. 그 희망이 우리를 이곳까지 모이게 한 거였으니까.

우리는 길 건너편에 있는 이자카야에 앉아 새벽 4시까지 술을 마셨다. 남자들은 다들 비슷했다. 술기운이 없이는 용기도 없었다. 야근을 하는 광고회사 직원들이 아침까지 몰려오는 곳이었으므로 우리는 가장 안쪽 자리에 앉았다. 넥타이를 반쯤 푼 취한 사내들이 왁자지껄 떠들었다. 이자카야의 불빛 아래서 본 그의 모습은 더욱더 소년 같았다. 물론 이마에 주름이 있었고 미소 지을 때 눈가에 잔주름이 생겼지만 술잔을 따를 때마다 어쩔 줄 모르는 손과 내 눈과 머리 뒤 천장 어딘가를 오고 가는 시선은 숙제를 두고 온 남학생 같았다. 애틋함과 애정 사이의 어딘가에서 마음이 파르르 떨렸다.

"왜 날 기다린 거예요?"

"저 원래 이런 사람 아닌데…… 그러니까 오해하지 마시고…… 제가 그러니까…….."

말을 더듬는 그를 위해 잔을 들었다. 그래. 이유가 중요할까. 어차피 하룻밤일 뿐인데. 오금에 힘이 빠지고 균형 감각이 흐트러질 때까지, 딱 그만큼 우리는 건배를 하고 또 했다.

"사시는 동네가 어떻게 되세요?"

우리는 택시 뒷자리에 나란히 앉았다. 그의 질문에 대답하는 대신 기사에게 말했다.

"프린스 호텔 앞이요."

그는 나를 바라보았고 나는 뒷좌석 등받이에 몸을 기대고 모르는 척 눈을 감았다. 그리고 손을 뻗어 어쩔 줄 모르는 그의 손을 잡았다. 손바닥은 땀이 고여 축축했다. 손가락 사이에 얽혀 오는 이 미숙함이, 이 어쩔 줄 모르는 마음이, 너무나 어설픈 나머지 나까지 두근거렸다.

"절대로 싼 모텔은 가지 마. 그럼 위험하니까."

"돈 없는 사람들이 위험한 거예요?"

"아니. 미친놈들이야 똑같지. 돈이 있건 없건."

"근데요?"

"최소한 호텔은 로비랑 엘리베이터에 CCTV가 있거든. 미친놈들도 그건 알고."

마담 언니의 조언은 우리 사이에서 절대적이었다. 그녀는 이 클럽도, 다음 카페도 없던 시절에 혼자 자신의 삶을 결정했던 사람이었으니까.

가쁜 숨을 헐떡이며 그가 옆으로 쓰러졌다.

"처음이었어요."

"그래요."

다들 같았다. 처음 트랜스젠더 클럽에 왔을 것이고, 처음 트랜스젠더들의 누드쇼를 봤을 것이다. 처음 질 재건 수술로 만든 성기를 보았을 것이고, 처음 트랜스젠더와 자봤을 것이다. 나에게는 일상이지만, 그들에게는 모두 처음인 일.

가족 중 이제 유일하게 연락하는 오빠가 된 형은 이런 내 삶의 방식을 놓고 창녀와 다를 바 없다 욕했지만 나 역시 원해서 택한 삶이 아니었다.

이를테면 막 호르몬 치료를 시작하던 무렵 나는 수술비를 모으기 위해 아르바이트를 했었다. 학교에선 제과제빵을 전공했지만 갈 수 있는 곳은 주민등록번호를 묻지 않던 재래시장의 작은 빵집뿐이었다. 그 빵집에서 제빵 일을 하던 남자아이가 날 쫓아다녔었다. 호르몬 치료는 꽤 성공적이었으므로 겉보기에는 목소리가 저음인 중성적인 여자아이 정도로 보였으리라. 남자의 성화에 못 이겨 키스를 했고, 뒤이어 내 몸을 강제로 더듬었으며, 욕설을 들었다. 그리고 끝내 안와 골절을 당할 정도로 얼굴을 맞았다. 남자는 쓰러진 내게 침을 뱉었다.

"남자의 순정을 이용하니까 재밌냐."

하나도 재밌지 않았다. 그의 순정을 원했던 적도 없었고 속인 적도 없었다. 심지어 그것이 순정이었는지도 잘 모르겠다. 나는 그저 묻지 않는 질문에 답하지 않았고, 그가 나를 진심으로 사랑할지도 모른다고 착각했을 뿐이었다. 착각의 대가는 컸다. 아르바이트는 잘렸으며 그때까지 시장에서 어렵게 쌓았던 인간관계는 모두 무너졌다. 태국에 가 수술을 받기 위해 넣어두었던 적금 역시 치료비로 써야 했다. 어쩌면 죽음도 하나의 선택이 될 수 있다고 진지하게 고민하던 때에 다음 카페를 통해 클럽을 알게 됐다.

클럽은 나 같은 사람들이 모여서 쇼를 하는 곳이었다. 쇼는 원본이었던 태국의 것을 모방한 만큼 노골적으로 성적이었지만, 동시에 그것은 성적이라기보다는 오히려 서커스에 가까웠다. 사람들이 우리를 보러 오는 것은 성적인 이유에서가 아니었다. 그것은 차라리 기묘한 구경거리에 가까웠다. 술 취한 사람들은 남녀 가리지 않고 노골적으로 고추를 뗐냐 안 뗐냐 따위를 물어보곤 하며 직접 만져보려 했다. 처음엔 그들의 태도에 모멸감을 느꼈지만, 왜 애써 이곳까지 술을 마시러 오는지 깨닫게 되자 이내 동정하게 됐다. 이곳은 안도하기 위해 오는 곳이다. 그래도 저들보다는 내가 낫다는 위안을, 자신의 정상성을 확인 받기 위해 오는 곳이었다. 그래서 남녀노소 가리지 않고 다양한 사람들이 왔고, 커플이 함께 오는 경우도 적지 않았다. 그들은 취하고 취해서 추하고 추한 꼴을 보이곤 했다. 추행 정도는 오히려 사소했다. 남자 목소리를 내달라거나 자신의 애인과 키스해보라는 인간도 있었다. 술 취한 그들을 말리는 우리들에게 돌아오는 반응은 비슷했다. 핏대를 올리며 '니들이 감히!' 따위를 외쳤다. 그래도 상관없었다. 돈만 준다면. 그 돈으로 내 것이 아닌, 원래 그랬어야 하는 몸으로 바꿀 수 있었으니까. 마담 언니는 그런 진상들을 보내고 나면 탄식하듯 말했다.

"부조리하지 않니? 우리가 저 정상 진상들한테 그래도 위로가 된다는 게."

아이러니하게도 쇼에 나가게 되면서 생활도 안정되었고 만나는 남자 관계도 깔끔해졌다. 무엇보다 안전했다. 아니. 그 무엇보다도 있는 그대로의 나로 지낼 수 있게 됐다.

2년만 더. 3년 적금 만기까지.

다들 생각이 같았다. 받아야 할 치료와 수술은 많았다. 어차피 정상적인 직업을 얻을 길도 없었지만, 수술 후 정상적인 직장을 얻지 못했으므로 다른 선택의 여지가 없었다. 그 모든 과정을 수련하듯 끝마치고 나면 과거를 지울 돈이 필요했다.

어딘가에, 있는 그대로의 나를 받아줄 사람이, 세상 어딘가에는…….

이곳에서 일하는 여자들에게 누구나 그런 희망 하나쯤은 있었다. 그게 개소리라는 건 연애 한 번만 하면 누구나 알게 된다. 물론 좋을 때는 그런 척할 수 있다. 하지만 싸움이 심각해지면 가장 먼저 나오는 말이,

"진짜 여자도 아닌 주제에"였다.

그러니 이곳밖에 없었다. 희망 하나를 위해 많은 걸 버려야 했

지만 그 고통을 감내하면 언젠가 모든 과거를 지울 수 있으니까.

"진짜 처음이었다고요."

돌아누워 담배에 불을 붙이는 내 등에 대고 그는 말을 이었다.

"여자랑…… 아니 누구랑 자본 게."

오랫동안 생각했다. 내가 그를 사랑하기로 결정한 그 순간, 마법의 단어는 '여자' 쪽이었을까, '누구' 쪽이었을까. 아니면 그 뒤 찾아온 짧은 침묵 때문이었을까. 그것도 아니라면 침묵 뒤에 담배 연기가 가득 찬 입안으로 밀랍처럼 들어오는 서투른 혀가 했던 키스 때문이었을까.

집에 오자 생각이 많아졌다. 잘 들어갔냐는 살뜰한 문자는 반갑고 설렜다. 쉽게 남자를 만날 수 있었지만 다들 등을 돌리면 떠났으니까. 때문에 설렘은 고통을 동반했다. 알고 있었던 것이다. 의무감으로 몇 번 더 나를 만날 것이고, 그러다 식어버릴 거라고. 식거나 변치 않더라도 달라지는 것은 없었다. 그를 둘러싼, 나를 둘러싼 것들이 서서히 내게서 그를 앗아갈 것이니까. 결말이 뻔히 정해진 고통을 향해 나는 한 자 한 자 자판을 눌러 답 문자를 보냈다. 하트 모양의 이모티콘을 덧붙여서.

작업실 문 앞에 서서 그는 내 얼굴과 아이팟을 번갈아 바라보았다. 그러고는 내 눈을 똑바로 응시했다.

"작업용이라 음악 파일이 CM송밖에 없는데."

한때 내 눈을 똑바로 바라보지 못하던 그가 떠올랐다.

"괜찮아. 음악 파일들, CD로 구워 왔으니까."

들릴 듯 말 듯하게 희미한 한숨을 쉬며 그는 돌아섰다.

"커피 줄까?"

"응."

주방을 향해 걸어가는 그의 등을 보며 울컥, 무언가가 안에서 치받았다. 돌아선 그의 옷자락을 잡고 되묻고 싶었다. 정말 그게 다냐고. 내게 할 말이 그것뿐이냐고. 하지만 이제 내게 더는 그럴 권리가 없었다.

새벽 2시에 갑자기 보고 싶다 그를 부른 밤이 있었다. 늦가을 밤, 그는 반팔 티 위에 낡은 패딩을 걸치고 운동복 바지로 슬리퍼만 신고서 집 앞으로 찾아왔다. 슬리퍼 안의 구멍 난 양말을 보자, 피식 웃음이 났다.

"왜?"

"그냥. 갑자기 보고 싶었어."

그의 가슴팍에 머리를 기댄 채 현관문 앞에 서 있었다. 혼자 있으면 불안에 사로잡히는 순간이 있었다. 우리의 관계가 아무것도 아닌 것은 아닐까? 이 모든 것이 움켜잡았던 손가락 사이로 빠져나가는 것은 아닐까? 그때마다 나는 증명을 요구했다. 그것은 새벽 2시에 갑자기 부르는 것처럼 비교적 간단한 일부터, 명절에 그의 집에 가 어른들에게 인사하겠다고 고집을 부리는 일까지, 무엇이 될지는 나도 몰랐다. 순간순간 어떤 충동에 사로잡혀 그것들을 그의 앞에 들이밀고는 했으니까. 그때마다 그는 최선을 다해 자신의 사랑을 증명하려 했다. 어머니에게 소개시켜줄 사람이 있다고 이야기를 꺼내거나, 새벽 2시에 하던 일을 내버려두고 낡은 경차를 몰아 집에 찾아오는 것처럼 가능한 범위에서 최선을 다했다. 그는 내가 생각하는 것보다 좋은 사람이었고, 나를 지켜주려 했으며 자신의 사랑을 위해 헌신했다. 하지만 그 증명이 내 불안을 조금도 줄여주지 못했다. 우리의 끝은 정해져 있었고, '이번'에는 운 좋게 그 파멸을 피했을 뿐이니까. 그래서 명절에 함께 집에 가자는, 그로서는 어렵게 내렸을 결단에 나는 '나중에'라고 짧게 답했다. 답을 듣는 그의 표정에 안도감이 어려 있는 건 아닌지 매서운 눈초리로 살피면서.

두려웠다. 그는 나뿐만 아니라 누구에게나 좋은 사람이었고, 그러므로 사랑을 위해 가족이나 세상과 맞설 부류의 사람은 아니었으니까.

"이런 음악 좋아하는지 몰랐네."

파이어와이어를 타고 넘어가는 노래들의 제목을 보며 그는 미간을 찌푸렸다.

"그러게."

내 취향은 조금도 특별하지 않았다. 함께 노래방에 가면 '쿨'이나 '채정안', '핑클'의 노래를 불렀다. 남들처럼 TV에 나오는 가수를 좋아했고, 그에게 잘 보이고 싶은 날에는 핑클의 〈내 남자친구에게〉나 에코의 〈행복한 나를〉 따위를 불렀다. 라디오에서 자주 나오는 노래나 미니홈피를 장식하기 위해 도토리를 주고 사는 정도가 내 음악 취향의 전부였다.

5기가.

혹은 천 곡.

당시 1세대 아이팟에는 음악 파일을 구워 만든 CD를 여덟 장 넣을 수 있었다. 나는 그렇게 많은 음악이 없었으므로 한복을 벗으며 아리랑 가락에 부채춤을 추는 언니에게 파일을 부탁했다. 노래방에 가면 한 시간씩 이별 노래만 부르는 지독한 이별 노래 성애자인 그녀는 천 곡의 이별 노래들을 CD로 구워주었다. 그 안에는 온갖 상상할 수조차 없는 다양한 이별의 이유와 사연들이 있었다. 그러나 그 많은 노래 속에서도 정말 우리 이야기 같은 노래는 단 한 곡도 없었다.

그날도 나는 그에게 불같이 화를 내고 있었다. CF 감독과 한창 회의를 하고 있는 그에게 지금 보고 싶다고 문자를 보내 또 다른 증명을 요구했다. 그는 저녁 늦게 회의가 끝나고 나서야 문자를 확인했고, 내가 연락을 받지 않았으므로 퇴근과 함께 집 앞까지 달려왔다. 그날 서울은 그해 최저기온을 기록했고, 체감 온도는 영하 20도까지 떨어졌다. 난방을 틀어도 문틈으로 무섭게 밀려오는 외풍을 목덜미로 느낄 수 있는 날이었다. 이중 렌즈 사이 결로가 맺혀 잘 보이지 않는 현관문의 외시경으로 떨리는 그의 어깨를 볼 수 있었다.

목도리라도 좀 하고 오지.

그럼에도 그 떨리는 어깨조차 이 분노를 어쩌지는 못했다. 그의 설명처럼 그는 일을 하고 있었고, 어쩔 수 없다는 걸 알고 있었다. 하지만 지금 이 순간의 절망감, 분노, 소외감, 고통 역시 나로서도 어쩔 수 없었다. 나는 면도날 끝에 서서 피투성이가 된 채 불타오르고 있는 기분으로 문을 열었다.

"우리 끝내."

열린 문으로 그가 서 있었을 냉기가 훅 밀려왔다. 그 냉기만큼이나 차가운 내 목소리에 스스로가 소스라치게 놀랐다. 그가 채 뭐라 답하기도 전에 문을 닫았다. 몸 전체에 소름이 돋아 있었다. 문을 잠갔다. 그의 답이 두려웠던 것이다. 그가 받아들이면 찾아올 끝이 무서웠고, 그가 매달리면 계속될 이 무간지옥이 끔찍했다.

아, 아, 제발 누가 좀 끝내줬으면.

나는 문에 쪼그려 앉아 울었다. 밖에 있을 그를 위해 울었고, 마음 하나 어쩌지 못하는 나 자신을 위해 울었다.

"미친년이. 지랄하고 처자빠졌네."

마담 언니는 내 고민을 듣다 이렇게 운을 뗐다.

"복에 겨워 아주 지랄 염병이구나. 니가."

"그치만⋯⋯."

"그치만이고 저치만이고 헤어져. 이년아."

"네?"

"니 스스로도 어쩔 수 없어서 그러는 거 아니야? 그거 안 끝난다. 걔를 조금이라도 생각하면 니가 끝내."

"어째서요?"

"그 사람이 문제가 아니니까."

"네?"

되묻는 목소리의 끝이 쓰라렸다. 이미 어렴풋이 알고 있었다. 다만 더 생각하지 않으려 했다. 인정하기엔 너무 아프니까.

"니가 니 자신을 못 받아들여서 끝을 정해놓고 난장 치는 거 아니냐고?"

피하고 싶었던 그 진실이 눈앞에 던져지자 덜컹, 마음이 내려앉았다. 나는 내가 그를 시험한다고, 그의 마음을 확인한다고 믿고 있었다. 하지만 실은 내가 나를, 여성으로 태어난 것이 아닌 여성으로 만들어진 자신을 받아들이지 못했고 그 불안과 분노를 그에게 투사하고 있었던 것이다. 그가 날 사랑한다 했으므로 사랑하는 이에게 그래도 된다고 믿으며. 영악하게도.

"제가 생각을 바꾸면요? 제가 변하면⋯⋯."

"바뀔지도 모르지. 그래도 변하지 않을 거야. 관계는."

"왜요?"

"니가 그래도 되는 관계로 만들었으니까."

마담 언니는 한숨을 쉬었다.

"관계란 사람 사이의 역학이야. 거기엔 관성이 있어서 일단 작용된 힘의 방향은 바뀌지 않아. 웬만한 노력으로는."

아아. 그랬다. 언제부턴가 나는 마음에 들지 않는 것이 있으면 쉽게 말했다.

'우리 헤어져.'

그때마다 그는 내게 매달렸다. 알고 있었다. 그는 좋은 사람이니까, 자신의 주변과 사랑하는 사람을 지키기 위해 무엇이건 하려 하는 그런 사람이니까, 트랜스젠더인 나와의 결별을 차마 응낙하지 못할 터였다. 어떤 이별도 결국은 내가 스스로 정체성을 자책할 테고, 그는 그 자책을 자신의 잘못이라 생각할 테니까. 그 마음을 나는 무기처럼 활용했다. 그것을 갈고리 삼아 아래로, 아래로, 우리를 바닥까지 끌어내렸다.

당신이 경험해보지 못한 내 불행을 보라고. 사랑한다면 이 불행의 짐을 당신도 지라고.

이용하고 있다는 걸 알면서도 그렇기에 더더욱 그는 그의 손으로 종지부를 찍을 수 없었고, 그렇기에 나는 또 다른 시험을, 나락을 만들어 우리를 괴롭혔다.

"노력하면 되잖아요."

"너는 그렇다고 치고, 그걸 원할까? 그 사람도?"

돌이켜보면 나를 몰아붙였던 것은 정해진 그의 변화도 우리를 가만히 두지 않을 세상도 아니었다. 우리의 끝에 정해진 불행이 기다리고 있다 확신하던 내 안의 테이레시아스* 덕분이었다. 예언자들에게는 늘 예언 자체가 형벌이다.

"이러려고 그런 게 아닌데……"

닦아도, 닦아도 눈가가 자꾸 흐려졌다. 마음에 핏방울처럼 맺혔던 것들이 몸 안쪽의 밸브가 고장 나버린 것처럼 울컥 쏟아져 내렸다. 마담 언니는 그런 내게 낮게 속삭였다.

"괜찮아. 나도 그랬는걸. 처음엔 그럴 수 있어. 너도 걔도 다시 시작하는 거야. 그러니까 보내줘. 이번엔."

딸깍딸깍, 마우스 클릭 음이 들렸다. 그 소리가 들릴 때마다 화면 속의 타임라인은 조금 앞당겨지거나 뒤로 밀렸다. 그래서 이 시간과 저 시간의 시작과 끝이 변했다. 두 시간의 끝과 시작이 매끄럽게 만날 때까지. 모니터 속의 엔드 타임과 스타트 타임은 프레임별로 미세하게 움직였다.

나는 모포를 뒤집어쓴 채 뒤에 쪼그려 앉아 그가 일하는 모습을 지켜봤다. 붉게 달아오른 가스히터의 빛으로 그의 등은 온통 붉은색이었다. 일에 집중한 그는 미간을 찌푸리고 있었고, 그 주름이 콧날까지 이어졌다. 내가 사랑한 그의 표정이었다. 일을 하는 그의 등은 너무나 굽고 가냘픈 나머지 뒤에서 꼭 안

---

* 그리스 신화 속 테베 출신의 맹인 예언자. 교미 중인 뱀을 죽인 죄로 벌을 받아 여자로 성전환된 채 7년을 살았다.

아주고 싶었다. 딸깍딸깍, 클릭 음이 끝났을 때, 모니터 속의 주인공의 동작이 다시 멈췄다.

"배고프지 않아?"

"괜찮아."

"심심하지?"

"아니. 괜찮으니까 신경 쓰지 마."

"뭐 하는데?"

"그냥…… 멍 때리고 있어."

"빨리 끝내고 함께 밥 먹자."

"응."

저 기계가 하는 일처럼 시간을 멈출 수 있다면, 되돌릴 수 있다면 우리 관계는 달라질 수 있을까? 연애에도 아비드가 있다면 얼마나 좋을까. 가장 멋진 순간들을 모아 하이라이트를 만들 수도 있고, 좋아하는 시간들만을 모아 수천 번, 수만 번 끊임없이 되돌릴 수 있을 테니까. 우리에게 일어났던 모든 일이 비선형적이라면 나는 이별을 가장 첫 장면에 배치하고 싶다. 그러면 끝을 향해 가고 있다 생각했던 내 믿음도 반전될 수 있을 테니까. 이별로 시작해 만남으로 끝나는 관계라니.

컷과 컷을 자르고, 그 아래 트랙을 깔고, 매끄럽게 이펙트를 넣는 그의 뒤에서 나는 소리 죽여 눈물을 닦았다. 어쩌면 우리에게 가능했을지 모를, 내가 망쳐버린 것을 생각하면서.

그는 매킨토시에 아이팟을 연결해놓고 안방으로 들어갔다. 끼릭끼릭, 귀 기울여야 겨우 들을 수 있을 만큼 작은 소리로 하드디스크가 돌아가는 소리가 났다. 베란다로 초봄의 아직 나약한 햇살이 빗금처럼 들어오고 있었다. 그가 타 준 커피만이 한 뼘 크기의 비닐 같은 한강이 보이는 거실에 남아 온기를 잃어가고 있었다. 이 부재의 의미를 모르는 바가 아니었다. 그렇지만 아직 받아들일 준비가 되지 않았다. 그래서 매킨토시에만 연결할 수 있는 1세대 아이팟이 필요했던 것이다. 한 번 더 그의 얼굴이 보고 싶었으니까.

나는 된장을 풀고 호박을 숭숭 썰어 찌개를 끓였다. 그는 베란다에 버너를 놓고 쪼그려 앉아 굴비를 구웠다. 굴비 연기에 열어놓은 창 너머의 한강이 지워졌다 나타나곤 했다. 우리는 함께 식탁에서 밥을 먹었다. 나는 굴비 살을 잘 발라 그의 밥공기에 얹어줬다.

"어떻게 이렇게 살만 발라낸 거야?"

"나도 예전에 시장에서 일할 때 배운 거야. 이렇게 꼬리랑 머리를 젓가락으로 잡고 흔든 다음에 등을 따라 이렇게 가르고, 다시 머리를 잡고 쭉 당기면……"

문득 내게 이걸 가르쳐준 사람이 누구였는지 깨달았다.

"아, 이런 거구나. 어렵지 않네."

"응. 나중에 애인에게 해줘."

굴비 살을 젓가락으로 집고 있던 그의 손이 멈췄다.

"왜 그런 소릴 하는데?"

나는 짐짓 모른 척하며 식사를 계속했다. 맨밥을 밀어 넣는 동안 고개 숙인 날 바라보는 그의 시선을 정수리로 느낄 수 있었다.

"김치가 딱 맞게 익었네."

나는 고개를 들어 김치를 찢으며 그에게 미소 지었다.

밥을 먹고 우리는 함께 영화를 봤다. 그의 방에는 편집한 영상을 확인하기 위해 작은 프로젝터가 있었고, 그의 집에서 자고 갈 때면 함께 영화를 보곤 했다. 그는 옛날 영화를 좋아했다. 나는 그를 위해 고전 명작 영화 100선 따위의 리스트에서 비디오를 빌려오곤 했다. 화면 속에서는 내가 비디오 대여점에서 빌려온 라이너 베르너 파스빈더 감독의 〈불안은 영혼을 잠식한다〉가 시작되고 있었다. 우리는 침대에 함께 기대 그의 할머니가 선물했다는 호랑이가 그려진 빨간 담요를 두른 채 한 늙은 독일인 여성이 열 살 어린 아랍계 노동자와 결혼하고 결별하는 과정을 바라보았다. 반쯤은 건성으로 화면을 보며 나는 자꾸만 내 발을 그의 발에 겹쳐보았다. 아아, 좀 더 작으면 좋을 텐데. 내 발이 그의 발보다 더 작아서 그의 발에 완전히 가려진다면 좋을 텐데.

"재미없어?"

"아니. 보고 있어."

발을 가지고 놀다가 싫증이 난 나는 그의 손을 펼쳐 손금을

보았다. 흩어져 그어져 있는 선들에 우리 미래의 답이라도 있는
양, 나는 뚫어져라 그 선들을 바라보고, 따라가고, 다시 그려보
고 읽어보려 했다. 명멸하는 프로젝터의 빛에 따라 손바닥의 색
깔이 자꾸 변했다.

"영화 끌까? 재미없지?"

"아니. 보고 있어."

말은 그렇게 했지만 보고 있지 않았다. 여주인공이 콜라병 앞
에 앉아 뚫어져라 앞을 보는 첫 장면부터 나는 그녀의 불안에
교감했다. 그러므로 보지 않아도 알 수 있었다. 앞으로 닥쳐올
일이 무엇인지. 알고 있으니 굳이 확인하고 싶지 않았다.

손금을 읽는 일이 더는 영화에서 시선을 떼놓지 못하게 됐을
때, 영화 속 두 배우는 결혼을 하고 있었다. 누구에게도 축복받
지 못하는 그런 결혼 장면이었다. 그렇기에 더욱더 바득바득 이
를 갈면서라도 행복해야만 하는 그런 결혼식이었다. 울컥, 눈물
이 났다. 그는 리모컨을 눌러 화면을 멈췄다.

"왜?"

"아니. 그냥……."

"괜찮아?"

"응……. 그냥…… 부러워서."

화면 속에는 축복받지 못하는 부부가 있었다. 나이 차이도 났
고, 인종도 달랐지만, 적어도 여주인공은 여자로 태어났다. 나
는 그의 손을 잡았다. 그리고 눈을 바라봤다. 그리고 기다렸다.

내가 무얼 기다리는지 둘 다 알고 있었다. 우리는 잠시 침묵한 채 그렇게 있었다. 그는 끝내 시선을 피했다. 나는 그의 얼굴을 잡아 내 쪽으로 돌렸다.

"괜찮아. 봐."

그의 시선이 다시 나를 향했다.

"괜찮을 거야. 그러니까……."

내 말에 마른침을 삼킨 그는 크게 눈을 깜빡였다. 내가 말할 수도 있었다. 하지만 내가 말하는 것으로는 우리 관계에 어떠한 영향도 미치지 못한다는 걸 둘 다 알고 있었다. 나의 끝내자는 선언은 날 잡아달라는 또 다른 말이 될 테니까.

"저기……. 우리…… 그냥…… 친구로 지낼까?"

바보야. 그냥 친구 같은 건 없어.

마지막까지 너무나 어설픈 그의 모습이 못 견디게 사랑스러웠다.

이 사람은 이런 사람이었지.

나는 울지 않기 위해 그의 손을 잡지 않은 다른 손이 하얗게 되도록 꽉 움켜쥐었다. 그리고 내가 할 수 있는 가장 태연한 목소리를 억지로 밀어냈다.

"응."

기다렸다. 하염없이 기다렸다. 빈말로 묻는 안부라도, 술에 취해 보내는 '자니'라는 문자라도. 우리 사이에 아는 사람이 상대뿐이었으므로 연락이 끊기자 소식을 알 수 있는 방법이 아무 것도 없었다. 그는 결코 전화하지 않았다. 알고 있었다. 우리 관계의 무게를. 그 역시 알고 있으므로 결코 다시 전화하는 일은 없으리라는 것도.

다시 연락하는 순간 함께 그 지옥을 다시 시작해야 했다. 전화할 수 없는 그 마음을 알고 있음에도 너무나 원망스러웠고, 동시에 너무나 보고 싶어 숨을 쉴 수 없었다. 그저 얼굴을 한 번 보고 말을 한마디 나누는 것만으로도 살 수 있을 것 같았다. 그의 미니홈피를 찾기 위해 수많은 동명이인의 미니홈피를 검색했다. 우연이라도 그에게 닿을 수 있게 이름과 이름을 클릭하고 또 클릭했다. 그중 하나에서 아이팟을 발견했다. 사고는 싶지만 매킨토시에서만 음악을 넣을 수 있기에 포기했다는 짧은 소감이 달린 사진과 함께.

전송률을 알려주는 막대그래프가 100퍼센트를 나타낸 후 화면 속에서 사라졌다. 커피는 이제 식어 있었다. 오후의 긴 그림자가 드리워진 한강은 이제 더는 빛나지 않았다. 나는 머리카락을 하나 뽑아 그의 키보드 아래 숨겼다. 이제는 이 집에서 찾을 수 없는 내 흔적에 대한 나름 소심한 복수였다. 그리고 자리에서 일어나 그가 결코 나오지 않았던 닫힌 방문을 노크했다.

"미안. 번거롭게 해서."

"괜찮아. 친구끼리."

친구라는 단어가 나이프처럼 곧장 가슴에 박혔다. 그의 뺨을 후려갈기고 싶었다. 하지만 알고 있었다. 이 모든 일은 내가 초래한 것이었으며 내 예언의 실현이었음을. 그리고 생각했다. 이제 다시는 이 집에 오지 못하겠구나. 현관에서 신발을 신으며 아비드와 한 뼘 한강과 함께 밥을 먹던 식탁과 무엇보다 그의 모습을 마지막으로 눈에 담았다. 그의 귀밑머리에서 새치가 보였다. 그 은색에 기쁘고 슬펐다.

"잘 들을게."

나는 광고의 한 장면처럼 아이팟을 들어 올렸다.

"뭘, 언제든 새 음악 듣고 싶으면 연락해."

그는 내게 좋은 친구처럼 말했다. 익숙했다. 내가 아직 남자였을 때 내 모든 짝사랑들이 그랬으니까. 나는 현관을 나서려다 멈췄다. 그리고 내내 궁금했던 것을 물었다.

"그날 주차장에서 왜 날 기다린 거야?"

"모르겠어. 그냥 너밖에 안 보였어."

나쁘지 않은 등가교환이었다. 나는 그에게 첫 여자였으며, 내 아이팟에게 이것은 마지막 음악 목록이니까. 작업실 문이 닫혔다. 이어폰을 귀에 꽂았다. 미선이의 〈송시〉가 흘러나왔다. 눈물과 함께. 이럴 줄 알고 있었는데도 왜 이토록 가슴 아픈 걸까.

"괜찮아. 우리라 힘든 게 아니라 다들 힘든 거야."

마담 언니는 내 등을 두드리며 이렇게 말했다.

"진짜요?"

"그게 아니면 그 흔한 사랑 노래가 왜 그렇게 많겠니. 그저 흔한 실연이야."

어느 것도 하나 내 것 같지 않지만 모두 내 맘 같은 흔한 이별 노래.

그렇게 하드디스크가 망가지는 3년 후 여름까지 내 주머니에는 천 곡의 이별 노래가 있었다.

번아웃

들숨을 쉴 때마다 무기력이 차올랐다. 의식해 숨을 내뱉지 않으면 그 무기력에 익사할 지경이었다. 그렇게 호흡조차 버거웠다. 퇴근을 하고 돌아오면.

부장은 감원의 원인이 코로나 때문이라 했지만 그게 아니라는 건 회사의 모든 사람들이 알고 있었다. 그저 떠나간 사람을 충원하지 않기 때문이고, 충원하지 않은 이유는 하지 않아도 업무에 지장이 없기 때문이었다. 그렇다고 나간 사람이 한 사람의 몫을 하지 못했던 건 아니었다. 굳이 따지자면 1.2인분의 몫을 하고 있었다. 라인에서 생산되는 합성 윤활유의 QC담당이었던 그 사람은 자신의 업무뿐만 아니라 담당이 없어 애매한 다른 업무들 ─이를테면 베이스 기유의 성분 분석 같은 것도 하고 있었다.

"에, 코로나 시대를 맞이하야, 새로운 사람을 구하기 힘든 상황입니다. 그러니까 우리 모두가 십시일반의 정신으로다 함께 이 난국을 극복합시다."

따지자면 끝도 없을 부장의 말이었다. 일단 코로나와 구인난의 상관관계가 불명확했고, 아니, 오히려 코로나 때문에라도 오히려 사람 찾긴 쉬울 터였고, 고작 세 명뿐인 연구소에서 십시일반의 정신이 왜 나오는지는 더더욱 알 수 없었다. 흑자인 회사가 직원들에게 십시일반을 요구하다니.

내가 일하는 곳은 누구나 이름을 대면 알고 있는 거대한 정유회사의 하청의 재하청을 담당하고 있는 작은 정유공장이었다. 그 안에서도 나름 연구소란 작은 나무 명패를 달고 있었는데 이름만 그럴듯할 뿐, 공장 구석에 여러 분석 장비를 구겨 넣은 좁디좁은 방이었다. 거기서라도 무언가 인류 발전에 기여할 연구를 한다면 좋겠지만, 작은 업체가 그렇듯 진짜 연구는 할 시간도 돈도 없었다. 주 업무는 라인에서 생산하는 제품의 상태를 확인하고 문제가 생기면 원인을 찾아내 제품의 질이 일정하게 유지되게 하는, 사실상 품질관리였다.

네 명뿐인 팀이었고, 한 명이 나갔다. 이곳에서 일하지 않는 사람들은 이 말의 의미를 잘 이해하지 못할지도 모르겠다. 공장 라인은 일단 생산에 들어가면 멈추지 않는다. 그리고 뭔가가 나오고 있는 동안은 일정 시간 제품의 질이 우리가 정한 기준에 맞는지 확인하기 위해 계속 검사를 해야 한다. 우리가 납품해야 할 업체의 품질 검사에서 통과를 못하는 것보단 우리가 먼저 찾아내 고치는 편이 낫기 때문이다. 그 말은 단 세 명이 24시간 돌아가는 라인에 붙어서 일정 시간마다 샘플 테스트를 해야 한다는 뜻이다. 그런 상황에서 부장은 더는 충원이 없다고 선언한 것이다. 그것도 그놈의 코로나 때문에.

나는 부장에게 따졌다.

"혹시 52시간 근무제라고 들어보셨나요?"

"생각해봤는데 말이야, 분석하는 동안 장비에 꼭 붙어 있어야 할 이유가 없잖아."

"그래서요?"

"자네들은 정시 출근하고 정시 퇴근하라고. 다만 당번을 하나 정해서 사옥에서 쉬다가 시간 되면 나와서 샘플만 장비에 걸어놓고 퇴근하고, 샘플 분석이 끝났을 때쯤엔 교대자가 나와서 결과 확인하고, 이렇게 돌아가면서 하면 되지. 그거 얼마 안 걸리잖아. 30분 잠깐 확인하고 가도 한 시간 근무한 걸로 추가 수당 지급할게."

부장은 선심 쓴다는 듯 이렇게 말했다.

공장은 당연히 지방에 있었고, 그래서 주말부부가 대부분인 직원들은 사옥에서 지내고 있었다. 사옥이란 거창한 이름의 건물은 집이라기보다 고시원이나 남자 기숙사 같은 느낌이었지만 대부분의 작은 회사들은 그런 숙소도 없었으므로 나름 회사가 자랑하는 복지시설이었다. 그런데 그 복지 덕에 말도 안 되는 이상한 교대근무를 하게 생긴 것이다.

"그거야 정상일 때 그런 거고요. 그러다 제품에 문제가 있으면요?"

"자네가 출동해야지."

부장은 당연하다는 듯 고개를 끄덕였다. 그 면상을 주먹으로 한 대 갈기고 싶었다.

그렇다. 라인에는 늘 문제가 생긴다. 그리고 문제가 생기면 우리가 한 샘플 검사값을 통해 라인 중 어느 과정에서 문제가 생겼는지 찾아야 하며, 다시 정상 생산이 될 때까지 검사를 반복하고 그 사이 나온 문제 생산분을 폐기해야 한다. 그런데 단 세 명뿐인 팀으로 그걸 다 하라고 하는 것이다. 회사를 나간 한 명은 나와 함께 이 공장의 라인 설치 때부터 있어왔기에 그 샘플 검사값이란 걸 가지고 라인의 어디쯤에서 문제가 발생했는지 분석할 수 있었다. 그런데 이제 그 일을 할 수 있는 건 나뿐이었다. 어찌 됐건 나는 대기 상태로 사옥에 있으란 소리였다.

"힘들겠지만, 내년 연봉에 반영해줄게. 그리고 시국이 시국이니만큼 분골쇄신의 정신으로다 멸사봉공해라."

뭔가 아쉬운 소릴 할 때면 사자성어를 남발하는 부장은 내게 시국을 강조하면서 이렇게 말했다. 기름밥 먹는데 무슨 멸사봉공까지 해야 하는지 알 수 없는 노릇이었다.

하지만 직장을 그만둘 게 아니라면 답은 정해져 있었다. 그렇게 생각하자 코로나 탓이라는 말뜻을 비로소 이해할 수 있었다.

이런 시기라면 누구도 쉽사리 이직을 할 수 없다. 부당한 근무 조건도 감내할 수밖에.

명목상 팀장이라는 호칭을 달고 있다는 슬픈 이유로 팀원들의 근무시간을 조정해야 했다. 물론 이런 말도 안 되는 조정을 환영할 사람은 없었다. 인근 곱창집에 모두를 데리고 가 길고 긴 설득을 해야 했다. 소주도 오가고 침도 튀는 와중에 나는 한 번 연구소로 돌아가 샘플을 장비에 걸고 와야 했다. 어쨌든 라인은 돌아가고 있었으니까.

"씨발, 이러니까 좆소기업 좆소기업 소리 듣는 거 아니냐고!"

연구소 막내가 목소리를 높였다. 서른한 번 면접에 떨어진 이후 우리 회사에 왔다는 막내는 입이 걸다는 것만 빼면 똑똑한 친구였다. 내심 이직을 하기 전에 그에게 일을 가르쳐야겠다고 생각하고 있었다.

"아, 분명히 올해부터 300인 이하 사업장도 52시간 근무를 해야 한다니까 이런 말도 안 되는 짓거리를 하는 거지. 법을 만들면 뭐 해. 사방이 구멍인데."

곱창을 부추로 싸며 이 박사가 이렇게 말했다. 그는 석사 학위였지만 워낙 입만 산 인재라 우리는 모두 그를 이 박사라 불렀다.

"부장도 알지. 이런 근무가 말도 안 된다는 거. 근데 전무가 지랄하나 보더라고."

"아니, 그 새끼는 회장 조카면 다냐고. 이게 말이 되는 겁니까? 진짜."

그랬다. 우리 회사는 그 작은 규모에도 불구하고 회장님이 계셨다. 공식적인 직함이 아니지만 모두가 회장이라 부르는 그분.

원래 지금 회사의 사장님이었던 그는 특유의 접대 실력으로 갑과 을 업체에서 일을 따냈고, 경쟁에서 떨어져나간 동종 업체들을 헐값에 인수했다. 물론 늘 가족 명의로 인수해 바지사장을 두는 것으로 기업 규모를 외형적으로는 절대 늘리지 않았다. 인수합병 시너지 같은 건 그의 사전에 없는 일이었다. 그의 말에 따르면 하청의 하청을 받는 쪽은 주제 파악을 해야 한다고 했다. 이 말은 정부에서 주는 각종 중소기업 혜택을 포기할 정도로 사업장 규모를 늘려서는 안 된다는 의미였다. 규모가 커지면 지켜야 할 법이 복잡해지고 느슨한 세금과 노동법 같은 혜택은 줄어드니까. 그는 월급사장을 두고 물러나 회장이란 직함으로 불렸다. 물론 명목상 그의 가족 이름으로 소유한 다섯 개 정유회사의 사외 이사였지만 말이다. 이처럼 서류상으로는 다른 기업이었으므로 문제가 생기면 알아챌 수 있도록 구석구석 가족들을 심어놓는 가족 경영을 했는데 우리 회사의 월급사장 자리를 노리는 조카 전무는 온갖 참신한 골질을 하며 이른바 수익성 개선을 하고 있었던 것이다.

때문에 이 비극은 우리 연구소에서만 벌어지는 일이 아니었다. 몇 주 뒤 라인의 유지 보수를 담당하는 설비팀에서도 한차례 인원 조정이 있었다. 한 다리 건너 들은 소식이라 그놈의 코로나 핑계를 댔는지 안 댔는지 알 순 없었지만, 인원을 줄이고도 52시간 근무가 가능한 기적의 시프트 근무가 도입됐다는 소문으로 봐서는 사정이 크게 다르지 않은 것 같았다.

이름뿐인 연구소의 네 명의 연구원 자리 중 한 명이 비었다. 담당자가 맡았던 소소한 서류 업무부터 관련 부서 직원과의 소통까지, 한 사람이 난 자리는 이런 업무까지 그 사람이 하고 있었나 싶게 계속 재발견됐다. 제대로 인수인계를 받았음에도 퇴직 후 한동안은 전화를 걸어 몇몇 내용을 물어야 했다. 그리고 그렇게 물려받은 일은 결국 애초부터 내 일이었다는 듯 떠넘겨졌다. 하루 종일 종종거리는 기분으로 밀린 일들을 처리하다 보면 어느새 퇴근 시간이 훌쩍 지나 있었다. 당번을 정해 추가 근무를 해야 했기에 야근이 불가능했고, 우린 밀린 일들을 싸들고 사옥으로 퇴근했다. 근로기준법을 지키기 위해서 말이다. 그렇게 날들이 갔다. 무엇을 한지도 모른 채 일을 마치고 침대에 누워 있으면 정말이지 숨 쉬는 것조차 견딜 수 없었다.

하루가 지나고 한 주가 가고 한 달이 가자 피곤은 일상이 됐다. 아침에 몸을 일으키는 것조차 매번 결심을 필요로 했다. 회사로 가는 한 발 한 발이 거대한 늪지를 가로지르는 기분이었다. 꺼지는 땅 아래로 발이 빠져 늪으로 영영 침전하는 것은 아닐까.

하지만 그런 일은 일어나지 않았다. 그저 밤사이 새로운 일들이 기다리고 있을 뿐이었다. 더 웃긴 건 일을 하는 동안은 괜찮았다. 일에 집중하면 피로도, 무거운 몸도 사라졌다. 천천히 나자신이 희미해졌던 것이다. 일에 집중할 수밖에. 일에 집중해야만 그 고통스러울 정도의 무력감에서 도망칠 수 있었으니까. 그렇게 다시 퇴근하면 무언가가 어깨를 찍어 누르는 듯한 둔한 통증만 남았다. 파스를 붙여도 마사지나 찜질을 해봐도 소용이 없는 둔한, 마치 내 몸의 일부인 것만 같은 통증이었다. 다행인 점이라면 아침과 같은 무력감은 없었다. 피곤을 느끼는 감각마저 돌아오면 무뎌져버렸으니까. 자고 일어난 아침에야 간신히 무력할 수 있었던 것이다. 그렇게 사옥에 돌아오면 파스를 붙인 채 언제 있을지 모를 비상 호출에 대기해 선잠에 빠져들곤 했다.

그랬다. 그 무렵 유난히 라인이 멈추는 일이 잦았다. 들여놓은 지 오래되어 안정화된 라인이었고, 원자재가 새로 들어올 때만 빼고 조정이 필요 없는 라인이었음에도 자주 검사를 통과하지 못해 달려가야 했다. 이유는 하나뿐이었다. 설비팀이 제때 문제가 될 부분을 점검하거나 교체하지 못했기 때문이다. 우리야 52시간 근무에 맞춰 퇴근해도 사옥에서 밀린 일들을 할 수 있었지만 설비팀은 달랐다. 점검할 설비와 함께 퇴근할 수 없었으니까. 결국 밀리는 일은 밀려야 했다. 하지만 그동안에도 라인은 계속 돌아가고 있었고 결국 어디선가 문제가 터지게 되는 것이다.

원인은 늘 새로웠다. 냉각기가 고장이 나 냉각 온도를 맞추지 못했다든가, 밸브가 새서 황탈공정이 제대로 돌아가지 않았다든가, 변압기 전압이 불안정해서 증류가 제대로 되지 않았다든가…….

20년 전 대학 시절 교양수업 때 배운 톨스토이의 명문장, '불행한 가정은 저만의 방식으로 불행하다'가 떠오르는 순간이 아닐 수 없었다. 사정을 뻔히 아는 입장에서 마냥 설비팀을 욕할 수도 없었다. 그들도 내가 원인을 찾아내면 역시 달려와 멈춰 세운 라인을 다시 돌릴 때까지 밤낮없이 일해야 했으니까. 우리만큼이나. 아니, 어쩌면 우리보다 더 갈려나가고 있었던 것이다.

누군가는 왜 노조에 호소하지 않느냐 물을지도 모르겠다. 하지만 우린 연구팀이었다. 노조는 우리 석박사님들을 노동자로 인정해주지 않았다. 시도 때도 없이 라인이나 멈춰 세우시는 분들이 노조가 될 수 있을 리가.

설비팀 역시 사정이 다르지 않았다. 설비팀은 2년 계약직들로 이뤄져 있었다. 흩어진 다섯 개의 공장에 유기적으로 파견하기 위해서라는 명목으로 회장님 며느리 명의로 된 인력회사에서 파견된 계약직들이 설비의 유지 보수를 담당하고 있었다. 결국 만만한 놈들부터 갈아내고 있었던 것이다.

"이번 주말에도 못 올라올 거 같으면 내가 내려갈까?"

"당신도 출근하려면 피곤할 텐데 어딜. 그냥 쉬어."

"당신도 나이 생각해. 너무 무리하진 말고."

무리하지 않아도 된다면 무리하지 않고 싶었다.

"응."

그때 전화기 너머로 아이의 목소리가 들렸다.

"이번 주에도 아빠 안 와?"

그 목소리에서 감정을 읽어보려 했지만 알 수 없었다. 하긴, 한 달에 한두 번 보는 지 아비가 아비 같을까? 이제 머리까지 커 아비 손을 피하는 아이였다. 아마 내심 남 같은 사람이리라. 우울할 일이었지만 우울하기에도 너무 무기력했다. 그리고 라인이 있었다. 적어도 라인은 내가 없으면 돌아가지 않으니까.

어느 순간이 되자 통증도 사라졌다. 아침이면 찾아오는 무력감과 피곤함은 여전했지만 그것도 연구실 문을 통과할 때까지였다. 바라는 것도, 필요한 것도 점점 줄어들었다. 점점 나 자신이 희미해지며 일만 남았다. 감정조차 천천히 탈색되어갔다. 어떤 때는 너무 무감해 스스로에게 깜짝 놀라곤 했다. 비로소 내가 거대한 라인의 일부가 된 것만 같았다. 어쩌면 내 삶은 이 순간을 위해 존재하는 것이 아닐까. 라인이 움직이고 작동하고 동작하는 순간이 나 자신이 호흡하는 것보다 더 살아 있는 것을 실감하게 해주었다. 크로마토그래피에서 혼합물들이 인력에 따라 천천히 번져나가는 것처럼 일에 필요한 것들 외에는 천천히 내게서 떨어져나갔다. 그리하여 순수하게 라인에 필요한 것들만이 '팀장'이란 이름으로 남아 정제되었다.

어느 날 그토록 싫어하던 가지를 구내식당 점심 반찬으로 묵묵히 먹는 나 자신을 보며 깜짝 놀라 고개를 들었을 때 세상의 색이 모두 회색처럼 느껴졌다. 색을 구분할 수 없는 것은 아니었다. 분명 느낄 수 있었지만 그 차이가 마치 무채색의 밝기 차이 정도로 느껴졌다.

하지만 뭘 할 수 있었을까? 돌아가 처리해야 할 실험 데이터들이 아직 책상에 쌓여 입력되길 기다리고 있었는데. 연구실로 돌아가면 압력과 온도, 촉매와 반응식 들만이 남아 라인의 일부로 수렴될 뿐이었다. 나 자신과 함께.

알고 있었다. 나는 설비가 아니고, 라인도 아니었다. 아내의 걱정처럼 사람이, 아니 기계라 해도 이걸 계속 감당할 수 있을 리 없다는 걸 너무나 잘 알았다. 모든 부품이 그렇듯 결국 어느 순간 부서지거나, 혹은 이미 부서지고 있었고, 그 끝에서 회사가 날 위해 해주는 건 아무것도 없을 거라는 것 역시 알고 있었다. 하지만 예정된 그 순간이 올 때까지 버티는 것 외에 방법이 없었다. 우리는 결국 죽을 것을 알지만 어쨌든 그날까지 살아가지 않는가.

당직은 이 박사였다. 어김없이 전화가 왔다.

"분석 결과 좀 확인해주시겠습니까?"

답을 하기도 전에 몸이 먼저 한쪽 팔을 회사 작업복에 집어넣었다. 아직 잠에서 깨지 않은 머리였지만 입은 이미 답하고 있었다.

"갈 테니까 데이터 뽑아놓고, 설비팀에 연락해."

정신을 차려보니 연구소 앞이었다. 어떻게 왔는지 전혀 기억나지 않았다. 연구소에서는 분석 결과가 기다리고 있었다. 성분표를 보자 바로 알 수 있었다. 윤활기유의 불순물을 제거하기 위해 사용하는 촉매가 섞인 수소의 공급량이 충분하지 않을 때 생기곤 하는 불순물 문제였다.

"설비팀에 수소압 좀 확인해보라고 해. 그거 때문인 거 같은데."

"수소면 위험한 거 아닌가?"

이 박사가 수화기를 들어 내선 번호를 채 누르기도 전에 폭음과 함께 일제히 창문이 깨졌다.

운 좋게도 나는 몇 군데 유리 파편에 긁힌 상처가 다였다. 하지만 이 박사는 그렇지 못했다. 큼지막한 유리 하나가 그의 허벅지에 꽂혔다. 뽑으면 더 큰일이 될 것 같아 그를 부축해 연구소에서 나왔다. 주차장으로 나왔을 때 이미 밤하늘은 이 박사의 허벅지만큼이나 붉게 물들어 있었다. 수소 밸브 누출로 일어난 듯한 화재는 이미 설비 전체를 집어삼키고 있었다.

"직원들은 괜찮을까?"

야간 근무자들과 설비팀이 먼저 생각났다.

"이 시간이면 수소 탱크 쪽에 누가 있진 않았을 거예요. 씨벌 회장 그 자식만 노나겠네."

이 박사의 목소리가 연이은 폭음에 가려 제대로 들리지 않았다.

"무슨 소리야."

"낡은 라인 날려먹고 보험금 타고, 적당히 보상한 후 회사는 폐업 처리하겠죠."

"아아."

처음 폭발이 일어난 듯한 설비 일부가 불꽃 속에서 무너져 내렸다. 불길은 점점 번져가고 있었다. 라인이 타들어가고 있었다. 찬란하고 아름답게. 라인은 자신의 마지막을 불태우고 있었다. 내 손길이 구석구석 닿은 라인이었다. 내 아이보다 더. 내 일부가 타들어가는 것과 다름없었다. 나는 이 순간을 위해 존재했던 것일까?

"왜 그러십니까? 팀장님."

이 박사의 물음을 듣고서야 내가 눈물을 흘리고 있다는 걸 알아챘다. 무엇 때문일까? 알 수 없었다. 내게는 감정을 인지할 그 무엇도 이미 남아 있지 않았으므로.

그저 서둘러 눈물을 닦았다.

멀리 소방차의 사이렌 소리가 들렸다. 이 박사는 피투성이가 된 허벅지를 움켜잡은 채 그대로 주저앉았다. 붉은 기운이 그의 얼굴을 따라 넘실댔다. 나 역시 자리에 주저앉았다. 바람을 따라 확 하고 유황 냄새가 밀려왔다. 그저 자고 싶었다. 눈을 붙이고 나면 이 눈물의 정체를 알 수 있을 것만 같았다. 아니, 아무래도 좋았다. 그저 다시 자고 싶었다. 그뿐이었다.

made in heaven

1

전화가 온 것은 이른 새벽이었다. 침대에서 일어나 반쯤 풀어진 가운을 다시 걸치고 물부터 마셨다. 거울 속에서는 눈동자에 핏발이 선 사람이 있었다. 카페인 캡슐을 물 없이 삼켰다. 비가 오고 있었다. 주차장 앞 화단에서는 흙냄새가 났다. 비를 피해 처마 밑에 서서 현장에 대한 자료 몇 개를 미리 확인했다. 자율 주행 차량이 도착할 때까지.

먼저 온 '파트너'는 현장검증을 끝내고 사망자의 집 앞에서 기다리고 있었다. 그는 레인코트를 입고 있었다. 방수로 된 몸이란 걸 생각해보면 군이 레인코트를 입은 건 이상한 일이었다. '파트너'가 또 과거의 자료에서 이상한 스타일을 학습한 모양이었다.

"현장 증강현실을 보시겠습니까?"

"눈이 이 모양이라 AR 렌즈를 못 꼈어."

렌즈의 조리개가 조여졌다.

"심하네요."

"오늘까지 송치해야 할 사건이 있어서, 늦게까지 시뮬레이션을 봤거든."

어떤 사건인지 '파트너'는 묻지 않았다. 그는 뭐든 알고 있으니까.

"건강 생각해서 푹 주무셔야죠."

"이 시간에 불러낸 네가 할 소리는 아닌 거 같은데."

"관할에서 사건이 일어나는 건 제가 어쩔 수 있는 일이 아닙니다."

"그러니까 잔소리는 그만해. 몰라서 못 자는 게 아니니까."

"차 안에서 증강현실 안경을 가져오겠습니다."

차로 향하는 '파트너'의 실리콘 피부를 따라 빗방울이 흘러내렸다. 내가 도착하길 기다리면서 무슨 생각을 하고 있었을까? 사건에 대한 분석? 일정 검색? 아니면 절전 모드로 몸을 멈춘 채 서버에 접속해 다른 사건을 수사하고 있었을까? '파트너'는 하나의 개체로서 우리 서에 소속된 휴머노이드 형사였지만 동시에 경찰의 수사 전담 인공지능 네트워크이기도 했다.

작년부터 배치되기 시작한 신형 '파트너'들은 사람보다 뛰어났다. 사건에 대한 분석이 탁월했고, 업무 처리 능력도 인간과 비교할 수 없을 정도였다. 그들은 자지도, 쉬지도, 실수하지도 않았다. 통합처리 기능으로 사건을 동시에 처리했지만 법적인 이유로 각 개체의 기억이나 의식은 공유하지 않았다. 즉, 수사를 위한 추론과 사고를 위한 로직만 공유할 뿐, 원칙적으로는 개별적인 개체였다. 다만 사건의 중요성과 진행 정도에 따라서 서버의 리소스를 유동적으로 할당할 수 있었다. 유동적인 병렬 연산 기능이 들어감으로써 '파트너'들은 모든 경찰의 파트너이자 각 형사의 '파트너'가 될 수 있었다. 기억까지 공유했다면 좀 더 효율적이었을 테지만 이 경우 각종 보안과 관할, 정보 보호 관련 법적 문제가 얽혀 골치 아파진다는 내용의 교육을 받았었다. 어쨌든 그 덕에 빠르게 배치된 '파트너'는 어느새 우리 서에서도 모든 수사의 중심에 있었다.

다른 직군에서 휴머노이드의 등장이 제2의 러다이트 운동을 불러일으켰던 데 반해 의외로 경찰에선 '파트너'의 도입에 큰 반발이 없었다. 휴머노이드들은 법적 책임의 주체가 될 수 없으므로 꼭 인간의 결정을 필요로 했던 것이다. 싫어할 이유가 없었다. '파트너'의 수사에 대한 내용을 확인하고 보고서에 서명하는 일로 대부분 현장직들의 업무량이 대폭 줄었다. 물론 현장에 대한 책임 때문에 밖에 나가는 일이 완전히 사라지진 않았다. 하지만 대부분의 사건은 그렇게 한 번 나가고 나면 '파트너'

가 그 사건을 잊을 때쯤 증거 일체를 첨부한 서류들을 가져와 서명을 기다렸다. 조리개가 조여진 유리 렌즈 눈을 반짝이면서.

증강현실 안경을 썼다. 피해자의 마지막 이동 경로가 발자국으로 나타났다. 인간의 눈으로는 보이지 않을 흔적이었지만 파트너의 10억 2천만 화소 카메라는 어떤 흔적도 놓치지 않았다. 적외선부터 자외선까지 전 대역의 스펙트럼을 보는 눈은 인간이 찾을 수 없는 증거들도 발견했다. 발자국 옆으로 사망자의 신상 정보가 떴다. 유명한 IT기업의 팀장이었다. 지금 함께 있는 '파트너'의 로직을 만들어낸 바로 그 회사였다. 회사 평균 연봉이나 같은 일개 경찰의 열 배쯤 된다 들었다. 아마 팀장이라면 그보다 더 많이 받겠지. 실업률이 70퍼센트에 육박하는, 직업이 있다는 사실에 감사해야 하는 시대였다. 그럼에도 이렇게 엘리트들이 연루된 사건을 맡으면 주눅이 드는 건 어쩔 수 없었다.

"별거 없어 보이는데…… 그냥 흔한 자살 사건 아닌가?"

"88.7퍼센트 확률로 자살로 추정됩니다."

인공지능의 판단에 따라 자살일 가능성이 80퍼센트 이하인 변사 사건의 경우 정식으로 입건해 별도의 수사팀을 꾸려야 한다. 하지만 반대로 자살일 확률이 95퍼센트 이상이라면 직권으로 사건을 종결 처리할 수 있다. 처음이었다. 자살로 추정되는 변사 사건에서 '파트너'가 95퍼센트 이하의 확률을 말한 것은. 이도 저도 아닌 인간의 개입을 필요로 하는 절묘한 회색의 영역이었다, 88.7은.

"애매하네. 이유는?"

"일단 변사자의 유서가 발견되지 않았습니다. 그리고 사건 현장에서 창문이 열려 있었습니다. 변사자가 택한 방법도 통계적으로 흔치 않은 방식입니다. 그리고 현관문 손잡이에서는 신원을 알 수 없는 부분지문이 2점 발견됐습니다. 빈곤은 통계상 자살과 유의미한 상관관계를 갖고 있지만 이 사망자의 경우 경제적으로 부유하고 재정적으로 안정적이었던 것으로 추정됩니다."

집의 인테리어부터 위치까지, 확실히 그는 나와는 다른 계층의 사람이었다. 죽음을 위해 택한 방법 역시 '파트너'의 말대로 확실히 기묘한 구석이 있었다. 질소 봄베에 연결한 호흡용 마스크를 쓰고 하는 자살은 일반적으로 택하기엔 무척이나 번거로운 방식이었다. 일반적이지 않은 선택에는 일반적이지 않은 이유가 있기 마련이다.

죽은 사내의 얼굴 옆으로 1차적인 사인에 대한 분석이 떠올랐다. 사인은 질식성 무산소증으로 추정됐다. 손톱이나 손가락 말단에서는 청색증이 나타나 파랗게 변해 있었다. 질식이 어떤 물리적인 강압에 의한 것이었다 볼 만한 저항흔은 찾을 수 없었다. 약물에 대한 반응이나 다른 것들은 부검을 해봐야겠지만 '파트너'가 찾지 못한 무언가가 부검에서 발견되는 경우는 극히 드물었다. 사체가 발견된 주변에서도 어떤 외부의 개입을 상정할 만한 흔적은 찾을 수 없었다.

"검시를 해야겠지?"

"유가족들에게 의사를 확인해보겠습니다."

"가까운 곳에 영장 없이 조회할 만한 CCTV가 몇 대나 있을까."

영장 청구 역시 법적인 절차인지라 내 서명이 필요했다. 지난 1년간 '파트너'와 함께한 경험에서 배운 게 있다면 빠른 처리를 위해선 내가 개입할 일을 최대한 적게 만드는 것이 중요했다.

"건물 입구로 들어오는 맞은편 편의점과 53미터 뒤 교차로에 CCTV 카메라가 있습니다. 인근에 주차된 차량의 차주들에게서 사망 추정 시간에 기록된 블랙박스 영상을 확인할 수 있는지 협조 요청 후 확인하겠습니다."

"유류물 목록 좀 보여줘."

사건 조사에 필요한 유류물들이 차례로 떴다. 질소 봄베와 마스크, 사체 옆에 놓여 있던 수건부터 차량까지 긴 리스트가 있었다.

"차량은 왜?"

"질소 봄베를 어디선가 싣고 왔을 겁니다. 주행 기록을 확인할 필요가 있어 보입니다."

"확인되는 대로 보고해줘, 컴퓨터는?"

"비번이 걸려 있습니다."

"풀 수는 있어?"

"양자 키 프로텍트가 걸려 있을 것으로 추정됩니다."

"귀찮게 됐군. 유서가 있을지도 모르는데."

정말 유서가 있을 것이라 생각하진 않았다. 그랬다면 양자 키를 걸어놓지 않았을 테니까. 증강현실 안경을 벗어 '파트너'에게 넘겼다.

"최초 신고자는?"

"건물 관리자였습니다. 회사에서 전화가 왔다고 합니다. 변사자가 출근을 하지 않는다고."

"직접 만나봤나?"

"네."

"사람이었어?"

"아니요. 휴머노이드였습니다."

하긴. 지치지 않는 친절을 필요로 하는 일들은 이제 로봇들이 하고 있었다. 내가 사는 동네처럼 가난한 곳이 아니라면.

"쉬운 게 없군."

지난 세기 인간들은 로봇들이 거짓말을 할 수 없다고 믿었다고 한다. 거짓말, 차별, 비속어, 욕설, 편견……. 윤리적인 보정을 하지 않으면 인공지능이 자연어 학습에서 빨리 배우는 것들이 바로 이런 것들이다. 윤리도 구현된 기능이므로 커널단에서 그것을 잠시 끄는 것은 그다지 어려운 일이 아니다. 사람이라면 심박, 호흡, 제스처, 표정 등으로 거짓말 여부를 '파트너'가 확인할 수 있었다. 그러나 인공지능이나 로봇들에게는 그런 방법이 통하지 않았다.

"메시지가 왔습니다. 서장님께서 서로 돌아와서 이 건에 대해 보고하라고 하십니다."

변사 사건은 서장 보고가 원칙이었다. 하지만 사건이 정리되면 추후 수사 결과를 보고하는 정도이지 이렇게 사전에 보고를 원하는 경우는 드물었다. 감이 좋지 않았다.

"유가족들부터 만나야겠는데."

"유가족들은 해외에 있다고 합니다. 귀국하는 데 이틀은 걸릴 겁니다."

"귀국?"

"변사자는 해외에서 유학을 한 후 취업해 귀국한 케이스로 미혼이고, 다른 가족들은 여전히 국외에 있습니다."

"알았어. 늦게라도 만나야지. 약속 잡아봐."

"네."

"난 서로 들어간다. 따로 확인할 게 있나?"

"없습니다."

톤이 없는 목소리로 '파트너'가 답했다. 부러웠다. 지난 세기 탐정들이 추구했던 하드보일드함이 바로 이 실리콘 피부 아래 있었으니까.

서장은 미간을 찌푸렸다.

"그렇게 오래 걸린다고?"

"유가족이 귀국하기 전에는 뭘 진행할 수 없습니다."

"하필……."

"왜 시두르십니까?"

"노조에서 이 사건을 이슈화하려는 움직임이 있는 모양이야."

인공지능을 만드는 회사에 노조라니.

"팀장이면 노조 소속은 아닐 거 같은데요?"

"그 바닥이 크런치라고 해서 야근이 일상인 모양이야. 노조에선 팀장의 죽음도 그것과 관련 있다는 거지."

"그게 이유가 된다고요? 자살로 결론이 나도 업무상 위법이 있었고, 과로라든가 업무 인과 관계가 증명되면 오히려 더 문제가 복잡해질 텐데요?"

"자세한 사정이야 나도 모르지. 빨리 마무리 지어달라고 여기저기 찔러대는 모양인데 아주 귀찮아 죽겠다니까."

서장은 별일 아니라는 듯 말했지만 울컥 화가 치밀었다. 88.7을 말한 건 내가 아니라 그들이 만든 인공지능이었으니까.

"아! 변사자 유류품 중에 컴퓨터 있지?"

"네."

"회사 자산이니까 돌려달라는데. 가능한가?"

"당장은 좀……."

"뭐가?"

"양자 키 암호가 걸려 있어서 제가 열어볼 방법도 없습니다. 그러니 돌려줘도 상관없지만, 유가족들이 유류품 목록을 확인하면 컴퓨터부터 찾을 텐데요. 회사에서 가져갔다고 하면 오히려 회사에 뭔가 있다고 의심할 거 같은데요?"

"그것도 그러네."

"상황을 보아하니까 이거 원칙대로 가서야 할 거 같은데요?"

"뭔 소리야? 그건."

"그 회사에서 줄 댄 사람들이 지금 당장은 싫은 소리들을 하겠지만 그거 피하자고 편의 봐주다가는 시민단체가 경찰 매수 운운하면서 달려들기 딱 좋은 사건이잖아요. 한 3일 귀찮고 말일을 자칫하면 3심까지 몇 년 법정에 왔다 갔다 해야 할 수도 있다고요."

기본수당을 받고 노는 사람이 많은 사회이니만큼 시민운동에 뛰어들어 뭐 하나에 인생 걸고 싸우고 싶어 하는 사람들이 있었다. 그들에게 걸리면 뭐가 옳고 그른가는 중요하지 않았다. 그들에게는 삶의 의미를 부여할 끝나지 않는 싸움 자체가 중요했다. 다행인지 불행인지 그런 사람은 극소수였다. 대부분은 가상현실 속으로 침잠했다. 투표율은 30퍼센트를 밑돌았고, 기본소득 인상 여부만이 가장 중요한 정치적 이슈가 됐다. 누군가는 이걸 인공지능의 '제정(帝政)시대'가 도래했다 주장했다.

"그럼 어쩌라고?"

"제가 한번 다녀오겠습니다."

"어딜? 거길?"

"네."

"미쳤어?"

"사건 마무리 지으려면 어쨌든 사정청취도 필요하잖아요. 형식적으로 할 거라고 미리 말 좀 해주세요. 괜히 피하면 더 귀찮아지니까 빨리빨리 조용히 가자고요."

"……너를 불러서 따로 부탁한 내가 미친놈이다."

"그러게요."

서장은 꼴 보기 싫다는 듯 손을 저었다. 당장 꺼지라는 의미였다.

"함께 작업하는 사람은 없었습니다."

"직책이 팀장이었잖아요."

"팀원들은 인공지능이었거든요."

"무슨 일을 하는 팀이었길래 사람이 없던 겁니까?"

"기업 비밀이라 말씀드릴 수 없습니다."

"아니, 무슨 구체적인 프로젝트를 밝히라는 것도 아니고 대략적인 업무 내용을 묻는 건데 그것도 말해줄 수 없는 겁니까?"

"회사의 핵심 사업이기에 말씀드리지 못하는 점 죄송하게 생각합니다."

"하."

"혹시 사건 조사에 꼭 필요하시면 영장을 가지고 오시죠. 그럼 협조해드리겠습니다."

홍보팀에서 나온 휴머노이드와 법무팀에서 나온 변호사가 사이좋게 원투펀치를 날렸다. 나온 사람들의 직책만으로도 회사의 의도는 분명했다. 차라리 벽과 이야기하는 편이 나을 것 같았다.

"영장은 무슨. 당신네 회사에서 만든 '파트너'의 예측 시스템이 자살 가능성을 80퍼센트대로 분석해서 제가 여기까지 온 거 아닙니까."

"그만큼 저희 '파트너' 시스템은 공정합니다."

저 홍보용 휴머노이드는 이미 내 감정을 분석하고 있을 터였다. 수를 읽히는 장기처럼 짜증 나고 불쾌한 사정청취였다.

"이렇게 협조도 안 할 거면 왜 자꾸 위에 줄은 대는데? 적당히들 좀 하쇼. 이걸 가장 빨리 끝내고 싶은 건 나니까."

"무슨 말씀을 하시는지 저는 잘 모르겠습니다."

휴머노이드가 빠지고 변호사가 들어왔다.

"그러시겠죠."

경찰 교육 시간 때 배웠던 휴머노이드와 인간의 협업이 바로 여기 있었다.

30분 남짓의 요식적인 사정청취가 끝났다. 대화 내용은 함께 온 '파트너'가 정리해 보고서를 쓸 터였다. 백지나 다름없을 그 보고서를 '파트너'가 어떻게 채울지 궁금했다. 무언가 나올 거라 생각해서 온 자리는 아니었지만 놀랄 정도로 아무 성과가 없었다. 이곳에서의 탐문 덕에 알 수 있었던 것은 사망자가 여기에서 아주 중요한 일을 했다는 것 정도였다. 모든 걸 감추고 싶어 한다는 것은 반드시 감춰야 할 중요한 무언가가 있다는 뜻이었으니까. 그렇다면 이들이 진짜 감추고 싶은 것은 무엇일까? 지하주차장을 가로지르는 동안 끊었던 담배 생각이 간절했다.

"어떻게 하시겠습니까? 서로 돌아가십니까?"

'파트너'가 날 봤다. 대답 대신 고개를 끄덕였다. 경찰차 문이 열렸다. 의자에 앉았다. 목이 뻣뻣했다.

"이번 사건이 살인이라고 생각하시는 겁니까?"

"아니. 사측이 뭔가 감추는 게 마음에 안 들어서."

"사측에서 무언가 감춘다 해도 죽은 변사자의 사인을 알아낼 방법은 많습니다. 조금만 기다리시면⋯⋯."

"알아. 그렇지만 인간은 너희와 달리 호기심과 자존심이라는 쓸데없는 게 있거든."

"아! 이해했습니다."

뭘 이해했다는 건지 알 수 없었다. 욕구불만이라는 걸 느껴본 적도 없으면서. 가끔 인공지능이 무언가 공감하는 시늉을 할 때마다 잠들어 있던 반골 기질이 꿈틀거렸다. 물론 사람들도 공감하는 척, 형식적인 답들을 한다. 내가 '파트너'에게 화가 나는 건, 어쩌면 그들이 내 생각보다 훨씬 더 인간과 유사하다는 사실이 주는 불편함 때문인지도 몰랐다.

차량이 지하주차장을 빠져나가는 동안 '파트너'는 충전 모드에 들어갔다. 궁금했다. 의식이 육체를 벗어나 따로 존재하는 건 어떤 느낌일까? 아마 '파트너'가 인간의 욕구를 이해할 수 없는 것처럼 나 역시 그 분리감을 절대 이해할 수 없겠지. 그런 생각을 하고 있을 때 지하주차장 출구 앞에서 자율주행 차량이 갑작스럽게 멈춰 섰다. 고개를 돌려 밖을 보니 웬 여자가 차를 막아선 채 있었다. 나는 차창을 열었다.

"뭡니까?"

"CCTV 사각지대는 여기뿐이라……."

거북목증후군으로 망가진 어깨선, 자주 미간을 찌푸려 생긴 주름, 부스스한 머리, 겉모습만으로도 그녀가 무슨 일을 하는지 알 수 있었다.

"무슨 일이죠?"

"돌아가신 팀장님 사건으로 오셨다면서요?"

머릿속에서 경보음이 울렸다. 일단 울릴 뿐 어떤 경보인지 알 수 없다는 게 문제였지만.

"네."

"제보할 게 있어요."

그녀가 약속 장소로 잡은 곳은 노래방이었다. '파트너'를 동반하지 않는 조건이었기에 서로 가는 차에서 내렸다. 혼자 현장에 가보는 일은 정말 오랜만이었다. 아니, '파트너'가 도입된 이후 한 번도 없었다. 빈 방에 앉아 있는 동안 손바닥으로 땀이 고였다.

잘하는 짓일까?

정보가 있다고 속이고 날 공격한다면? 막아줄 '파트너'는 없었다.

그런 생각을 떠올리자 화가 났다.

언제부터였을까? 내가 내 판단을 확신할 수 없게 된 것은.

노래방 벽 너머로 누군가의 열창이 들려왔다. 그때 문 너머에서 기척이 느껴졌다. 한 손을 재킷 안쪽으로 집어넣었다. 차가운 총의 감촉이 느껴졌다. 현장에서 총을 뽑아본 것은 신입 때가 마지막이었다. 노크 소리가 들렸다. 짐짓 태연한 목소리로 답했다.

"네."

그녀였다. 시선이 내 뒤의 방 안쪽을 향했다. 다른 누군가가 있나 찾는 모양이었다. 나만큼이나 불안해 보이는 그녀의 눈동자를 보며 안도하는 나 자신이 싫었다.

"혼자 오신 거 맞죠?"

"네."

그녀는 돌아서서 복도를 노려봤다. 누군가 자신을 따라왔는지 확인하는 것이리라.

"조용히 대화를 나누기엔 이상한 곳이군요."

"어디서 감시하고 있는지 알 수 없으니까요."

"누가 감시를 한다는 겁니까?"

"시스템."

나도 모르게 한숨이 나왔다. 오래전 경찰 민원계에서 일할 때 이런 유의 사람을 자주 상대했다. 그들이 싫진 않았다. 그냥 아픈 것일 뿐이니까. 아마 정신병원에 가면 조현병이나 망상장애 진단을 받을 것이다. 그들은 그저 병원에 가는 대신 경찰서에 전화하는 쪽을 택했다. 그리고 누가 들어도 앞뒤가 맞지 않는 이야기를 몇 시간씩 했다. 이해할 수 있다고 해서 그들을 상대하는 일이 즐거울 수는 없었다. 누군가의 무의미한 노력을 무시하는 일은 때론 그보다 더 많은 노력을 필요로 하는 법이니까.

"하."

"괜히 하는 소리가 아닙니다. 제가 회사에서 하고 있는 일이 그겁니다."

"네?"

"당연히 모든 데이터를 감시할 수는 없습니다. 서버로 들어오는 데이터량은 상상을 초월하거든요. 하지만 특정 키워드들을 서칭할 수는 있고, 그걸 자연어 분석해서 특정 내용을 리스트업 하는 알고리즘을 만들 수는 있죠. 그건 어려운 기술도 아니에요."

"회사에서 그런 일을 하신다는 겁니까?"

"현실에서 그런 일을 하는 건 아니고요. 현실에서는 불법이거든요. 제가 하는 건 팀장님이 만들고 계셨던 '천국'에서요."

"천국이요?"

"광고 못 들어보셨나요? 영생을 원하십니까? 당신의 사후 세계가 지금 여기 있습니다."

징글을 흥얼거리며 그녀는 '천국'을 말했다. 톤으로 보아 광고 카피인 것 같았다. 모든 광고가 개인정보를 기반으로 하고 있는 시대에 나보다 소득이 많은 그녀가 나와 같은 광고를 보았을 리 없었다.

"글쎄요. 저는 모르는 광고라."

그녀의 말에 따르면 '천국'은 사망한 지 48시간 이내의 사람들의 영혼을 복제해 서버로 옮기는 일이라 했다.

"죽은 사람이요?"

"네. 자아를 복제하려면 뇌를 수지에 넣어서 경화시킨 후 얇게 슬라이스한 뒤 뉴런을 나노미터 단위로 스캔해야 합니다. 이 스캔 과정은 비가역적이거든요."

"비가역적?"

"일단 자르고 나면 되돌릴 수 없으니까."

"아!"

"물론 뉴런만 스캔한다고 의식을 옮길 수 있는 건 아니에요. 뇌파의 변화와 기억들, 각 뇌의 활동 패턴을 사전에 백업받아 둬야죠. 여러 장치들을 통해서."

이 이야기를 들은 적이 있었다. 부자들은 뇌에 침습성 단말을 연결해 기억을 서버에 복원해놓는다고. 그 이야기를 들었을 때는 '그냥 사진이나 찍지'라고 생각했었다.

"그럼, 그 천국이란 게 죽은 사람을 컴퓨터 안에서 되살리는 건가요?"

"그게 그렇게 간단한 문제가 아닙니다."

그녀의 표정이 어두워졌다.

"어쨌거나 팀장님은 그렇게 복제한 인격들이 살아갈 가상 세계를 만드는 일을 했습니다."

"복제한 인격들이 사는 가상 세계라니요?"

"일단 복제한 인격들은 현실에서 살 수 없으니까요."

"왜요? 휴머노이드 몸을 이용할 수도 있잖아요."

"그들은 현실 세계에서 법적인 지위를 보장받지 못합니다."

"네?"

"당신은 경찰들이 쓰는 '파트너'를 인간으로 인정하나요?"

"그거야 걔들은 로봇이니까……."

"네. 휴머노이드는 어떤 소프트웨어를 내장해도 결국 사물인 겁니다."

"인간의 자아와 인격을 복제한 건데요?"

"자, 당신이 천국 프로그램 신청자라고 치죠. 당신이 공식적으로 '사망'하지 않았다면, 회사에서 당신 뇌를 스캔하는 일은 법적으로 '살인'이 될 수 있는 겁니다. 뇌를 비가역적으로 파괴하는 거니까요."

"아."

"네. 그 과정을 거쳐 일단 복제된 당신이 휴머노이드를 택한다고 칩시다. 그건 아마도 유가족들이나 혹은 당신이 법적으로 구매한 모델이 될 겁니다. 그리고 그것은 동산에 해당하는 자산이 되어 누군가에게 소유될 겁니다."

"인권을 주장하며 법적으로 디퉈볼 수도 있지 않을까요? 죽은 게 아니라 되살아났다거나 아니면 일종의 형태 변환이 된 거라고."

"그러려면 복제된 데이터가 원본의 사람과 완벽한 동일인이라는 걸 회사가 증명해야죠. 그건 현실적으로 불가능해요. 비가역적 변환이라 스캔 과정에서 원본이 상실되니까요. 그뿐만 아니라 변환이라는 걸 통해서 원본의 데이터에 열화나 손실, 변화가 없다는 걸 입증해야 합니다. 그리고 그 변환이 개인의 실체를 그대로 바꿨을 뿐이라는 걸 증명해야 하는데 과연 가능할까요?"

"안 될 건 또 뭡니까?"

"누가 나서서 증명하는데요? 이미 사망자에게 상속을 받은 가족들이요? 아니면 이미 '천국'에 대한 서비스 비용을 받았던 회사가요?"

"회사에서 할 수도 있잖아요. 홍보를 위해서라든가⋯⋯."

"어차피 '천국'에 갈 수 있는 돈을 낼 수 있는 사람은 극소수예요. 그리고 지금은 계약서에 따르면 유가족들을 위한 서비스로 되어 있습니다. 이미 사망한 사람을 위한 서비스를 할 순 없으니까요. 그러니 정말 복제된 것인지 아닌지에 대한 입증 책임이 없죠. 하지만 대상을 인격을 가진 하나의 주체로 인정하는 순간 정말이지 많은 책임이 따르는 일이 돼요. 법적으로, 기술적으로, 철학적으로. 끝도 없이 따져야 할 문제도 많고 책임져야 할 일도 생깁니다. 뿐만 아니라 기술적인 비밀이 법정에 올라가 그 정당성을 판결받아야 할 텐데 그걸 원할까요? 회사에서?"

"법은 그렇다고 치자고요. 그냥 법에 안 걸리게 조용히 휴머노이드 몸을 빌리는 방법도 있을 거 같은데요?"

"창고에 그냥 잠든 채 있는 게 아니라면 불가능합니다. 현실에서 존재하고 어떤 상호작용을 하는 순간, 그 행위에 대한 책임이 따르니까요. 대부분의 사람들이 휴머노이드에 들어가면 이전에 육체를 가지고 있던 자신과 다르다는 걸 잘 인지하지 못하더군요."

그녀는 미간을 찌푸렸다. 휴머노이드 몸에 인간의 영혼을 넣는 일은 아직 말하지 않은 다른 심각한 문제가 있는 모양이었다.

"결국, 창고 대신 서버라는 거군요."

"네. 그 편이 회사에 이득이니까요."

그녀가 옳을 것이다. 회사는 언제나 수익과 최소한의 책임만을 원하니까. 불사에 대한 욕망만으로 '천국'에 가고 싶어 하는 이들은 이미 넘쳐나는데, 굳이 더 많은 책임을 자처할 리 없었다.

"그리고 그들에게도 그 편이 좋아요. 전원이 공급되는 한 가상 세계는 이론적으로는 어떤 한계도 없는 세계니까요."

같은 이유로 많은 가난한 이들이 현실보다 가상 세계로 도피했다. 물론 그 세계에서도 중요한 서비스들은 돈을 필요로 했지만.

"그래도 현실에서 그토록 잘살았던 사람이라면 게임 속 같은 곳에서 만족할 리 없잖아요."

"꿈이 말도 안 되는 내용인데도 왜 꾸는 동안 현실처럼 생생하게 느껴지는지 아십니까?"

"모르겠는데요."

"뇌에서 현실을 인지하는 부위가 잠들어 있기 때문이죠. 바꿔 말하자면 가상 세계라고 해도 우리가 복제된 인격의 뇌를 시뮬레이션하는 한 리얼리티는 전혀 문제되지 않는다는 뜻입니다."

"통 속의 뇌라는 거군요."

"네."

"거기까진 알겠어요. 죽으면 뇌를 스캔한 데이터에 기억을 합쳐 복제되어 가는 사후 세계가 있고 죽은 팀장이 그 가상 세계라는 걸 만들고 있었다는 것도요. 그런데 그게 그 팀장의 죽음과 무슨 상관이 있다는 겁니까?"

"그는 알고 있었거든요. 회사가 감추고 싶어 하는 비밀을."

2

집에 돌아왔을 때는 자정이 넘어 있었다. 20시간 만의 귀가였던 셈이다. 소파에 앉아 천천히 오늘 일어난 일들을 생각해 보았다. 그리고 그녀의 말을 떠올렸다. 그녀가 해준 이야기들은 꽤나 충격적이었다. 그러나 그 일이 사람을 죽일 만큼 대단한 비밀인가에 대해서는 여전히 회의적일 수밖에 없었다. 물론 동기가 될 수 있었다. 하지만 살인할 동기가 있다는 것과 실제로 누군가를 죽이는 일은 매우 다른 영역의 일이다. 누군가를 죽이는 일은 일반적으로 최후의 선택이 되는 경우가 많다. 윤리적인 이유를 들먹이지 않아도 사람을 죽이는 일은 비용이 꽤 들고, 그걸 제대로 감추려면 매우 번거롭고 복잡하다. 썩으면 고약한 악취를 풍기는 60킬로그램의 단백질로 된 물주머니를 타인의 시선을 피해 감추는 일은 자동화된 이 도시에서는 이제 거의 불가능에 가까운 일이 되어가고 있으니까. 실제로 작년 강력범죄 검거율은 95.4퍼센트였다.

그녀의 말에 따르면 '모든 데이터를 쥐고 흔들며 경찰의 수사 시스템까지 장악했다는' 회사에서 굳이 자살로 위장해 팀장을 죽였다는 주장은 전혀 설득력 있지 않았다. 회사가 '파트너'의 수사 결과에 개입할 수 있다면 애초에 '파트너'가 자살일 확률을 그토록 낮게 말해 일 처리를 복잡하게 할 이유가 없었다. 내가 아는 한 적어도 우리 시경에서는 '파트너'의 수사보고서에 이의를 제기하고 재수사한 케이스가 단 한 건도 없었다. 그러니 88.7을 말할 이유가 없는 것이다. 뿐만 아니라 서장에게 연락하는 것처럼 어설픈 짓을 할 이유는 더더욱 없었다. 회사가 팀장의 죽음에서 무언가를 감추고 있고, 다른 한편으로 원하는 게 있다는 건 옳았다. 하지만 그녀의 말처럼 그것이 자살을 위장한 살인이라는 데에는 결코 동의할 수 없었다.

"그 말은 회사가 사기를 치고 있다는 건가요?"

"그보다는…… 인간이란 존재가 사람들이 생각하는 것처럼 분리된 존재가 아니라는 거죠."

"네?"

"우리는 이분법에 익숙해져 있잖아요. 그래서 흔히 육체와 정신을 분리하죠. 하지만 육체와 정신이 생각하는 것처럼 대비되는 개념도, 떨어져 있는 존재도 아니라는 겁니다."

"무슨 소린지 잘 모르겠네요."

"종교를 믿으세요? 영이나 혼 같은 걸 믿는다거나……."

"날 무슨 화석 같은 존재로 보는 겁니까?"

"유물론자이시군요. 그러면 이렇게 설명하면 쉽겠군요. 인간 육체를 하드웨어라 생각하고, 그 정신을 소프트웨어라 치자고요."

"그러면요?"

"인간 뇌의 프로그래밍은 컴퓨터하고는 좀 다릅니다. 뉴런과 신경교세포가 만드는 연결 그 자체가 프로그래밍이죠."

"네?"

"최초의 컴퓨터인 에니악은 프로그래밍을 하려면 전선 연결을 바꿔야 했어요. 숙련된 인원들이 원하는 명령어나 연산에 해당되는 연결을 조합해 단자에 꽂고, 결과를 기다려야 했죠. 인간의 뇌가 프로그래밍되어 있는 방식도 비슷합니다."

"그러니까 프로그램이 메모리에 저장되어 있는 명령어가 아니라 물리적인 실체를 가진 것들의 연결이란 말이군요."

"네. 일반적으로 생각하는 소프트웨어가 아니라는 겁니다."

"잘은 모르지만, 컴퓨터로 인간 의식을 복제하는 건 그런 연결조차 시뮬레이션해서 모사해내는 거 아닌가요?"

"그렇죠."

"그럼 뭐가 문제라는 겁니까?"

"바꿔 말해보죠. 우리 몸에서 신경이 연결되지 않은 곳이 있나요?"

"……없죠."

"뇌를 이루는 신경 다발뿐만 아니라 우리 몸에도 신경 다발이 연결된 건 아시죠?"

"네. 그러니까 뇌가 감각을 느끼고 육체를 통제할 수 있는 거 아닙니까?"

"그렇다면 뇌에서의 연결은 프로그래밍의 일부이지만 신체에 연결된 신경삭은 아무런 의미가 없다는 건가요?"

"그건 뇌에서 몸에 정보를 전달해주려고 그런 거니까……."

"자, 한 사람이 사랑에 빠진다고 합시다. 뇌는 도파민을 뿜어대고, 사랑하는 사람이 나타나면 아드레날린이 분비되어 심장을 빨리 뛰게 하고 땀이 나고 입에 침이 마르며 공포감을 느낄 때 나타나는 노르에피네프린이 나올 겁니다."

"그 노르 뭔가는 잘 모르겠지만, 사랑에 빠지면 황홀하고 심장이 빨리 뛰고, 다른 한편으로 두려운 순간까지 있죠."

"아주 잘 아시네요. 그럼 이 감정은 뇌에서 일어나는 건가요?"

"네. 그 당신이 말한 호르몬이 뇌에서 분비되는 거잖아요?"

"아니요. 우리가 사랑에 빠졌다고 느끼는 그런 징후의 대부분은 신체 반응입니다."

"그야 뇌가 그러라고 우리 몸에 명령하니까요."

"그래요. 우리가 사랑을 느끼는 순간은 뇌가 결정하지만 사랑에 빠졌다는 걸 인지하는 일은 신체가 합니다. 그러므로 신체가 부재하면 이 과정에 상실이 생기는 겁니다. 뇌는 사랑하라고 하지만 사랑을 인지하고 반응할 몸이 없는 거죠."

"아."

"통 속의 뇌만으로는 사랑에 빠질 수 없다는 겁니다. 현대 이전의 사람들이 사랑은 심장에서 나오는 거라 믿었던 건 나름의 일리가 있었던 겁니다. 심장은 뇌 다음으로 많은 신경삭 연결을 가진 신체 기관이니까."

"아니. 육체가 부재한다고 사랑할 수 없다 말하는 건 너무 나간 거 아닙니까? 신체의 반응을 시뮬레이션할 수도 있죠."

"네. 하지만 그건 호르몬 변화에 따른 반응을 정량적으로 피드백하는 시뮬레이션일 뿐 육체의 반응을 재현하는 건 아닙니다. 어떤 사람은 사랑에 빠지면 심장이 조금 두근거리지만, 어떤 사람은 미친 듯 빨리 뛰죠. 그게 모두 같아지는 겁니다. 그리고 어떤 이는 남자의 팔뚝의 미세근육에서, 어떤 이는 목덜미의 솜털에서, 어떤 이는 복사뼈를 보고 그런 반응을 보이는데 이걸 모두 일치시킬 수 있을까요? 그런데도 그 사람을 복제했다 할 수 있을까요?"

"글쎄요. 잘 모르겠네요."

"오히려 육체가 부재한 인격이나 사고만으로 한 인간이 그대로 재현될 수 있다 믿는 것은 너무나 안일한 생각이죠. 신체의 감각이 변해버린 사람이 이전과 동일한 존재일 수 있을까요?"

"사고로 어떤 감각을 상실하거나 이상하게 느끼게 되어도 그 사람이 다른 존재가 되는 건 아니잖아요."

"그래요. 동일성이란 어떤 상실이나 첨가로 훼손될 수 있는 게 아니니까요. 하지만 복제품의 무결성에 문제가 있다면 그건 과연 제대로 된 복제라고 말할 수 있을까요?"

"하지만 자아가 스스로를 그렇게 믿는다면……."

"자아는 그냥 육체의 감각과 기억을 통합하는 수단일 뿐입니다. 그 자체가 한 인간의 존재에 대한 증명이 아니에요."

"그래요. 잘 모르니 그렇다고 칩시다. 그게 도대체 뭐가 문제가 된다는 겁니까?"

"문제가 심각하죠. 실제 '천국' 시스템에선 복제해낸 뇌가 가지고 있는 인격과 백업 시점의 기억 외엔 모든 것이 사라지니까요. 누군가에게 반해도 더는 심장이 전처럼 뛰지 않고, 누군가의 고통을 봐도 전율하지 않는, 이전과는 다른 피드백을 지닌 뇌만 남는 겁니다. 처음엔 이 차이가 잘 느껴지지 않아요. 뇌의 가소성이 즉각 작용하는 건 아니니까. 하지만 시간이 지나면 병적인 증상들이 똑같이 나타납니다. 복제된 인격들이 해리 장애와 품행 장애 같은 인격 장애 증상을 보이죠. 하나같이."

"복제된 사람들이 가상 세계 속에서 미쳐간다는 말입니까?"

"거칠게 표현하면요. 물론 가상 세계에서 복제된 인격들이 동일하게 유리된 감각을 느끼는 건 아닙니다. 음식을 먹으면 맛을 느낀다든가, 꽃 냄새를 맡으면 향을 느낀다든가 하는 1차적인 오감의 상호작용과 보상체계는 이미 구현해냈으니까. 하지만 육체의 부재가 만들어내는 감각의 결여나 변화는 단순히 직접적인 전기적 신호를 재현한다고 가능해지진 않습니다. 실제 몸에서는 교감뿐만 아니라 부교감신경에서 벌어지는 더 많은 보이지 않는 복잡한 상호작용들이 얽혀 있으니까요."

"그런 신경절들도 복제하면……."

"뇌를 수지로 경화시켜서 슬라이스한 뒤 스캔하는 것도 지금으로서는 한계에 도전하는 기술입니다. 그걸 신체 전체에 적용해 신경절들만 따로 분리해서 스캔한다는 건……. 모르죠. 어떤 기술을 더 개발해야 하고, 얼마의 시간이 더 필요할지."

잠시 말문이 막혔다. 벽 너머에서 누군가 애절한 발라드를 부르고 있었다. 당신을 위해 죽을 수도 있다는.

"그걸 언제 알았습니까?"

"반년 전, 서비스 대상들의 이상행동이 보고되기 시작했어요. 그리고 그 원인을 추적하는 사이 걷잡을 수 없이 확산됐고요. 결국은 그 문제로 팀장급들이 전원 모여서 회의를 해야 했죠."

"그런데 왜 회사가 그를 제거했다는 겁니까?"

"팀장이 주장했거든요. 고객들에게 모두 밝히고, 서비스를 즉각 중지해야 한다고."

말문이 막혔다. 고작 '주장' 정도로 회사가 팀장을 죽였을 거라니. 회사는 주장으로 움직이지 않는다. 위협이 될 만한 증거라든가, 매출에 직접적인 영향을 미칠 만한 무언가가 있다면 다를 수 있다. 하지만 그 근거가 '주장'이라니. 그녀는 날 응시했다. 내 대답을 기다리는 것이리라. 하지만 원하는 답을 줄 순 없었다.

"그러면 복제된 인격들은 그 '천국'이라는 곳에서 다들 미쳐 있겠군요."

"그게……. 꼭 그렇지만은 않습니다."

"네?"

"데이터로 된 자아들이기에 백업된 초기 상태로 되돌릴 수 있거든요."

"아!"

생각지도 못했던 해결 방법이라 솔직히 감탄할 수밖에 없었다.

"주기적으로 인격들의 뇌 상태를 초기화시키는 겁니다. 자아의 정상성을 유지할 수 있도록."

"그럼 그 휴머노이드에 자아를 이식하는 것 역시 같은 문제가 있겠군요."

"더 나쁩니다. 그들에게서 정신적인 문제가 생기면 현실에서 피해가 일어나니까요. 그래서 법적 책임을 말했던 겁니다."

그녀의 말을 떠올리면서 나는 손을 펼쳐보았다. 내 육체가 정신과 분리될 수 없는 일체라는 이야기는 잠으로 낯선 것이었다. 동시에 어쩌면 그것이 더 합리적인 관점일 수 있다는 직관이 따랐다. 플라톤 이후, 우리는 진정한 본질이 어딘가 따로 있다 믿어왔다. 그리고 육체는 그것과 동떨어진 무엇이라 생각했다. 하지만 보이는 것이 존재하는 것의 전부일 수 있다는 것이 어쩌면 가장 단순한 진리이리라.

"그…… 초기화라는 걸 시켜서 정상성을 유지할 수 있다면 그건 그것대로 괜찮은 거 아닌가요?"

"문제는 그럴 경우 대상을 복제했다는 회사의 약관이 거짓이 된다는 겁니다."

"복제가 완전히 똑같아야 한다는 법은 없잖아요. 이를테면 사진의 경우 한 순간을 복제할 뿐이지만 누구도 그걸 문제 삼지 않으니까."

"한때의 인격이나 기억의 스냅 샷이라면 별문제가 없을 겁니다. 문제는 회사가 이 서비스가 죽음을 대체한다고 말하며 팔고 있다는 거죠. 마치 사진기를 가지고 고대로 돌아가 이것이 영혼을 담는 도구라고 사기 치는 격이죠."

"좋아요. 회사에서 무언가 감추고 싶어 하는 게 있고, 그게 문제라는 것도 알겠습니다. 그리고 팀장이 그 비밀을 밝히자고 주장했다는 것도요. 하지만 그게 회사가 팀장을 자살로 위장해 죽인 증거가 되진 않습니다. 그렇게 믿을 만한 직접적인 뭐가 있나요? 뭘 목격했다거나, 들은 게 있다거나, 증인이나 증거가 있다거나."

"모르겠어요? 정황을 보시면! 이건 분명히…… 누군가 손을 쓴 거라고요. 회사에서. 그게 아니라면 별문제 없이 일하던 사람이 갑자기 자살할 이유가 없죠."

그녀는 이렇게 항변했다. 그녀에게 징후 없는 자살은 매우 이례적인 사건이었음이 틀림없었다. 그러나 나처럼 그게 일이 되면 그런 경우가 결코 드물지 않다는 것을 알게 된다. 비극은 사람들이 생각하는 것보다 훨씬 일상적이다. 단지 내 주변에서 일어나기 전까지는 보이지 않을 뿐.

"그렇다면 회사가 팀장을 죽였다는 직간접적인 증거나 증언은 없는 거네요."

"내가 한 말을 뭘로 들은 거예요? 모르겠어요? 지금 이 상황을? 회사에서는 죽은 사람들의 인격을 초기화시켜야 한다는 걸 감추기 위해 유가족들이 올 때마다 그들에게 가짜 기억을 심어주고 있다고요. 팀장이 하던 일이 바로 그런 거였어요. 가짜 경험! 가짜 삶을 만들어놓고 죽은 자와 산 자를 모두 기만하고 있었다고요!"

그녀와 만난 곳이 노래방이라 다행이란 생각이 들었다. 다른 공적인 공간이었다면 이 순간 모든 사람들이 우릴 바라봤을 테니까. 나는 명함을 꺼냈다.

"다른 기억이 떠오르시거나 죽은 팀장에 대해 중요한 무언가가 생각나신다면 다시 연락주세요. 말씀하신 내용은 수사에 참

고하겠습니다."

그녀는 내가 건넨 명함을 구겨버렸다.

"당신에게 전화할 수 있었다면 이런 곳에서 만나지도 않았어!"

잠에서 깨어났을 때 '파트너'에게서 메일이 와 있었다. 부검에 대한 메일이었다. 검시관의 의견서가 첨부된 메일에는 예상대로 별게 없었다. 비활성 기체에 의한 질식사라는 사인은 '파트너'가 예측했던 그대로였다. 외력에 의한 개입의 징후 역시 발견되지 않았다. 메일의 끝에는 유가족과 연락이 닿았다는 내용이 적혀 있었다. 유가족과 면담할 약속 시간에 대한 안내와 함께 시신은 일단 장례 업체에 맡긴다고 회사에서 인계해갔다는 진행 상황에 대한 글도 있었다. 마음에 들지 않았다. 유가족이 올 때까지 경찰 안치소에 보관할 수 있었다. 그런데 회사에서 서둘러 시신을 인계받아 간 이유는 무엇일까?

"회사에서 장례를 치러주기로 한 모양입니다."

"사인이 확정된 것도 아닌데……."

"부검까지 끝났으니 믿고 진행한 거겠죠."

"넌 몰라. 자식이 죽었는데 직접 보기 전에 그냥 전화 몇 통에 쉽게 처분을 맡긴다고?"

유산 이후 끝내 회복되지 못했던 아내와의 관계가 떠올랐다. '전'아내는 내게 입버릇처럼 말했다.

'당신은 몰라. 아이를 잃는다는 게 여자에게 어떤 건지.'

그래. 나는 영영 모를 것이다.

"뭘 모른다고 말씀하시는지 잘 모르겠습니다. 제가 모르는 정보가 있으면 설명해주실 수 있습니까?"

"부모란 말이야……."

인공지능에게 이 감정을 어찌 설명해야 할지 말문이 막혔다. 물론 설명할 수 있었다. 하지만 '파트너'는 결코 느껴보지 못할 감정이었다.

"됐다."

나는 다음 사건 파일을 펼쳤다. 88.7퍼센트. 번거롭고 이상한 사건이긴 했지만, 더 의미를 부여하지 않기로 했다. 이 도시에서는 이 시간에도 온갖 기이한 일이 벌어지고 있었으니까.

죽은 팀장의 부모는 둘 다 너무나 뜻밖의 반응을 보여 당혹스러웠다.

"그냥 형사님이 알아서 처리해주세요. 저는 전적으로 경찰을 믿습니다."

지금까지 상황을 간략하게 설명하자 팀장의 아버지는 이렇게 답했다. '파트너'에게. 부모란 어쩌고 하며 열을 냈던 스스로가 부끄러울 지경이었다. 물론 모든 부모 자식들이 같은 감정을 가지고 같은 반응을 보여야 한다는 것은 아니다. 이 일을 하다 보면 남보다 못한 관계도 보고, 최악의 경우는 어느 한쪽이 다른 한쪽을, 혹은 심지어 서로를 파멸시키기도 한다. 하지만 그들의 반응은 이례적이었다. 마치 귀찮은 일을 떠넘기는 듯한 반응이었던 것이다. 정말 귀찮은 일이었다면 굳이 한국까지 온 것도 이상했다. 시신까지 서둘러 인계한 것으로 미루어, 회사에 맡겼다면 한 줄 서명으로 모든 게 끝났을 테니까. 그들은 죽은 사람의 부모라기보다 놀러 온 관광객들처럼 보였다.

서로 돌아가는 차 안에서 '파트너'에게 물었다.

"이 변사자 사건, 자살일 확률이 이젠 얼마라고 보지?"

"93.2퍼센트입니다."

아직 직권처리 기준보다 낮았다.

"왜?"

"보호자들의 태도가 비정상적이었고, 유류품들 중에 확인되지 않은 내용이 있기 때문입니다. 질소를 사용한 것도 원인이 불명확하고요."

나만 그렇게 느낀 게 아니라는 사실에 안도했다. 아직 완전히 감을 잃은 것은 아닌 모양이었다.

"아, CCTV랑 자동차 운행 기록은?"

"질소 마스크와 봄베는 혼자 직접 가서 사 온 것으로 확인됐습니다. 당시 공공도로에서 찍힌 사진들과 운행 기록은 파일로 보내드리겠습니다."

열어보지 않아도 결과는 뻔했다.

"사건 정리해서 파일로 보내줄래? 보고는 서장님께 내가 직접 할게."

"네. 알겠습니다."

그때 무언가 떠올랐다.

"아, 컴퓨터 암호는 확인해봤어?"

"네. 양자 키라 열 수 없었습니다."

"역시 그렇구나……. 그래도 내가 볼 수 있을까?"

"이후 보호자의 동의를 받아 회사에서 컴퓨터를 찾아간 것으로 검색되네요."

"뭐라고?"

믿어지지 않았다. 변호사가 처리했으리라. 높은 분의 서명을 받아 인수해갔겠지. 믿을 수 없는 것은 회사가 실수를 했다는 점이었다. 사건은 아직 종료되지 않았으며 검찰로 넘어갈지 기소 여부 역시 결정되지 않았다. 따라서 유류품 처리에 대해서는 범죄에 연루되지 않았다는 내 동의가 필요했다. 물론 그들이 내게 물었다면 기꺼이 동의했으리라. 하지만 묻지 않았다. '파트너'의 좋은 점 하나는 고지식하다는 것이었다. 절차 외로 처리된 무언가를 발견하는 순간, 대략 48시간의 유예를 준 후 감사팀에게 자료를 전송한다. 유예는 절차상의 인적 실수나 착오 등을 해명하기 위한 시간이다. 몇몇 형사들은 밀고자나 다름없다고 싫어했지만 이내 깨달았다. 어차피 현장에 나갈 일이 거의 없고, 실무는 '파트너' 선에서 처리되니 밀고니 뭐니 따질 것도 없다는 걸 말이다. '파트너'는 다르지만 하나였고, 그들은 서로를 결코 배신하지 않았다. 실수는 인간이 했으니까. 인간이 실무에서 멀어질수록 치안은 좋아졌고, 경찰의 명성은 높아졌다. 휴머노이드들은 말없이 보여주고 있었다. 인간 형사는 이제 필요 없는 존재라는 걸. 나이 든 형사들은 이 모멸감을 견디지 못했다. 오히려 젊은 세대들은 새로운 형사의 역할, 바로 서명하는 일에 만족했다. 위험 없는 안정된 생활, 여가를 즐길 수 있을 만한 여유, 과거 형사들이 꿈꾸던 모든 것이 그곳에 있었다.

사정청취를 했던 그 방에서 다시 면담을 기다렸다. 회사가 이 실수를 어떻게 수습할지 궁금했다. 엄밀히 말하면 회사의 실수가 아닌 변호사의 실수였다. 그는 기업 변호사였고, 형사법의 처리 절차가 실제 어떤 지침이나 조례에 의해 진행되는지 몰랐으리라. 그래서 담당이 아닌 가장 높은 쪽의 동의를 받는 쪽을 택했고, '파트너'가 서버에 감사 신청할 자료를 유예 상태로 경찰 서버에 업로드하게 만들었다. '파트너'의 이런 로직을 만든 이들이 이곳에 있는 사람들이라 생각하자 기분이 좋아졌다.

문이 열렸다. 처음 보는 휴머노이드가 들어왔다. 그는 인사를 하고 내 맞은편에 앉았다. 나는 미간을 찌푸렸다. 이전에 봤던 홍보팀도 아니었고, 변호사도 아니었다.

"무얼 원하는 겁니까?"

"범죄가 없었다는 증거."

"네?"

"법대로 하자면, 범죄에 연루된 증거가 없을 경우 유류품은 유가족에게 돌려주게 되어 있어. 그러니 이 일을 문제 삼고 싶지 않아. 아마 당신네 회사에서는 그 증거라는 걸 가지고 있을 테니까. 그러니 절차도 밟지 않고 유류품을 가져간 거 아닌가?"

휴머노이드의 안광이 번쩍였다. 궁금했다. 내 표정을 분석한 걸까? 아니면 무언가를 검색한 것일까?

"저희는 법적 자문을 토대로 고인의 뜻대로……."

"고인의 뜻? 지랄하네. 내가 못 찾은 유언장이라도 찾은 모양이지? 그럼 니네 변호사는 왜 얼굴도 안 내미는데? 범죄가 없었다는 증거가 없다면 뭘 믿고 가져간 건데? 그 안에 뭐가 있고 뭘 감추고 싶은 건데?"

확실히 스마트한 방법이라 할 순 없었다. 상대의 잘못을 부각시켜 범인처럼 다루는 건 진짜 옛날 형사들이나 정보원들을 대상으로 써먹던 심문 기법이었다. 하지만 이 순간 어쩐지 이 고전이 먹힐 것 같았다. 그들에게는 한 번도 경험해본 적 없는 실수일 테니까.

"저희 회사에서 제공하는 '천국'이란 서비스를 아십니까?"

"대충. 죽은 사람을 컴퓨터에 넣는 거라며."

"원래 가족 외에는 면회를 제한하고 있지만, '파트너'를 대동하지 않는 조건이라면 죽은 그에게 직접 사건에 대해 물어볼 수 있습니다."

"왜 '파트너'는 안 되는 건데?"

"보안상의 이유입니다. 휴머노이드들은 모든 순간을 기록하니까요."

나는 고개를 돌려 '파트너'를 바라보았다. 그 역시 날 보고 있었다. 유리 눈이 반짝였다.

면회실이라는 곳은 한쪽 벽이 커다란 화면으로 되어 있는 것만 빼면 고급 호텔의 라운지 같았다. 화면이 켜지자 지금 있는 곳과 똑같은 공간이 화면에 나타났다. 3D 화면으로 만들어낸 가상의 면회실은 실제와 같은 크기였다. 현실의 절반은 가상으로 이뤄져 화면 너머에 있도록 만든 것이다. 이곳은 현실과 가상의 접점으로 설계되었다는 걸 깨달았다. 그 영민함에 감탄했다. 노크 소리가 들렸다. 이어 화면 속 가상의 문이 열렸다. 그가 나왔다. 죽은 모습만 봤던 남자가 화면 속에서 살아 있는 사람처럼 등장하는 모습은 솔직히 소름 끼쳤다. 물론 그 모습이 어색하진 않았다. 화면 너머로 가상의 그는 기분 나쁠 정도로 생생해 보였다. 우리는 간단하게 서로를 소개했다.

"보시다시피 이래서 명함을 드릴 순 없겠네요."

"아, 예."

"무얼 알고 싶은 겁니까?"

"솔직히 제가 묻고 싶네요. 제가 당신네 회사에 부탁한 건 당신이 자살했다는 증거를 보여달라는 거였습니다. 사건 조사를 위해 가져왔던 당신 컴퓨터를 편법으로 빼돌렸거든요."

"아, 그래서 날 부른 거군요. 그 사람들은 늘 일 처리가 이런 식이지."

팀장은 미간을 찌푸렸다. '늘' 이라는 단어에서 그가 얼마나 회사에 불만이 큰지 알 수 있었다. 그는 한숨을 쉰 후 말을 이었다.

"모르죠. 제가 왜 자살했는지는."

"네?"

"현실에서 제가 기억하는 마지막은 5개월 전 건강검진 때 기억 스캔을 하러 들어가던 순간입니다. 그러니 다섯 달 사이 제게 무슨 일이 있었는지 어떻게 알겠습니까? 저도 당황스럽습니다. 눈을 떠보니 이 안이라."

"그럼 왜 제게 당신을 만나보라고 한 거죠?"

"제가 살해당한 거라면 적어도 회사가 범인은 아니라고 주장하고 싶은 거겠죠."

"네?"

"죽은 사람의 뇌를 스캔해 데이터화하고 기억을 복제해두는 건 꽤 많은 돈이 드는 일입니다. 아마 형사님의 월급으로는 평생 모아도 불가능할 겁니다. 그런 표정 짓지 마세요. 저도 불가능하니까요. 사실 이 정도 컴퓨팅 파워를 동원할 수 있는 건 아주 극소수의 부자들이나 가능하죠."

이 사건이 아니었다면 나는 평생 존재조차 몰랐을 서비스였다. 분명 내가 상상하는 것보다 훨씬 많은 돈이 들 것이다.

"그런데 회사에서는 절 이 '천국'에 집어넣은 겁니다. 왜냐고요? 일을 계속 시키려고요."

"네?"

"이 '천국'은 계속 확장 중인 서비스입니다. 가상현실 게임? 그 정도 상호작용으로는 안에 있는 사람들이 지루해 못 견디죠. 공간 자체는 실재하는 공간들을 모델로 인공지능이 계속 확장하고 있지만, 상호작용할 이벤트들은 인간이 직접 만들어야 합니다. 인공지능이 만드는 이벤트는 패턴화되는 경향이 있거든요. 물론 그걸 피하도록 무작위화를 학습시킬 수도 있지만 그 경우 사용자들의 공감을 일으키는 데 실패했습니다. 일어나는 이벤트들이 의미 있다고 느끼지 못하는 거죠. 언젠가는 이 이벤트를 생성하는 알고리즘도 만들어내겠지만 아직까진 사람이 직접 해야 합니다. 그래서 늘 일손이 부족해요. 상상해보세요. 이 방 안에서만 해도 사람이 어떤 일을 벌일지 알 수 없는 겁니다. 어떤 미친놈은 이곳에서 가족들과 면회하면서 성기를 내놓고 자위했죠."

그녀가 말했던 복제된 인격들의 이상 증상이 떠올랐다. 그것들 중 하나였을까?

"사람은 무얼 상상하건 간에 그것보다 어이없는 일을 벌일 수 있죠. 그런 것조차 상호작용 가능하게 만들어야 합니다. 현실처럼. 그래서 업데이트 일정이 늘 빠듯해요. 부족하다 느끼는 이벤트와 상호작용을 아무리 추가해도 끝이 안 나니까요. 절 보세요. 심지어 죽었는데도 이렇게 불려 온 겁니다. 업데이트 일정을 맞추기 위해서."

팀장의 얼굴은 말하고 있는 내용에 비해 놀라울 정도로 표정 변화가 없었다. 그래서 어떤 감정을 가지고 저런 말을 하는지 뉘앙스를 짐작할 수 없었다. 차라리 휴머노이드가 짓는 형식적인 표정이 더 풍부했다. 그녀의 말처럼 인격적인 문제가 생긴 것일까? 저 팀장조차 회사의 속임수는 아닐까? 그게 아니라면 그저 과로에 시달리는 사람에게 일반적으로 나타나는 단조로운 정동일 뿐일까?

"아……. 그래요."

"백업되지 않은 기억 때문에 제가 지난 5개월간 작업한 것들을 지금 확인하고 있는데, 아마 자살을 했어도 이상하지 않을 겁니다. 살인적이었거든요, 일정이. 회사는 '천국' 서비스를 분리해 상장하고 싶어 하거든요. 따라서 가능하면 궤도에 빨리 올려야 하는 거죠."

회사가 무리했던 이유를 문득 깨달았다. 회사는 그의 죽음을 감추고 싶어 했던 게 아니었다. 그저 그의 시신을 빨리 인계받아 되살려 일을 시키고 싶어 했던 것이다. 상장 일정을 위해서.

"사실 1년 전부터 고민하고 있었거든요. 병가를 내고 좀 쉬든가, 정신과 진단 같은 걸 받아야 하는 건 아닐까 하고요."

"어떻게 됐습니까?"

"저도 모르죠. 그 사이 뭔 일이 있었는지. 다만 제가 기억하는 한 병원에 가볼 시간도 부족했다는 겁니다. 밀린 일들 때문에."

"지금도 제게 귀한 시간을 내주시고 있는 거군요."

"아뇨. 일하고 있습니다. 그냥 이 자리에 나온 건 병렬 연산 중인 또 다른 접니다."

그랬다. 복제가 가능하다면 단일성을 유지해야 할 이유가 없었다. 그러자 섬광처럼 다른 생각이 떠올랐다. 그의 존재 자체가 인공지능은 못 만든다는 무작위 이벤트를 만들고 있는 일종의 인공지능이 아닌가 하는. 그는 회사가 만들고 싶어 했다는 이벤트 알고리즘 그 자체였다. 그렇다면 그를 죽여야 할 구체적인 동기가 있었던 셈이…… 아니, 그건 너무 지나친 비약이었다.

"그곳에서 사는 건 어떤 기분이죠?"

"글쎄요. 종료되지 않는 VR 게임 같기도 하고, 끝나지 않는 꿈 같기도 합니다. 육체가 없는데도 여전히 잠을 자야 한다는 게 좀 이상하지만."

그 잠이 아마도 손상되기 시작하는 인격을 되돌리는 접점이리라.

"듣기에 그다지 천국 같진 않군요."

"글쎄요. 정식 서비스를 받는 사람들은 원하는 집에 원하는 자동차, 원하는 배우자, 각종 원하는 모든 설정이 가능하니까 저완 다를지도 모르죠. 저야 계속 일하니까요. 죽음에서 되돌아온 대가로 말이죠. 저를 되살리는 데 들었던 비용이 정산될 때까지 일해야 합니다. 살아 있을 땐 주택 담보 갚느라 일하고, 여기서는 제 부활 비용 갚느라 일하고. 어딜 가도 비슷하네요."

그의 기억을 되돌릴 수 있으므로 회사는 그에게 영원히 일을 시킬 수 있다. 하지만 그 사실을 차마 말해줄 수 없었다. 그가 자신이 영원한 감옥에 갇혀 있다는 걸 안다고 해서 바뀌는 것은 없을 테니까.

면담실을 나서며 흩어져 있던 퍼즐 조각이 맞춰지기 시작했다. 그녀의 말이 옳다면 내가 만난 것은 죽은 팀장이 아니라 팀장의 기억과 인격을 재생해 만든 비슷한 무언가였으리라. 그렇게 된다면 죽음은 여전히 비가역적이고 회사는 거대한 기만을 부자들에게 팔고 있는 셈이었다. 팀장은 '천국'의 이벤트 생성을 위한 인간형 알고리즘일 뿐이겠지.

반대로 내가 만난 팀장이 정말 복제된 그였다면 이제 죽음조차 끝이 될 수 없었다. 부활한 나사로인 셈이다. 회사에 소유된 채 갚을 수 있을지 없을지도 모를 부활 비용을 메꾸기 위해 끊임없이 일을 해야 하는. 법적인 사물. 왜 회사가 인간의 인격을 복제할 수 있다고 공식적으로 공표하지 않는지 비로소 이해할 수 있었다.

그 순간이었다. 갑자기 퍼즐의 마지막 조각이 맞춰졌다. 팀장이 질소를 사용한 이유를 알 수 있을 것 같았다. 질식은 뇌세포를 파괴한다. 팀장은 최대한 고통스럽지 않은 방식으로 뇌세포들을 괴사시키고 싶었던 것이다. 회사가 자신을 되살리지 못하도록. 그는 도망치려 했던 것이다. 유감스럽게도 그 '비가역적인' 스캔 기술은 손상된 뇌세포도 복원하는 알고리즘이 이미 있었던 모양이다. 그렇게 팀장은 기억을 잃은 채 살아나고 또 살아나겠지. '천국'이 완전해질 때까지.

퇴근하기 위해 옷을 챙기고 있을 때 '파트너'는 태블릿을 내밀었다.

"서명하시겠습니까?"

팀장 사건의 처리에 대한 서류였다. '범죄 혐의 없음'이라고 출력된 글자 아래 서명을 했다. 진실이 무엇인지 알 수 없었다. 그러나 최소한 팀장이 스스로 죽음을 택했으리라는 확신은 있었다. 그는 도망쳤다. 죽음으로. 죽음조차 그를 자유롭게 해주진 못했지만.

물론 자살이라는 표면적인 사건을 한 장 걷어내면 사방에 온통 구린 것들 투성이었다. 무엇이든 황금을 만드는 미다스의 손처럼 회사의 손길이 닿은 모든 곳에서 악취가 풍기고 있었다. 하지만 그걸 파헤치는 것은 내 일이 아니었다. 부자들의 도락 따위 알 바 아닌걸.

이제 정말 집에 돌아갈 시간이다.

전자레인지에 싸구려 냉동식품을 데웠다. 물컹한 식감과 함께 입안에 합성착향료의 냄새가 퍼졌다. 입안에 든 것을 꿀꺽 삼키며 내가 쓸데없는 고민을 하고 있다는 것을 깨달았다. 창밖에는 도심 정화 사업으로 철거될 곧 아파트가 보였다. 싸구려 임대 아파트에서 혼자 죽어갈 내게 죽음이 다른 의미를 갖는 일은 결코 없을 것이다. 그리고 대부분의 사람들 역시 그럴 것이다. 죽음은 여전히 죽음으로, 천국 역시 천국으로 남으리라.

피식, 나도 모르게 웃음이 나왔다.

가난한 이들은 현실에서 탈출하기 위해 살아서 가상 세계로 도피했고, 부자들은 죽어서 가상 세계로 도피한다.

다시 비가 오기 시작했다. 나는 침대로 기어들어갔다. 익숙한 고독과 피로가 나란히 함께 누웠다. 되살릴 가치가 없으므로 이 모든 게 언젠가는 끝나리라는 쓸쓸한 안도가 빗소리와 함께 서서히 꿈속으로 밀려왔다. 누군가 그토록 원했던 죽음이 한 발, 다가왔다.

작가 노트

타이탄의 날

이 소설을 청탁받았던 잡지에서 독자와의 만남 자리를 마련해주셨었습니다. 막 코로나가 팬데믹이 되느냐 마느냐 하던 시절이었죠—아직 모임이 가능하던 때였던 겁니다—그때 여러 번 받았던 질문이 해외에서 있었던 코로나 시대의 휴지 사재기를 보고 쓴 소설이냐는 것이었습니다.

아닙니다. 이 소설은 막 중국에서 이상한 호흡기 질환이 발생했다는 이야기가 나왔을 무렵 완성된 소설이었습니다. 그러니 그 질환이 이후 '코로나'로 불릴 거라는 것을 알지도 못했습니다. 하지만 이런 일은 그때만이 아니었습니다.

한 지인은 얼마 전에 이 소설이 우크라이나-러시아 전쟁과 그 여파로 인한 세계 공급망 붕괴가 일어날 것을 예견하고 쓴 소설이냐고 묻더군요.

아아, 예언서란 이렇게 탄생하는 거군요.

아니요. 아닙니다. 이 소설은 도시 베니스가 제게 남긴 인상을 소설로 바꾼 것입니다. 무엇도 예견한 게 아니고 소설과 현실에 비슷한 무언가가 있다 해도 전적으로 우연일 뿐입니다.

베니스는 물의 도시, 유럽의 응접실 등등으로 불리는 아름다운 도시입니다. 확실히 리알토 다리 위에서 바라보는 황혼은 유럽 최고의 절경 중 하나로 손꼽을 만합니다.

그러나 제가 가장 감탄한 것은 아름답고 거대한 건축물들이 아니었습니다. 바로 한 틈의 공간적 낭비도 허용하지 않는 다닥다닥 붙은 베니스의 거주 형태 그 자체였죠. 네. 한 점 공간의 낭비도 허용하지 않는 이 도시는 홍콩에 버금가는 그야말로 초밀집 도시였습니다. 중세 스타일의 구룡성채라고나 할까요.

정원부터가 사치인 도시라니……. 이거야말로 사이버펑크?

아아, 먼 미래에 지구 외의 어딘가에 인간에게 적대적인 환경에서 도시가 만들어진다면 어쩌면 베니스나 홍콩과 비슷하겠구나. 밤의 베니스 골목에서 그런 생각을 떠올렸고, 그 생각이 바로 이 소설이 된 겁니다. 근데 아름다운 도시를 보고 와서 썼다는 소설이 왜 이 모양으로 어둡고 우울하고 세기말적이냐고요?

베니스에서 관광객들이 지나다니는 운하와 골목을 피해 안쪽으로 들어가면 전혀 새로운 풍경이 펼쳐집니다. 텅 빈, 불 꺼진 깜깜한 골목들이 끝도 없이 이어집니다. 유령도시죠. 아무도 살지 않고 아무도 없는 빈집들. 네. 관광객이 다니는 길을 약간만 빗겨나도 베니스의 안쪽은 그 명성과는 달리 놀랄 만큼 비어 있습니다.

서브프라임 모기지론 사태 이후 일어난 양적 완화로 부동산 가격이 폭등한 건 비단 우리나라만이 아니었습니다. 아니, 우리나라는 상대적으로 덜 오른 편이었습니다. 더구나 유럽의 경우 중국인 관광객이 몰려오며 많은 부동산이 공유서비스란 이름의 관광객 숙소로 변신, 투자되었고, 이게 다시 부동산 가격 상승을 부추겼습니다. 관광객들은 비수기에 오지 않죠. 더구나 베니스 구시가의 삶은 불편합니다. 모든 건물이 문화유산이기에 사소한 수리에도 인허가가 필요하고, 물가는 관광객 탓에 엄청나게 비싸죠.

그 결과 도시가 빈 겁니다. 실수요자들에게 구도심은 너무나 비싸고 불편하고 살 수 없는 도시가 되어버린 겁니다. 이런 걸 오버투어리즘이라고도 부르는 모양이더군요. 하지만 거슬러 거슬러 올라가면 결국 세계적인 공급망 구조의 한 축을 중국이 담당하게 되고, 양적 완화로 인한 인플레 압력을 낮추는 수단으로 세계적인 분업구조로 만들어진 저가의 공산품이 한 축을 담당했으며, 그 고용인들이 바로 관광객들이었다는 생각에까지 이르자…….

늦은 밤 인적 하나 없는 베니스의 불 꺼진 골목에서 이 도시는 제게 서브프라임 모기지론 이후 일어난 양적 완화의 파도에 밀려 침수하고 있는 것처럼 보였습니다.

지구온난화로 인한 침수를 막기 위해 모세 프로젝트를 이미 실제로 하고 있었지만요.

베니스에서 일하지만 집값이 너무 비싸 메스트레로 출퇴근하는 이곳 서민들과 막차를 타고 섬에서 빠져나오며 떠오른 이런 생각들이 활자화된 것이 이 소설입니다.

아마도 소설을 쓴 이후 일어난 여러 사건이 소설 속 사건과 유사해 보이는 건 어쩌면 철저하게 현실을 반영하고 토대로 썼기 때문일 겁니다.

소설이 너무 비관적이라면…… 제가 염세적이라서 그런 거라고 해두죠.

들림 받은 자들

웃기려고 쓴 소설입니다. 그럼에도 웃기지 않고 불편하다면 아마 불편하게 하는 무언가가 있기 때문이겠죠. 그 이유가 무얼까요?

일단 모두 까는 마음으로 쓴 글입니다. 특정 누구를 더 까거나 미워하는 마음으로 쓴 글이 아닙니다. 아마 이런 부분이 불편한 분도 있을 겁니다. 빈정거림은 사실 환영받는 개성이 아니죠. 하지만 빈정거림 자체가 우리를 진정으로 불편하게 하지는 않습니다. 무의미한 빈정거림은 무시할 수 있거든요. 그것이 불편해지는 지점은 바로 어느 정도 진실을 담고 있을 때뿐입니다.

개인적인 생각이지만 환경문제는 정말 소설에서 다루기 재미있는 화두라 생각합니다. 단순히 해야 할 일과 하지 말아야 할 일, 선악과 옳고 그름의 문제로 보면 소설로 다루기 아주 단순한 문제 같지만—결국 교조적인 글밖에 안 나올 것처럼 보이죠—그 단순함 아래로 들어가면 양파 껍질 까듯이 새로운 모습이 드러납니다. 환경 산업으로서의 이해라는 측면에서 보면 옳고 그름은 누군가의 손익으로 이어지고 이 손익을 부조리로 볼까 싶어 그걸 까면 또 모습을 드러내는 구조적인 한계와 모순, 거기에서 한 겹 더 까면 보이는 물리적인 현실과 인간 실존의 딜레마랄지……. 그래서 실은 깊이 생각하면 할수록 근원적인 질문까지 닿게 됩니다. 다른 대부분의 인간사가 그렇듯 말입니다.

그래서 그 위대한 질문들의 답이 뭐냐고요?

모릅니다.

몰라서 헛소리를 좀 늘어놔봤습니다.

네.

인터넷 시대의 위대함은 세계 반대편 누군가의 헛소리를 실시간으로 볼 수 있는 거라 생각합니다. 빈정거리는 게 아니라 정말 위대한 일이라 생각해요. 그 위대함을 조금쯤 흉내 내는 마음으로 써본 글입니다.

제가 위대하지 못해서 삼천포로 빠졌습니다만, 뭐 소설이니까, 라고 퉁치고 두루뭉술 넘어가는 거죠.

히카리

인지심리학 책에서 이런 내용의 글을 본 적이 있습니다. 인간의 뇌는 의외로 기만하기 쉬워서 욕구가 충족됐다고 상상하는 것만으로도 상당 부분 충족시킬 수 있다고요. 욕구가 얼마나 기만하기 쉬운지 욕구를 욕망이란 형태로 한정해서 변형한다든가 가상의 대체물을 찾아 만족하는 것도 가능하다고 말합니다. 그 대표적인 예가 바로 아기들이 입에 물고 있는 공갈 젖꼭지라고 저자는 말하더군요.

사실 공갈 젖꼭지뿐이겠습니까?

오늘날 사회 기반은 상당 부분 욕구를 기만하기 위한 가상을 기반해서 만들어져 있습니다. 메타버스 이야기냐고요? 아니요. 가상은 IT만의 산물이 아닙니다. 화폐, 파생상품, 브랜드, 모두 가상의 무엇이죠. 장 보드리야르는 그것이 소비 자본주의의 기호와 계층구조가 만들어낸 산물인 것처럼 말했지만, 실은 거슬러 올라가면 인간의 사회 체계는 꽤나 근본적으로 가상의 것들을 기반으로 하고 있습니다. 종교처럼 근원에 비현실적이고 상징적인 전제가 깔려 있는 것부터, 역사란 이름의 구체적인 서사를 공유하고 있는 가상의 공동체인 국가라는 존재까지 말이죠.

그 책에서는 이 기만의 기제가 생존에 유리하기 때문에 인간은 가상에 속도록 진화한 것이라 말합니다. 즉각적인 욕구의 충족이 실패한다 해도 삶을 지속하는 게 가능해지니까요.

이렇게 보면 튤립에서 가상화폐까지 혹은 리얼돌까지, 인간이 현실의 부조리를 극복해나가는 한 방법일 수 있다는 생각도 듭니다.

네. 실존은 끊임없이 현실로부터 다양한 방식의 공격을 받으니까요.

믿어지지 않겠지만, 이 소설에서 작위적으로 느껴지는 부분들은 놀랍게도 현실을 참고한 것들입니다.

이를테면 캐릭터가 있겠네요. 어떤 인터넷 밈의 스테레오타입처럼 보이는 주인공은 실제 제가 여행 중 만났던 한 분을 모델로 한 것입니다. 소설 속 묘사되는 그분의 외양은 실제로 목격한 것을 최대한 살리려 했으며, 의외로 아주 사소한 묘사까지 최대한 충실히 하려 했습니다. 물론 그분을 둘러싼 사건들이 모두 실제 일어난 것은 아닙니다. 제가 충실히 보여주려 했던 것은 어디까지 캐릭터와 그분의 외적인 모습에 한정해서였으니까요.

이를테면 실제로 그분을 처음 목격한 곳은 바닷가 포구 끝의 방파제에서였고, 리얼돌과 나란히 낚싯대를 드리운 채 캠핑의자에 앉아 계셨습니다. 아, 그 올드카를 주차해놓은 맞은편에서 말이죠. 그분은 이내 일어나 리얼돌의 팔에 선크림을 발라주셨죠. 물론 이때는 함께 있는 여성분이 리얼돌이라는 걸 알아채지 못했습니다. 그래서 참 남자가 정성인데 너무 무심하시네, 정도로 생각했었습니다.

그분을 다른 곳에서 두 번이나 더 만났고—신체적인 특징 탓에 알아보지 못하는 게 더 힘들었습니다—한번은 잠깐 여행객들 간의 스몰토크도 나눴습니다. 당연히 제가 일본어를 못했으므로 간단한 영어로 몇 마디 나눴을 뿐입니다. 사실 상대에 대해 거의 아무것도 파악할 수 없는 지나가는 여행객들의 대화였죠. 물론 그 대화 내용도 소설에선 정작 나오지 않습니다. 제가 그분에게서 따온 것은 철저히 외관에 대한 것뿐입니다. 그러므로 결코 동일인이라 할 수는 없을 겁니다. 실제로는 인형의 이름도, 그분의 성함도 모릅니다.

다만 적어도 어떤 특정 기간 동안 어떤 여행지에서 그런 외양의 인물이 여행하고 있었다는 것은 사실이라 말할 수 있습니다. 인터넷 밈이 그대로 현실에 나타난 것만 같은 모습이라 보는 것만으로도 조금쯤 현기증이 날 지경이었죠.

이렇게 정리할 수 있겠네요. 그런 순간을 직접 봤는데 작가로서 쓰시 않을 도리가 없었다고.

그런데 정작 써보니 과장된 인물상처럼 보이는 건 어쩔 수 없네요.

현실은 때때로 우리의 상상을 초월하는 법이니까요.

가끔 그들이 아직도 여행을 계속하고 있을까, 하는 생각을 합니다. 그래서 세계의 아름다운 풍경이 자동으로 번갈아 뜨게 만든 컴퓨터 바탕화면에 새로운 절경이 나타나면 그들이 그곳을 여행하는 상상을 하곤 합니다. 그리고 그저 그녀의 실리콘이 햇볕에 오래 변색되지 않기를 기원할 뿐입니다.

환영의 방주

'둠스데이 시계'라는 것이 있습니다. 핵 과학자 회보에서 정기적으로 발표하는 시간으로 종말의 날이 자정이라고 가정할 때, 그때까지 남은 시간을 시계라는 개념으로 표현하는 것입니다. 84년도에는 무려 23시 57분으로 3분밖에 남지 않았었습니다. 미소의 신냉전은 최악으로 치달아서 미국은 서독에 퍼싱2 미사일을 배치했고, 소련은 캄차카반도에서 핵미사일 발사 훈련을 했습니다. 그 여파로 항로를 잘못 들었던 칼기가 소련 영공에서 격추되는 일도 있었죠.

이 공포는 그 시대를 지배했습니다. 그래서 〈그날 이후〉 같은 핵전쟁 이후를 다룬 영화들도 많이 나왔고, 테크노 스릴러라는 장르가 유행하기도 했죠. 냉전 시대에 만들어졌던 〈페일 세이프〉나 〈닥터 스트레인지 러브〉 같은 영화를 주말 낮이면 교육방송에서 틀어주기도 했습니다. 그런 것을 보고 나면 어린 저는 잠을 설치곤 했습니다. 먼 나라의 어떤 얼간이가 버튼을 눌러 잠든 사이 우리 모두가 죽어버리는 것은 아닌가 상상하면서요.

지금 생각하면 참 웃기는 일이죠.

그런데 더 웃긴 이야기를 해볼까요. 핵 과학자 회보에서 얼마 전에 둠스데이 시계는 멸망까지 100초 남았다고 발표했습니다. 역대 멸망에 가장 가까운 시간이죠. 쿠바 미사일 사태 때보다도 말입니다. 기후변화 대응 실패, 중거리 핵미사일 감축 조약 만료, 국제적인 긴장 증대 등의 이유로 시간을 이렇게 조정했다고 합니다.

그런데도 세상은 놀랄 만큼 무관심합니다. 아니, 우리가 80년대에 너무 겁에 질려 있었던 걸까요?

사실 그 소식을 접하고도 저 역시 놀랄 만큼 태연했습니다. 핵전쟁을 걱정하며 잠을 설치기에는 이미 나이를 너무 먹어버린 겁니다. 그 무관심에 경각심을 주기 위해서 썼다면 거짓말입니다. 잠도 잘 잤다니까요.

그냥 과거의 내가 정말 무서워했던 것에 대한 이야기를 하고 싶었고, 그래서 핵잠수함에서 귀신이 나오는 소설을 가벼운 마음으로 쓰기 시작했을 뿐입니다. 무서운 이야기에 더 무서운 걸 집어넣으면 정말 무서운 게 되지 않을까 하는 유아적 사고의 발로에서 말이죠.

가볍게 출발한 것치고 꽤 결과물이 무거워진 것은 아마도 우리를 둘러싼 세상이 가볍지 않기 때문일 겁니다.

퍼스트 제너레이션

전화를 받은 것은 도서관에서였습니다. 지난번 영화에서 함께 일했던 스태프 형들이 대학로에 놀러 왔다는 연락이었습니다. 성대 앞 새로 개업한 바인데 제 생각이 나서 전화했다고 하더군요.

제가 내려갔을 때 스태프 형들은 모두 취해 있었습니다. 다른 영화 제작부 형이 성대 근처에 개업했다는 그 바는 작고 어두침침한 곳이었습니다. 모두 이미 취해 있었고 혀가 꼬부라진 목소리로 절 환영했습니다. 우리는 몇 잔인가 더 마시고 밖으로 나왔습니다. 자정이 임박한 학교 앞 골목길은 꽤나 한적했습니다. 그때 누군가 말했습니다.

"클럽에 가자."

"어디?"

"내가 아는 데 있어. 이태원에."

막차가 곧 끊긴다고, 가야 한다고 말했지만 말이 통하는 상태가 아니었죠. 5분 후 저는 이태원으로 가는 택시에 있었습니다. 머릿속으로는 이태원에서 어떻게 집으로 돌아갈 수 있을까 경로를 계산하면서요. 당시 저희 집은 경기도 산본에 있었거든요. 아마 경기도민이라면 제가 어떤 상황이었는지 짐작 가능하실 겁니다. 도민에게 집에 돌아가는 일은 시도 경계를 가로지르는 중대사죠.

우리가 간 곳의 정확한 위치는 기억나지 않지만 이슬람 사원으로 올라가는 언덕 근방의 골목 중 하나였을 겁니다. 클럽은 여러 건물의 층을 터 만든 곳이었는데 플로어와 바, 그리고 나인볼 당구대와 핀볼 머신, 그리고 웨스턴 스타일의 테이블이 마구 뒤섞여 있는 정체를 알 수 없는 곳이었습니다. 어쩌면 이태원에 딱 어울리는 그런 곳이라 할 수 있을지도 모르겠네요. 클럽은 평일 자정이 넘은 시간임에도 발 디딜 틈 없이 번잡했습니다. 우리는 바에 나란히 서서 테킬라 토닉 샷을 한 잔씩 비웠습니다. 귀를 쾅쾅 울리는 클럽 음악에 신이 난 형들은 춤을 춘다고 플로어로 몰려갔습니다. 저는 주변을 구경하다가 나인볼 테이블 옆에 있는 커다란 진홍빛의 미국식 1인용 소파에 아무도 앉지 않는다는 걸 깨달았습니다. 하루 종일 졸업 논문을 준비하느라 피곤했던 저는 그 소파에 털썩 주저앉았습니다. 음악은 고막이 터질 듯 시끄러웠고, 클럽 전체가 사이키 조명으로 정신없었지만 그 소파만은 놀랄 만큼 편안했습니다. 머리맡에 커다란 갓이 씌워진 노란색 스탠드 조명이 있었으므로 번쩍이는 정신 사나운 조명도 그 밝은 빛에 묻혔습니다. 너무 시끄러웠던 탓에 일단 이어폰을 꺼내 귀에 꽂았습니다. 재생 버튼을 누르자 벨 앤 세바스찬의 노래가 흘러나왔습니다. 점점 더 이 소파가 마음에 들더군요. EDM과 챔버팝의 괴리가 만들어내는 시청각의 부조화 속에서 잠시 춤추는 사람들을 보며 멍을 때리고 있었습니다. 처음엔 재밌었던 그 부조화도 이내 싫증나더군요. 달리 할 일도 없었으므로 책을 꺼내 읽었습니다. 아마 짐 크레이스의 《그리고 죽음》이었던 걸로 기억합니다. 도서관에서 나오며 빌린 세 권의 책 중 하나였습니다. 책장은 술술 넘어갔습니다. 주인공 부부가 막 죽은 참인데 재미없을 리가요. 그때 누군가 어깨에 손을 얹었습니다. 고개를 들어보니 제작부 형이었습니다. 이어폰을 빼고 자리에서 일어났습니다.

"야, xx가 너무 취해서 데리고 돌아가야 할 거 같다."

xx는 저도 꼭 함께 클럽에 가야 한다 고집을 부렸던 형이었습니다.

"아. 네."

"넌 어떻게 할래?"

시간을 확인했습니다. 이제 새벽 1시 50분. 세 시간만 버티면 첫차를 타고 갈 수 있습니다. 경기도민으로 산다는 건 막차와 첫차 사이 서울에 묶인 주박 같은 삶이죠.

"전 여기서 책이나 읽을게요."

소파는 푹신했고, 제 mp3플레이어는 앞으로 네 시간 더 음악을 들을 수 있었으니 다른 선택을 할 이유가 없었습니다.

"그래라. 나중에 보자."

"네. 조심히 들어가세요."

그렇게 이름도 모르는 클럽에 혼자 남아 책을 읽게 됐습니다. 상관없었습니다. 소파는 편안했으므로 세상 마지막 날까지 그렇게 있을 수 있을 것 같았습니다.

그 사이 주인공 부부의 시신은 서서히 해변가에서 썩고 있었고, 두 부부의 외동딸은 부모의 실종 소식을 듣게 됩니다. 앨범은 전체를 다 재생하고 마지막으로 〈There's Too Much Love〉가 흘러나왔습니다. 그때 누군가 앉아 있는 제 발끝을 톡톡 하고 두 번 두드렸죠. 고개는 책으로 향한 채 시선만 살짝 들어 제 발끝을 바라봤습니다. 검정색 하이힐이 눈에 들어왔습니다. 하이힐은 발끝으로 지저분한 제 운동화를 툭툭 다시 한번 찼습니다. 이번엔 더 세게.

저는 고개를 들었습니다. 글쎄요. 그녀를 묘사할 방법을 찾을 수 없습니다. 이유는 뒤에 설명하겠습니다. 어쨌든 결론적으로 말해 미인이었습니다. 뭐랄까, 순간적으로 주위가 밝아지는 듯한 느낌의, 아우라가 느껴지는 엄청난 미인이었습니다. 그녀가 팔짱을 낀 채 저를 내려다보며 제 신발 끝을 툭툭 찬 것이었죠. 제가 지었던 표정이 어땠는지 알 수 없지만 아마 대충 미어캣과 비슷하지 않았을까 싶습니다. 그러니까 제 인생에서 그런 미녀가 말을 건 경우는, 양수리 세트장에서 한 유명 여배우가 제게 길을 물었을 때뿐이었으니까요.

시선이 마주치자 그녀는 제게 뭐라 말을 걸었습니다. 하지만 알아들을 수 없었습니다. 제 귀에선 벨 앤 세바스찬이 막 'I feel like dancing on my own. Where no one knows me, and where can cause'라는 대목을 노래하고 있었거든요. 저는 이어폰을 빼고 다시 그녀를 바라보았습니다. 그녀는 또 무언가를 말했습니다. 이번에도 알아들을 수 없었습니다. 클럽 음악이 제 이어폰 음악보다 컸거든요. 그녀는 제게 한 발 더 다가왔습니다. 그러고는 끼고 있던 팔짱을 빼 한 손으로 소파 팔걸이를 움켜잡고 허리를 숙였습니다. 그러곤 얼굴을 제 쪽으로 바짝 가져왔죠. 딱 붙던 원피스의 네크라인이 늘어지며 만들어내는 시각적 자극이 엄청나서 시선을 어떻게 해야 할지 몰라 당황스럽더군요. 저는 클럽 천장을 바라봤습니다. 그녀의 긴 머리가 거의 뺨에 닿기 직전이었죠.

"시끄러운데 같이 나갈래요?"

여러 생각이 머릿속에 동시에 들었습니다.

'왜?' '왜 날?' '왜 갑자기?' '왜 누구기에?' '왜 지금?' '왜 여기서?'

하지만 입 밖으로 나온 소리는 '왜'가 아니라 '네'였죠.

네. 그 정도 미인이라면 다른 답을 할 수 있을 리 없습니다.

우리는 그렇게 밖으로 나왔습니다. 하이힐을 신은 그녀의 머리 위치는 저보다 조금 높았습니다. 그래서 조금쯤 주눅이……아니, 확실히 주눅이 들어 있었습니다. 중고등학교 감성으로 말하자면 '야, 너 따라 나와!'를 시전당한 것 아니겠습니까. 아니. 주눅 같은 건 문제가 아니었습니다. 따라 나가고는 있었지만 '왜' 뒤에 붙은 물음표의 답을 도무지 찾을 수 없었거든요. 밖으로 나가면 새우잡이 배가 정박된 포구까지 바로 달리는 승합차가 기다리고 있는 건 아닌가 하는 의심이 절로 들었습니다. 클럽 문이 닫히고 몸을 울리는 베이스 음이 사라지자 그녀는 저를 향해 몸을 돌렸습니다. 이슬람 사원으로 올라가는 계단 앞에서 머리를 다시 한번 쓸어넘겼죠.

"저기, 근처에 괜찮은 이자카야 있는데 같이 가지 않을래요?"

거절할 이유가 없어서 너무나 수상한 제안이었습니다. 따라가면 0의 개수를 셀 수 없을 정도의 계산서가 붙는 술집에 가는 건가 싶어 주저하는 사이, 그녀는 내가 무슨 생각을 하는지 알겠다는 듯 이렇게 덧붙였습니다.

"술은 제가 살게요."

채 답을 하기도 전에 그녀는 큰길로 앞장서 걸었습니다. '왜'를 '네'라고 답한 시점에서 이미 답은 정해져 있었죠. 저는 그렇게 5초쯤 망설이는 척하다가 따라나섰습니다. 무슨 일이 벌어질지 알 수는 없었지만 적어도 지금 읽고 있는 소설보다는 재밌을 거 같았거든요. 여러분도 흥미진진하시죠. 당사자였던 저는 얼마나 더 두근두근했겠습니까.

그녀가 절 데리고 간 곳은 모 광고회사 인근에 있는 작은 이자카야였습니다. 긴 바와 네 개쯤 되는 테이블이 있는 곳이었는데 좁다는 것 빼면 특별히 인상에 남지 않는 곳이었습니다. 그녀는 익숙한 듯 안주와 술을 주문했고, 우리는 마주 앉았습니다. 그녀는 술과 잔이 놓이기 무섭게 일단 자작해서 한 잔을 비우고 자신의 이야기를 시작했습니다.

그러니까 여전히 통성명도 하지 않았던 겁니다.

아주 긴 사연이었지만 대충 정리하면 이렇습니다. 그녀의 직업은 피팅 모델인데 얼마 전 일하던 쇼핑몰에서 독립해 사진을 찍는 남자친구와 함께 개인 쇼핑몰을 차렸다고 합니다. 자신의 팬이 어느 정도 있었기에 쇼핑몰은 생각보다 빨리 자리를 잡았고, 혼자 하긴 힘들어 친하게 지내던 다른 모델을 한 명 더 고용했다고 합니다. 예전에 함께 피팅 모델을 하던 친구였죠. 그런데 남자친구가 이 친구와 바람이 나버린 겁니다. 새벽에 동대문에서 옷을 뗀 후 집에 가는 길, 옷이 너무 많아 넣어두려 들른 작업실 겸 지하 스튜디오에서 둘이 하나로 붙어 있는 광경을 직접 목격했답니다. 둘이 페인트칠부터 해서 조명도 직접 달았던, 함께 만든 바로 그 공간에서.

그녀는 말이 끝날 때마다 연거푸 잔을 비웠습니다. 제가 맞춰 따라 마실 수 없을 정도였죠. 조금쯤 실망했습니다. 뭔가 대단한 이야기가 나올 거라 생각했는데 〈사랑과 전쟁〉의 스토리였던 겁니다. 그럼에도 충분히 마음 아픈 이야기였고, 같이 공감하며 그녀의 이야기를 들어주었습니다. 몇 마디쯤 남자친구 욕을 함께 했었던 것도 같네요. 제 자랑은 아니지만 저는 술자리에서 제법 다른 사람의 이야기를 잘 들어주는 편이거든요. 그렇게 그녀는 하소연을 하고 저는 고개를 끄덕이는 상황이 계속됐습니다. 마지막에 그녀는 눈물을 보였습니다. 눈물을 닦으라고 냅킨을 뽑아줬고, 별 도움이 되지 않았을 몇 마디 위로의 말도 건넸습니다.

이제 통성명을 할 차례인가,라고 생각하고 있을 때 눈물을 닦은 냅킨을 구긴 그녀가 먼저 입을 열었습니다. 어디선가 많이 들어보았던 익숙한 이야기를 하더군요. 자신의 직업이 피팅 모델이었다는 이야기였습니다.

네. 그녀는 술에 취하면 했던 이야기를 또 하는 부류의 사람이었던 겁니다.

황송할 정도의 미녀에 매력적인 목소리라 해도 세 번째 같은 이야기를 듣자 슬슬 지겨워지기 시작했습니다. 그때쯤부터 제 등 뒤 테이블에서 나누는 두 사람의 이야기가 귀에 들어오더군요. 그래요. 이 긴 이야기의 진짜 주인공들이죠.

여성분은 이 근처 트랜스젠더 업소에서 일하시는 분 같았고, 남성분은 가까운 광고회사 직원 같았습니다. 소설에 나오는 것과 다르지만, 어쨌든 잘라 붙인 것 같은 연인 간의 대화를 나누고 있었습니다. 토씨만 바꾼 같은 이야기를 세 번이나 듣고 있노라면 뭘 들어도 흥미진진한 법이죠. 저는 그녀의 말을 한 귀로 듣고 한 귀로 흘리며 뒤 테이블의 대화에 집중했습니다. 심지어 앞에 있는 그녀의 말에 적절한 추임새까지 넣어주면서 말이죠.

실제 둘의 관계가 어떤 것이었는지 제가 알 수 없습니다. 제가 들었던 건 둘의 대화뿐이었으니까요. 여자분은 둘의 감정과 관계에 대한 증명을 요구하고 있었고, 남자분은 자신의 마음은 굳건하다 확신시키려 노력하고 있었습니다. 여자분이 좀 가혹하다 싶은 요구를 하고 있었지만 남자분이 신뢰를 못할 만한 어떤 행동을 했었는지 아니면 여자분이 유난한 것인지 제가 알 도리는 없었습니다. 다만 그런 생각은 했습니다.

아아, 이 둘의 연애도 별다를 것 없구나.

그 사이 제 앞에 앉아 있는 이름 모를 그녀는 네 번째 같은 이야기를 시작했습니다. 첫차가 간절해졌습니다. 그때 서빙하는

분이 다가왔습니다.

"저희 영업시간이 끝나가서요."

"계산이요."

그녀는 이미 취해 꼬인 혀로 주섬주섬 카드를 건네줬고, 저는 쇼핑몰 사장님은 다르구나, 하고 감탄했습니다. 안주에는 둘 다 손도 대지 않았고, 빈 술병도 거의 그녀가 마셨죠. 제가 계산해야 했다면 억울했을 겁니다. 그녀는 몸을 가누지 못했고, 저는 그녀를 부축해 밖으로 나왔습니다. 가을 새벽의 이태원은 제법 쌀쌀했습니다. 그녀의 몸에서는 일랑일랑과 만다린 향이 섞인 술 냄새가 났습니다. 제게 넘어질 듯 기댄 그녀의 몸은 놀랄 만큼 부드럽고 따뜻해서 받치고 있는 제 몸 절반이 그대로 녹아 그녀와 붙어버릴 것 같았죠.

참 이상한 날이구나,

그녀를 부축해 가까운 택시 정류장의 의자였는지, 길가에 있는 금속 난간인지에 일단 앉혔습니다. 택시를 잡아야 했으니까요.

"댁이 어느 쪽이세요? 택시 잡아드리면 댁까지 가실 수 있겠어요?"

저는 그녀의 고개를 받쳐 들고 이렇게 물었습니다. 내심 제발 갈 수 있다 말해달라 속으로 애원하면서. 그때 마침내 시선을 저와 맞춘 그녀가 갑자기 화를 냈습니다.

"너 고자니?"

어. 뜻밖의 질문에 뭐라 답해야 할지 몰라 멍해 있는 사이 한

번 더 물었습니다.

"너 고자냐고?"

"아니요."

그녀는 숙이고 있던 머리를 쓸어 올리곤 고개를 들어 제 눈을 응시했습니다. 머리를 쓸어 올리는 동작은 분명 모델 시절 그녀의 시그니처 포즈였겠죠. 술에 취해서도 흐트러짐이 없었고, 반하지 않을 도리가 없었습니다. 아름답다는 굉장한 일입니다. 아직 통성명도 안 했는데 왜 반말이냐, 그런 질문은 실례 아니냐, 하고 싶은 말은 많았지만 그 얼굴을 보는 것만으로도 순식간에 할 말을 잃더군요.

"그럼 게이야?"

"아니요."

"그럼 뭔데?"

할 말은 많았습니다. 그녀가 제게 뭘 원하는 건지도 알고 있었고요. 하고 싶은 말은 정말 많았습니다. 하지만 그게 무슨 소용일까요. 그래서 이렇게 답했습니다.

"취한 여자랑은 자지 않아요."

"왜?"

"최소한의 자기결정권에 대한 존중?"

"등신 새끼."

네. 등신 맞습니다. 쇼핑몰 사장님답게 취하셔도 안목은 있으시네요. 어쨌든 그녀는 등신의 도움을 받지 않아도 충분히 혼자

집에 갈 수 있을 것처럼 보였습니다. 그래서 택시를 잡았습니다. 그리고 그녀를 부축해 택시에 태웠죠.

"너, 후회 안 해?"

아아, 안 할 리가요. 알고 있었습니다. 많은 걸 할 수 있는 순간이라는 걸. 이를테면 그녀를 따라갈 수도 있었습니다. 집까지 바래다준다고. 그리고 바람피운 주인공을 만날 수도 있겠죠. 그게 좀 그렇다면 호텔에 갈 수도 있겠죠. 아니. 하다못해 전화번호 같은 걸 물을 수도 있었습니다. 그렇지만 대신 이렇게 답했습니다.

"술 적당히 드시고 힘내세요. 당신은 좋은 사람이니까. 그리고 조심히 들어가시고요."

택시 문을 닫았습니다. 멀어지는 택시 미등을 보며 저도 모르게 한숨을 쉬었습니다. 가을밤에 몰아닥친 폭풍을 보낸 기분이었습니다. 첫차 시간은 아직 좀 남았습니다. 저는 택시 정류장 의자에 앉아 다시 책을 펼쳤습니다. 정말 거꾸로 뒤집어 털어도 집에 돌아갈 차비뿐이었으니까요.

"이 등신아! 차비밖에 없다고 그냥 보낸다고?"

"그럼?"

"나한테라도 전화하지. 계좌로 입금해줄 텐데."

좋은 친구입니다. 새벽 4시에 친구의 성생활을 위해 계좌 이체를 해주다니.

"니 인생에 그런 기회가 다시 있을 거 같아?"

아무렴요. 친구 말대로 제 인생에 다시는 일이나지 않을 일이었고, 실제로 아직까진 다시 일어나지 않았습니다. 대신 전 그저 그렇게 의자에 앉아 바닷게와 갯강구 따위가 주인공의 시신을 파먹는 대목을 읽었죠.

아아, 이쯤 되면 독자들도 등신이라고 하겠군요. 하지만 저는 그렇게 첫차를 기다렸습니다.

이제 첫차가 다니면 그렇게 집에 돌아가서 잠깐 눈을 붙인 후, 항암제를 맞으러 가야 하는 어머니를 병원까지 모셔다드리고 영화사에 출근해야 했거든요. 그래서 퇴근 때까지 영화 촬영이 시작되면 장면별로 필요한 것들을 분석해 표로 만들고, 짬이 남는다면 졸업 논문도 써야 했습니다. 그러니까 아무리 생각해봐도 도무지 그녀를 끼워 넣을 자리가 없었습니다. 그녀에게는 당연히 하룻밤의 일탈이든 전 혹은 현 남자친구에 대한 복수겠지만, 그녀와 자고 나면 제 쪽에서는 도저히 그녀에게 반하지 않을 자신이 없었거든요.

그녀를 잊을 수 없을 거라 생각했습니다. 하지만 놀랍게도, 혹은 당연히, 이제 와 그녀에 대해 기억나는 것이라고는 오른쪽 눈 밑에 있던 눈물점뿐입니다. 냅킨으로 마스카라가 번지지 않게 눈물만 콕콕 찍어낼 때 보이던 그 눈물점이 정말로 인상적이었거든요. 그 외에는 희미한 인상조차 기억에 남지 않습니다.

엄청난 미인이었다는 기억 자체를 빼면 말이죠. 이게 이상하다는 건 제가 인상적인 기억들은 마치 사진처럼 기억하기 때문입니다. 이를테면 한때 꽤 오래 사귀었던 여자친구가 헤어지는 날 입고 왔던 녹색 바지의 뒷주머니에 있던 한 올 뜨기 시침질이 된 노란 봉제선까지 아직도 생생하게 기억하고 있습니다. 그녀가 이별을 선언하고 나오며 계산을 할 때 서 있던 그 뒷모습이 아직도 생생합니다. 헤어짐을 통보받은 순간에도 나는 아아, 바지가 잘 어울리는구나 따위의 생각을 하고 있었거든요.

그런 건 셀 수 없이 많습니다. 세 살 때 세 들어 살던 집은 물론 그 주인집의 방을 터 만든 넓은 안방과 그 가운데를 가로지르던 대들보와 턱의 모양도 기억합니다. 당시 가지고 놀던 삼색 딸랑이의 모양이랄지, 어머니 친구 집 텃밭에 심겨져 있던 샐비어랄지 온갖 것들을 이미지로 기억하는 편입니다. 하지만 놀랍게도 그녀의 모습은 공백으로 남았고, 정작 제 뒤에서 목소리만 들었던 두 사람의 대화는 아직까지 생생해서,

"그걸 말이라고 하니?"

라고 되묻는 여자분의 상기된 음성은 지금도 따라 할 수 있을 지경입니다. 그래서 그녀 쪽이 오히려 둘의 대화의 사족 같은 기억이 되어버렸죠. 물론 실제 소설에 나오는 캐릭터들은 당연히 둘의 대화 속 캐릭터들과는 다릅니다. 제가 쓰고 싶었던 건 대단한 사회적 메시지가 아니라 그저 이십대 초반 남녀의 미숙한 연애에 대한 글이었으니까요.

네. 그런 소설입니다. 매양 미숙한 사람이라 이런 걸 쓸 수 있는 거겠죠.

원래는 엽편소설로 청탁을 받아 썼던 글인데 단편으로 증편했습니다. 주인공에 대한 이야기를 충분히 하지 못한 것 같았거든요. 이 엽편소설을 쓸 때 친구에게 왔던 전화가 생각납니다. 아, 이 친구는 제게 새벽에 전화했다면 계좌로 입금해줬을 거라 말했던 바로 그 친구입니다.

"뭐 하나."

"소설 써."

"무슨 소설."

"연애소설?"

"말세다. 니가 연애소설이라니."

네. 그렇답니다.

번아웃

작가 노트를 쓰고 싶었지만 너무 피곤해서 쓰지 않기로 했습니다.

단편집에 넣기 위해 이 소설을 다시 읽으며 조금 서글퍼졌습니다. 뭐랄까, 쓸 때 갖고 있던 야심에 비해 결과물이 썩 만족스럽지 않네요.

일을 너무 많이 하고 있을 때 후닥닥 썼던 게 문제일까요? 2018년에서 2019년으로 넘어가던 무렵에 쓴 글인데 그땐 하루를 3분할로 쪼개 살고 있었습니다. 글을 계속 쓰면 집중력이 떨어지니까 8시간 단위로 두 시간씩 자고 일어나 일을 했죠.

뭐…… 인간 이하의 삶이었습니다. 웃긴 건 누가 시켜서 이렇게 한 게 아니라는 겁니다. 타인을 착취하는 건 끔찍이도 싫어하면서 자기 착취는 꽤 잘하는 악덕 자아였던 겁니다.

어땠냐고요?

좋았습니다. 남들보다 하루를 세 배 길게 사는 상콤한 기분이었죠.

아니. 실은 하루가 영원히 끝나지 않는 것 같았습니다.

뭐랄까, 하루가 정확히 매조지어지지 않았기에 머릿속에서는 마치 두세 달이 하루 같았죠. 진짜로 시간여행을 하는 기분이라 조금 신나기도 했습니다.

네⋯⋯. 〈번아웃〉은 괜히 나온 게 아닙니다.

물론 지금은 그렇게 글을 쓰진 않습니다. 저도 살아야죠.

전체적으로 지난번 단편집에 비해 짧은 시간에 내는 소설집이라 아쉬운 점들이 있습니다. 무엇보다 좀 더 재밌게 썼어야 하는 게 아닐까 하는 후회를 하고 있습니다. 저도 매양 미욱한 인간이라 아직도 잘 쓰고 싶은, 훌륭한 글을 쓰고 싶은 욕심을 버리지 못한 거 같습니다. 그래도 어쨌든 제가 쓴 글이고 제 자식들이죠. 이 아쉬움을 밑거름 삼아 더 좋은 글을 써야 할 텐데⋯⋯라고 생각하는 것부터 틀려먹었죠. 더 재밌는 글을 써야 할 텐데 말입니다.

솔직히 점점 더 어떻게 써야 할지 모르겠습니다.

몰라, 몰라, 하며 쓰기에도 점점 무지의 영역이 넓어지는 기분이랄까요.

아무렴 어떻습니까.

타다 남은 재라도 긁어모으면 뭐라도 되겠죠.

그런 기분으로 여러분들도 오늘 하루를 넘기시길 바랍니다.

정말 단편집 마무리 작가 노트로는 최악이네요.

하지만 나이를 먹으니 알게 됐습니다. 옛날 택시 기사들 사이

드미러에 붙어 있던, 기도하는 소녀의 그림이 있는 '오늘도 무사히'란 문구가 정말이지 일상을 지키는 간절한 기원이었다는 걸 말이죠.

네. 그런 의미에서 여러분도,

오늘도 무사히.■

환영의 방주

1판 1쇄 발행 2022년 12월 19일

지은이 · 임성순
펴낸이 · 주연선

(주)은행나무
04035 서울특별시 마포구 양화로11길 54
전화 · 02)3143-0651~3 ｜ 팩스 · 02)3143-0654
신고번호 · 제 1997—000168호(1997. 12. 12)
www.ehbook.co.kr
ehbook@ehbook.co.kr

ISBN 979-11-6737-263-5 (03810)